# 希望と殺意はレールに乗って

アメかぶ探偵の事件簿

山本巧次

講談社

# 希望と殺意はレールに乗って

アメかぶ探偵の事件簿

目次

第一章　5
第二章　33
第三章　50
第四章　76
第五章　110
第六章　129
第七章　163
第八章　184
第九章　206
第十章　225
第十一章　245
第十二章　257

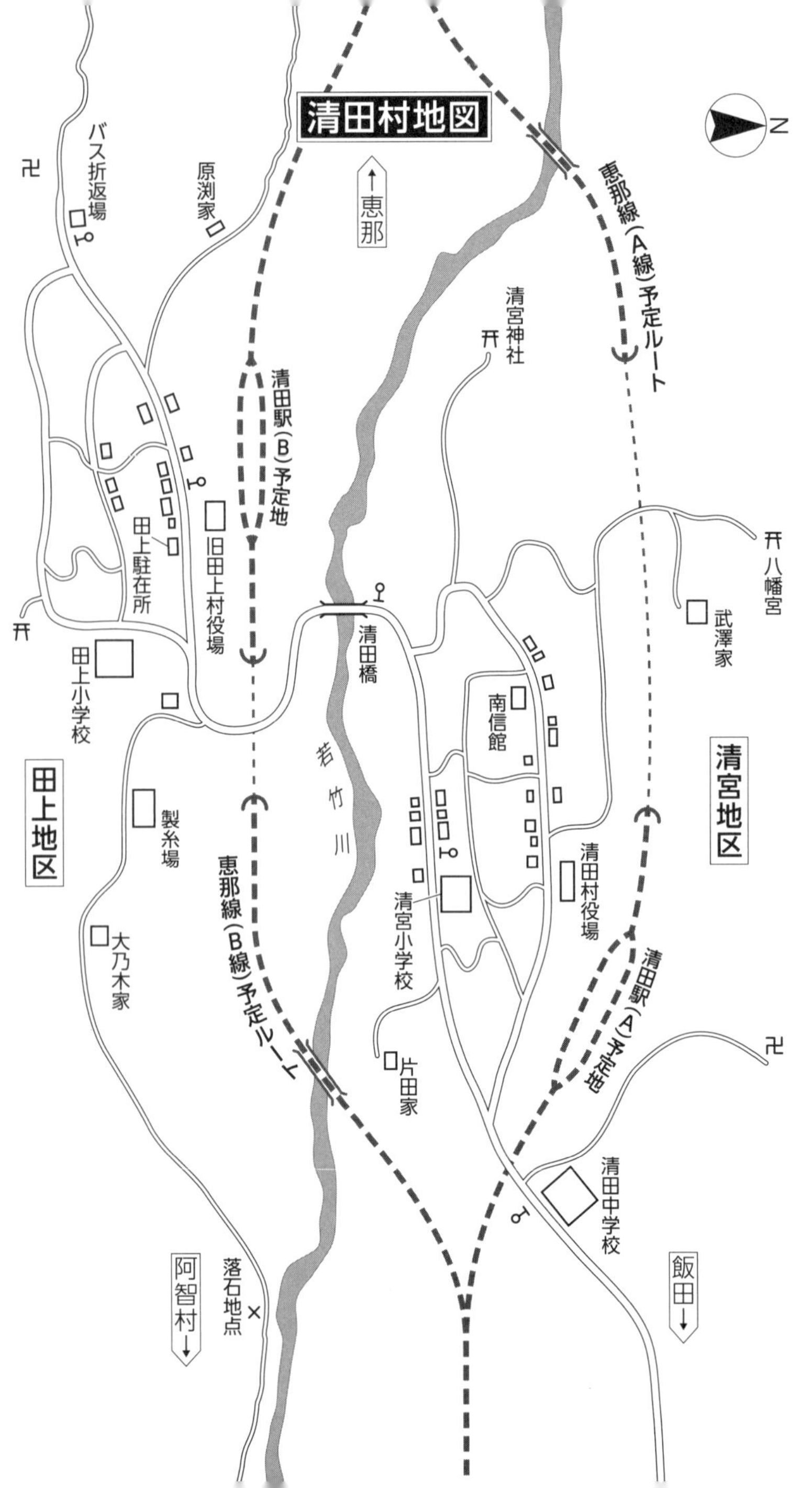
清田村地図
N
恵那
恵那線(A線)予定ルート
清田駅(B)予定地
清宮神社
バス折返場
原渕家
田上駐在所
旧田上村役場
田上小学校
清田橋
八幡宮
武澤家
南信館
清宮地区
田上地区
製糸場
若竹川
清田村役場
清宮小学校
大乃木家
恵那線(B線)予定ルート
清田駅(A)予定地
片田家
清田中学校
阿智村
落石地点
飯田

# 希望と殺意はレールに乗って

## アメかぶ探偵の事件簿

装幀　岩郷重力
装画　佐久間真人
地図制作　釜津典之

# 第一章

　小さく自分を呼ぶ声が聞こえたので、宝木啓輔《たからぎけいすけ》はパソコン画面から目を離し、そちらを向いた。編集長の坂本《さかもと》が、部屋の扉の前で手招きしていた。

　おっと、何の用だろう。宝木は、急いでパソコンを初期画面に戻した。軽くネットサーフィンしていたのに、気づかれただろうか。

「はい、何でしょう」

　宝木は席を立ち、真面目《まじめ》な顔を作って坂本の方へ寄った。

「ああ、面白い客人が来られたんでな。君、今は暇あるだろ。ちょっとつき合え」

「客人、ですか」

　宝木は首を傾《かし》げた。確かに今は少し手が空いている。自分の担当する作家の原稿が校了となり、印刷所に回したところだ。予定より入稿が二ヵ月遅れ、だいぶやきもきさせられたので、ようやく肩の荷を下ろして一息ついていたのだった。

　しかし来客の応対につき合えとは、意外な話だ。この日本で五指に入る出版大手、講栄館《こうえいかん》に入社し文芸部に配属されて三年。作家には新人、ベテランを問わず何人も会っているが、「面白い客人」などと編集長が言ったのは初めてだった。

「どういう方なんですか」

「うん、何と言うかな。ま、伝説の編集者、と言っておこうか」

廊下に出ると、坂本は痩《や》せた温和な顔に、面白がるような笑みを浮かべた。

「伝説の編集者、ですって」

芝居がかった言い方に、宝木はますます困惑した。坂本は顎《あご》で廊下の先の小会議室を指した。

「あちらでお待ちだ」

宝木は、ちょっと驚いた。神田小川町《かんだおがわまち》に聳《そび》える十階建ての講栄館ビルでは、来客用の応接室や打ち合わせ室は二階に集められ、セキュリティ重視の昨今の大企業本社と同様、それより上階の執務スペースには一般の来訪者は立ち入れない。四階にあるこの文芸部のフロアまで直《じか》に来ているというのは、社内の関係者ということか。

「うちのOBなんですか」

坂本は、ああ、と頷《うなず》き、小会議室のドアを軽くノックした。

「失礼します」

中から、はい、という声が聞こえ、宝木は坂本に続いて会議室に入った。そして、目を丸くした。

テーブルを挟んだ奥側の真ん中の椅子《いす》に、老人が一人、座っていた。小柄な老人は、ハイバックの椅子に半ば沈み込んでおり、後ろから見ると完全に椅子に隠れてしまいそうだ。年のころは七十代後半と思えた。が、顔の色艶《いろつや》はよく、真っ白な髪はきちんと手入れされ、着ているツイードのジャケットもブランド品のようだ。そしてその目には曇りがなく、未《いま》だ青年のようにきらきら輝いていた。

老人は機嫌よく、「やあ」と手を挙げた。何者だ、と訝《いぶか》しみつつ、宝木は丁寧に会釈《えしゃく》した。

「本日はようこそいらっしゃいました」

坂本が顔いっぱいに愛想笑いを浮かべると、老人は、なあに、と笑って手を振った。

「ちょっと高森《たかもり》に用事があって来たんでな。ついでに古巣にご挨拶《あいさつ》と思って」

そう言いながら老人は、座ってくれと手で示した。坂本と宝木は、頭を下げつつ席に着いた。

高森、と聞いた宝木はまた驚いていた。それは講栄館のナンバー2、高森専務のことに違いない。専務を呼び捨てとは、この人物はいったい……。

「これは若手の編集担当で、宝木です」

ぼうっとしていると坂本に紹介され、慌てて名刺を出した。

「宝木と申します。よろしくお願いします」

「ああ、どうも。済まんが僕は名刺を持っとらんので」

老人は名刺を受け取って一瞥《いちべつ》しながら言った。

「沢口《さわぐち》といいます。ここの古いOBでね」

「沢口……さん、ですか」

ピンと来ないまま応じると、坂本が脇腹をつついた。

「沢口栄太郎《えいたろう》さんだよ。君もお名前は聞いたことあるだろう」

そこでようやく思い至った。講栄館の中興の祖とも言われる編集者、沢口栄太郎。昭和《しょうわ》三十年代から平成《へいせい》に入るころまで辣腕《らつわん》を振るい、高度成長期の出版ブームに乗って数々のベストセラーを生んだ。現在、文壇の重鎮となっている大作家の何人かは、デビューしたてのころ、彼に育てられたという。宝木にとってはまさに伝説、雲の上から来たような人物であった。

「高森専務も、若いころこの方にお世話になったんだよ」

坂本に言われてなるほどと思った。専務が入社したころは、沢口は既に業界でも知られた大物編集長だったはずだ。呼び捨てにするのも当然だろう。待てよ。だとすると……

「あの、失礼ですが、それにしてはずいぶんお若く見えますが」

そう聞くと、坂本は眉《まゆ》を吊り上げたが、沢口は楽しそうにひゃっひゃと笑った。

「そりゃあ嬉《うれ》しいことを言ってくれるね。幾つに見えるかは知らんが、僕はもう来年九十だよ」

「えっ、八十九歳。これはびっくりしました」

それならば勘定が合う。近ごろは社会の高齢化に伴って元気のいい老人が増えているが、沢口はまた格別のようだった。

「それだけお元気なのは、何か秘訣《ひけつ》でもあるんですか。特に体を鍛えておられるとか」

坂本がいかにも興味ありげに聞くと、沢口は、いやいや、と手を振った。

「これといって何もしとりませんよ。ただまあ、強いて言うなら何事にも興味を持ち続けることかな」

「ほう、なるほど。常に頭を働かせている、というわけですね」

「編集者の性《さが》みたいなもんかもしれんよ。ここ何年かは、編集者時代に出会ったことを思い出しては書き綴《つづ》ってるんだ」

「ははあ、回顧録ですね。やはり手書きですか」

「うん、僕ぐらいの年になると、どうもあのキーボードというやつが打ちにくくてねえ。馴染《なじ》んだ万年筆に勝るものはないですよ。君たちは仕事では、あの板切れみたいなパソコンを使ってるのかな」

「ああ、タブレットですね。ええ、使ってますよ。持ち運びが楽なもので」

「それそれ。僕らの年代じゃ、タブレットと言えば鉄道の現場で使うものだったがねえ」

「そうなんですか？　逆に僕なんかは、鉄道で使うタブレットってどんなものか、見てみたいですが」

「ほう、そうかね」

一瞬、沢口の目が光り、同時に坂本が身じろぎしたような気がした。

「宝木君、君は古い話に興味があるかね」

「え……それは、この業界で沢口さんが経験されたこと、という意味でしょうか」

「ふむ、経験は経験だが、業界で、というとちょっと違うかもしれんね」

「業界のことではないんですか」

宝木は首を傾げた。会社での古い思い出話をしに来るOBというのは、たまにいる。退職後に趣味も仕事もなく、暇を持て余《あま》した人が自分の全盛期を懐かしむ、という風情で、つき合わされる方はたまらない。それとは違うのだろうか。

「まあ、探偵譚、とでも言うかね」

「タンテイタン？」

「今じゃああまり使わん言い方かな。推理小説、ミステリみたいなものだよ」

「ミステリを書かれたんですか」

「いいや。実体験さ」

「え、あの、探偵のようなことをされた経験がおありなんですか」

意外な話に、つい身を乗り出してしまった。それを見た坂本が、ふいに立ち上がった。

「いや沢口さん、せっかくお越しのところ申し訳ありませんが、今から打ち合わせの予定がありまして。私はこれで失礼させていただきます。宝木君、君はお話をよく聞いて、勉強させてもらったらいいよ」

しまった、と思った。坂本は、宝木がうっかり興味を示したのをいいことに、沢口の相手を押しつけて退散する気だ。沢口はというと、ああどうも忙しいところを済まなかったね、などと鷹《おう》揚《よう》に言って坂本に軽く会釈し、椅子に座り直して宝木に顔を向けた。腰を据えて話そうじゃないか、という風情だ。宝木は内心で苦笑するしかなかった。

「君、城之内和樹《じょうのうちかずき》を知っているよね」

「え、城之内和樹……」

宝木は、その名を聞いて思わず背筋を伸ばした。

「そりゃあ、もちろんです」

城之内と言えばミステリ界の大看板で、講栄館で彼の名を冠したミステリ文学新人賞を主催しているほどだ。

だが、それだけではない。今は映像などに残された、大作家のオーラをまとった威厳ある姿が知られているが、若いころの城之内はなかなかに個性的な人物で、よく言えばマイペース、悪く言えば唯我独尊。締め切りを前に脱走すること数知れず、編集者と幾度も攻防戦を繰り広げていたと聞く。昭和の売れっ子作家だから許された話だ。しかも、著作の合間に探偵の真似事までやっていたらしい。沢口が言うのは、その話なのだろうか。

「もしかして、ご担当だったんですか」

沢口が深々と頷く。

「十五年、直接担当したよ。管理職になってからも、つき合いは続いてねえ」

ということは、沢口の社歴の大半は城之内と共にあったわけだ。

「ミステリみたいな経験、とおっしゃいましたが、それは城之内先生に関わる話なんですか」

その問いに、沢口の顔が大きく綻《ほころ》んだ。

「お察しの通りだ。しかも、日本の高度成長時代を創り出すのに、間接的に手を貸していたと言ったら、どう思うかね」

沢口は目を丸くした。いくらなんでも、大風呂敷ではないのか。沢口はそんな宝木の顔を指し、楽しげに言った。

「君、いかにも興味津々、といった顔になってきたようだね」

えっ、と宝木は思わず顔に手を当てた。図星だ。あの城之内和樹が直に関わるミステリ、そのうえ戦後史に深く関わるらしい事件、と聞けばスルーはできない。

宝木は城之内を敬愛していた。自分が担当編集者だったらたまったものではなかったろうが、今のように単調ではなく、エキサイティングな仕事ができただろう、などと他愛《たわい》ない考えを抱いている。時代が令和《れいわ》に変わった今、昭和のカリスマ、城之内和樹とこんな形で関わりが持てるのは、素晴らしい巡り合わせなのではあるまいか。

「じゃあ、少しばかりつき合ってもらうとしようか」

沢口は満足そうにまた頷くと、目を細めた。そして、ゆっくり話し始めた。

「あれはねえ、僕がちょうど君ぐらいの年だったころ。まだ戦争の記憶が新しかったころだ……」

＊　＊　＊

南側の窓ガラスを通して入ってくる陽射《ひざ》しが、部屋の半分を暖めていた。窓から見える庭の木々は早くも新緑に彩られ、季節は春から初夏へ進もうとしている。

窓辺の椅子に座った沢口栄太郎は、油断すると襲ってくる眠気を振り払いつつ、外に溢《あふ》れる晩春の陽光を楽しんでいた。草木の豊富な広大な庭を眺めていると、ここが八百万人の住む巨大都市東京《とうきょう》の真ん中にあるとは、信じがたくなる。微《かす》かな車の音と、清正公前《せいしょうこうまえ》から目黒駅《めぐろえき》へと向かう都電《とでん》の響きが時折聞こえる以外は、風のざわめきと鳥の声ぐらいで、喧騒《けんそう》からは縁遠かった。

「どうしたい、沢口君。やけに静かだが、春眠の魔力に落ちたんじゃないか」

その声にはっとして、沢口は目を室内に戻し、声の方を見た。声の主は振り向きもせず、薄手の茶色いセーターを着た背中を見せて、机に向かったままだ。右の肩と腕が小刻みに動いているので、ありがたいことに仕事はちゃんと続けてくれているようだ。

「寝ちゃあいませんよ、城之内先生。今日の分の原稿を頂戴《ちょうだい》するまでは、何があろうとここで目を見開いてますから」

「そりゃあご奇特なことだねえ」

城之内和樹は、執筆を続けながら皮肉っぽく応じた。

「にしてもだ。そう背後から見つめられ続けちゃ、どうも落ち着かない。階下《した》でお茶でも飲んでたらどうだい。今朝挽《ひ》いた珈琲《コーヒー》もあるぜ」

この城之内の家は二階建てで、一階には居間と台所と風呂、応接室にしている洋間とあまり使っていない和室。今二人がいるのは、城之内が仕事場にしている二階の大きな洋間で、廊下を挟んで反対側は寝室になっている。改装してまだ三年で、なかなかに住み心地はよさそうだが、三十歳前にして独身の城之内が一人で住むには、少々広過ぎないかと思っていた。

仕事場と居間は城之内の趣味に合わせ、飾り気が少なく直線的な近代アメリカ風に設《しつら》えられている。仕事用の机はシカゴの事務所にでもありそうな重々しいロールトップデスクで、沢口が座っているのは、分厚いクッションの一人用安楽椅子だった。台所には、アメリカ製のダイニングテーブルが置かれ、最新式の電気冷蔵庫も備わっている。

一般的な日本式の家から見れば、相当に贅沢《ぜいたく》と言っていいだろう。後で聞いたところでは、城之内は以前、GHQのスタッフだった少佐《しょうさ》と親しくしていて、その住まいを真似《まね》たらしい。新進気鋭の人気推理小説家で講栄館の稼ぎ頭、城之内和樹だからできる贅沢だった。嘘《うそ》か真《まこと》か、少佐は軍に入る前は秘密捜査官か探偵か何かで、彼のスタイルが城之内の作品や生き方に、大きな影響を与えているとの話もある。

「正直、珈琲にはそそられますがね。そうもいきません。原稿をいただくまでは、ここで頑張ります」

「硬いことを言うなあ。君が階下で寛《くつろ》いでたって、ちゃんと仕事はするよ」

「この前も、そうやって油断させておいて窓から出て、本館に逃げ込んだでしょう。そうは問屋が卸《おろ》しませんよ」

城之内は、やれやれと肩を竦《すく》めた。沢口はニヤリとして、また窓外に目をやる。庭の向こう側には、和洋折衷のどっしりとした屋敷が威容を誇っていた。今しがた沢口が口にした、「本館」である。正しくは、元子爵《ししゃく》、奥平《おくだいら》家の本宅だ。ここは奥平家の所有する二千坪の敷地の中であり、城之内の家は奥平家の車庫兼運転手の居室だった建物を、大改造したものであった。

「どうも本館は僕には敷居が高いんです。あそこには一人で入りにくくて」

「華族制度がなくなって十年も経《た》つのに、何言ってるんだい。今はただの遊民の一家《ファミリー》じゃないか」

城之内が、からかうように言った。確かに彼の言う通りなのだが、本館の真鍮《しんちゅう》の飾りのついた玄関ドアの前に立つと、やはり少なからず気後れしてしまう。沢口自身は今まで華族と関わったことはないのだが、叔父《おじ》が伯爵《はくしゃく》家に出入りしていた植木職人で、そこで聞いた話を子供心に刷り込まれたせいだろうか。

「腐っても鯛《たい》、なんて言いますからねえ」

ＧＨＱによって華族制度が廃止され、多くの華族が生活費を稼ぐ必要に迫られた。手っ取り早い方法は土地の切り売りで、奥平家も敷地の三分の一ほどを大手不動産会社に売り、軽井沢《かるいざわ》にあった別荘も処分していた。どのみち、何人もいた使用人が雇えなくなっては、広大な土地や屋敷を維持することなどできはしない。

城之内はこの住まいを、奥平家から借りる形になっている。建物の改装費は城之内が負担しているので、支払っているのは借地料だけだ。城之内自身は金額を言わないが、現在の奥平家の日常生活費の相当な部分が、城之内の払う賃料で賄《まかな》われているらしい。結構法外な額なのでは、と推察されるのだが、城之内は特に気にしている風でもない。その辺を沢口が尋ねても、ここの佇《たたず》まいが気に入っているから、といった曖昧《あいまい》な答えしか返ってこなかった。「あと一時間ぐらいだ。もうちょっとの辛抱だよ」

城之内がふいに言った。これは朗報だ。張りついていた甲斐があった。沢口は急いで腕時計を確かめた。午後二時半。締め切りは五時。三時半過ぎに原稿を受け取れば、講栄館本社には余裕で戻れる。

「助かります。もうひと踏ん張り、よろしくお願いします」

安堵《あんど》した沢口は、ほっと息を吐いて安楽椅子の背もたれに体を預けた。それから、また何気なく庭の方を見た。

「おや」

沢口は身を起こし、窓に顔を寄せた。本館の玄関ドアが開き、女性が一人現れた。庭の小道を、小走りにこちらへ向かっている。白いブラウスに薄茶のスカート、薄紅色のカーディガンを羽織り、髪はポニーテール。この屋敷にそういう姿の女性は、一人しかいない。

「あの、先生。真優《まひろ》さんがこっちへ来ますよ」

その言葉に、机に向かって背を丸めていた城之内が振り向いた。

「何かな。原稿が仕上がるまで特に用事はないと言ってあるんだが」

城之内が小首を傾げたとき、階下から声がした。

「和樹先生、二階《うえ》ですか。上がりますよ」

快活な、玉を転がすような声だ。それに続いて、とんとんと階段を上がる足音が聞こえ、開いたままの部屋の戸口から、愛らしい顔が覗《のぞ》いた。

「お仕事中済みません。あ、沢口さんもいらしたんですね。言っていただければ、お茶ぐらいお出ししましたのに」

「えっ、いえいえとんでもない、どうかお気遣いなく」

沢口は、慌てて立ち上がった。現れたのは、奥平真優。奥平家の長女だ。陸軍将校だった兄が戦死しているので、今は一人娘ということになる。見た目は普通に現代風の、いい家のお嬢さん、という感じだが、奥平家は元大名なので、世が世なら正真正銘のお姫様だ。

「まあ沢口さん、何を硬くなってらっしゃるの。何度もお会いしてますのに」

真優がくすっと笑う。そう言われても沢口としては、どうも緊張してしまう。戦後十二年も経ったというのに馬鹿馬鹿しい、と頭では思うのだが。

「やあ、ラブリーガール。何かあったのかい」

どぎまぎする沢口を無視して、城之内が大袈裟《おおげさ》に手を広げながら尋ねた。真優は、あっと言って手を叩《たた》いた。

「いけない。急いで和樹先生をお呼びしようと参りましたのに」

「急いで？　さて何事が出来《しゅったい》したのかな」

「はい、今、お父様のところにお客さまが来られているのですけど、何か事件が起きたようですの。それで、和樹先生にもぜひ、お話を聞いていただこうと」

「どんな事件だい」

「人が、行方知れずになったらしいのです」

「ほう」

軽い調子で聞いていた城之内が、真顔になった。

「お客さまって、誰なの」

「長野《ながの》の清田村《きよたむら》の村長さんと、村会議長さんです」

「清田村というと、明治《めいじ》維新まで奥平家の領地だったところか」

「そうなんです。今、本館の応接でお父様と話しておられます。一緒に聞いていただけませんか」

「わかった。とにかく行ってみよう」

城之内は、右手に握っていた万年筆を机に置いて立ち上がると、傍《かたわ》らのハンガーに掛けていた上着を羽織った。

「先生、駄目ですよ。原稿はどうなるんです」

沢口は慌てて止めた。あと一時間、と聞いてほっとしたばかりなのに。

「話を聞いて戻ったら、すぐ再開するさ。五時には間に合わせるよ。心配なら、君も来ればいいだろう」

「え、僕もですか。そんなところに僕も入っていいんですか」

「構わないだろ、真優さん」

城之内に問われ、真優はほとんど考えもせずに頷いた。

「ええ、沢口さんなら大丈夫でしょう。さあ、急ぎましょう」

そう言うなり、真優はスカートを翻《ひるがえ》して階段に向かった。城之内に続き、本当にいいのかと首を捻《ひね》りながら、沢口は階下へ急いだ。

それが、南信州《みなみしんしゅう》の小さな村の運命をひっくり返した大事件の始まりだった。


慌ただしく玄関を入ったところで、沢口はぎくっとして足を止めた。本館の玄関は、沢口のアパートの居室が丸ごと入りそうなほど広々としている。その玄関の立派な敷物を敷いた板張りの上に、着物姿の中年女性が背筋を伸ばして立ち、三人に冷ややかな視線を注いでいた。奥平家の夫人、靖子《やすこ》。真優の母親だ。

「真優さん、何事ですの。お客さまがいらしているというのに」

何となく棘《とげ》のある口調だ。沢口には、その棘が自分に向けられているように思えた。

「はい、一緒に応接に入っていただきます」

真優が答えると、靖子は露骨に眉をひそめた。

「どうしてこの人たちが」

まるで、平民風情がなぜ奥平家の客人に会うのか、とでも言いたげだ。冷静に考えれば、まったくの被害妄想なのだが、沢口はついそんな風に捉《とら》えてしまう。

「お父様のお言いつけです」

真優がはっきり告げると、靖子は一瞬の間を置き、表情を動かすことなく「そう」と言ってさっと背を向け、奥へ消えた。城之内や沢口にはひと言もかけないままだった。

「相変わらずですね。済みません」

真優は困ったものだというように眉を下げた。城之内は、慣れた様子で軽く肩を竦め、笑顔で応じた。靖子は元公家《くげ》の伯爵家から嫁いできた根っからの貴族令嬢で、戦後何年経っても、貴族的な感覚から抜け出せないのだ。真優たち若い世代は変化を変化として受け止め、それなりに適応しているのだが、古い世代の旧華族には、靖子のような人がまだ少数、残っているらしい。

「さあ、どうぞ。こちらです」

真優が先に立って家に上がり、廊下の左手にある重厚な扉をノックした。中から「どうぞ」とくぐもった声が聞こえた。

扉が開くと、中にいた三人が一斉にこちらを向き、奥側の客用ソファに座っていた背広姿の二人の初老の男が、頭を下げた。これが清田村から来た客人らしい。

「おお、和樹君、済まんね仕事中に」

手前側のソファから、奥平家の当主、憲明《のりあき》が愛想よく言った。胡麻塩《ごましお》頭の憲明は五十を幾つか過ぎており、かつては運動で引き締まっていた体も、今はだいぶ福々しくなっている。今日はワイシャツにカーディガンの寛いだ格好で、いささか堅苦しい様子の客人とは対照的だ。

憲明は沢口に目を留めると、怪訝《けげん》な表情を浮かべた。

「おや、君は確か出版社の人だね」

「え、ええ、講栄館の沢口です」

沢口がその先を言う前に、真優が口を挟んだ。

「出版社の方なら世間の事情をよくご存知と思いまして、一緒に聞いていただくことにしましたの。構いませんでしょう」

ずいぶんいい加減な理屈だが、沢口は敢《あ》えて訂正しなかった。憲明は、いいですかと言うように客人に顔を向けた。二人の客人は、どうぞどうぞと大きく頷いた。二人とも戦前派の人間らしく、殿様を前にして上座に座っているだけで恐縮しているように見える。城之内と沢口は、名刺を取り出した。その間に真優は、「それではお願いします」と言い残して部屋を出た。

「清田村の村長をしております、田内暢彦《たうちのぶひこ》と申します。城之内先生のお名前は存じ上げております。探偵小説と申しますか、その方面では大変名のあるお方だそうで」

憲明より五つ六つは若そうな田内村長は、にこやかに挨拶した。が、その言い方からすると、城之内の本は読んでいないようだ。もう一人は憲明より年嵩《としかさ》で、痩せ型の村長と違って恰幅《かっぷく》もいい。名刺には村会議長、藤田和哉《ふじたかずや》とあった。

「どなたかが行方不明とお聞きしましたが」

城之内が尋ねると、田内村長は顔を曇らせた。

「そうなんです。一緒に上京した村会議員が……」

田内が言いかけるのを、憲明が制した。

「田内さん、初めからもう一度、順を追って話してくれ」

「は、わかりました」

田内は居住まいを正し、話を始めた。

「鉄道建設審議会、というものをご存知でしょうか」

何の審議会だって？　いきなり予想していない方向に話が飛んだぞ。沢口は首を傾げた。一方、城之内はその審議会のことを知っているようだ。

「ああ、国会議員や有識者を集めて、どこに国鉄《こくてつ》のレールを延ばすか決めるやつですね」

「はい、そのようなものです。このたび東京に出てまいりましたのは、審議会の先生方にお礼かたがたご挨拶をして回るためでして」

「ということは、清田村に鉄道を引くという話が、持ち上がっているわけですか」

「左様です。飯田《いいだ》と岐阜《ぎふ》県の恵那《えな》を結ぶ路線でして」

沢口が頭の中で懸命に地図を辿《たど》っていると、憲明が説明を始めた。

「南信濃《みなみしなの》のあの辺では、伊那谷《いなだに》と木曾《きそ》を結ぶ鉄道路線が幾つも計画されていてね。飯田から中津川《なかつがわ》を結ぶ線、妻籠宿《つまごじゅく》の方を通って三留野《みどの》駅（注・現在の南木曾《なぎそ》駅）に繋《つな》ぐ線、清田村を通って恵那に抜ける線が俎上《そじょう》に載せられてる。清田村としては当然、村を通る線を引いてほしいわけだ」

「御前様《ごぜんさま》のおっしゃる通りです。恵那へ通じるので、便宜上、恵那線と呼んでおりますが、この恵那線が先日の審議会で、晴れて調査線、つまり建設のための調査を行う対象となる線に指定されました。ただし、中津川線も同様です。わが村としては、中津川線などよりもこちらを優先して建設してもらえるよう、方々に働きかけておる次第です」

田内は憲明を「御前様」と古風に呼んだ。憲明の顔に、何となく満足げな表情が浮かんだ。

「なるほど。さすがにお詳しいですね」

城之内がいかにも感心したように言うと、憲明の頰《ほお》がさらに緩んだ。

「いや、私もまだ中央に伝手《つて》は残っているから、それなりに情報は仕入れておるんだ」

奥平藩四万石の旧領については、今も大いに関心を持っているのだろう。

「国鉄で言うと飯田線と中央本線を結ぶわけですね。しかしそれには、中央アルプスを越えなくてはならない。工事はかなり大変でしょう」

城之内が疑問を呈すると、田内は、いやいや、と手を振った。

「おっしゃるように山越えは必要ですが、国鉄の技師さんに聞いたところ、今では一里も二里もあるような長いトンネルを掘れるので、その気になれば大抵《たいてい》の山は越えられるそうです。時代は進んでおるんですなあ」

「確かに、戦前でも丹那《たんな》トンネルや清水《しみず》トンネルを掘ってますからね。でも、お金は相当かかるでしょうねえ」

沢口がつい口を挟むと、田内が急に勢いづいた。

「いかにも、そうです。三路線とも作れたら結構なのですが、国鉄の台所事情もありますからな。しかし、鉄道は国策です。地域の振興という大事な目的がある。戦後の復興も一段落して、これからは地方も含め、国全体が発展していかねばならんのです。そのための金は惜しんではいけません。わが清田村は、飯田の近辺では少々奥まったところにありまして、そのために交通の発展から取り残されております。車の通れる道路こそ通じたものの、やはり輸送の主役たる鉄道を何としても、村の将来のため……」

すっかり饒舌《じょうぜつ》になった田内に啞然《あぜん》としていると、憲明が咳払《せきばら》いした。

「あー、田内さん。熱弁を振るっておるところ申し訳ないが、選挙演説会ではないのでね。少し端折《はしょ》ってくれませんかな」

「や、これは失礼いたしました」

田内は赤くなって一旦言葉を切り、一口茶を啜《すす》った。そのタイミングを逃さず、城之内が確かめるように聞いた。

「村会議員の方が一緒だとおっしゃいましたが、三人で挨拶回りをするはずだったんですね。その議員が行方不明になられた、と」

「そうです。原渕剛造《はらぶちごうぞう》という者で、戦後の最初の選挙で当選して、今に至っとります」

「揃《そろ》って上京されたんですね」

「一昨日《おととい》の朝、飯田を発《た》ちまして、辰野《たつの》へ出て準急白馬《はくば》に乗り、夕方に新宿《しんじゅく》へ着きましたんです。四谷《よつや》に、上京するといつも泊まっている宿があるもので、そこへ落ち着きました」

「原渕さんも、その宿に……」

「ええ、宿には入ったんですが、食事をした後しばらくして、原渕宛《あて》に電話がありましてね。電話を切って部屋に戻り、十五分ほど経った後、ちょっと出てくると言って宿から出ていったんです。それっきり、戻ってこんのですわ」

「ふうん。誰からの電話か、わからないんですか」

「はあ、原渕が何も言わんかったもんで。電話を取り次いだ宿の番頭には、清田村の者だとだけ言っとったそうです」

「名前は言わなかったんですね。心当たりは」

田内はかぶりを振った。

「長距離電話ではなかったようです。そもそもよほどの一大事でない限り、東京まで高い料金を払って長距離電話をかけてくる者は、村にはおらんですよ」

田内は傍らの藤田の方を向き、「なあ、そうじゃろ」と同意を求めた。藤田が頷いて言った。

「必要なときは、電報を打つでしょうな」

田内は「そうだわな」と相槌《あいづち》を打った。

「我々の知り合いなら、原渕はそう言うでしょうし」

「東京に原渕さんの知り合いは」

「さあ、どうでしょう。親族とかはこっちにおらんはずですが、軍隊仲間とかならもしかしているかもしれません。私らには、ちょっとわかりませんが。何しろ、戦後に東京へ出るのはこれが初めてという男ですから」

「そうですか。電話があったのは何時か覚えてます？」

「ああ、そりゃあ八時半です。宿の帳場の前にテレビがありましてな。伊那谷は電波が届かんもんでテレビはありませんから、つい珍しゅうて他の泊まり客と皆で見入っとったんです。野球のナイターをやってましして、時計が映ったから間違いありません」

「それなら、原渕さんが宿を出たのは九時少し前くらいですね」

「ええ、そうです」

「わかりました。で、昨日は何をしてましたか」

「はあ、朝になっても戻らんので、どこへ泊まったのかと首を捻っておりました。いや正直、よからぬ場所へ行って一晩過ごしたのかとも考えたんですが、昨日は朝から挨拶回りの予定だったんで、その時間になっても戻らないのは変だと思いまして。それで原渕の部屋を見てみたんですが……」

そこで田内が口ごもり、ちらりと藤田の方を見た。藤田は眉根を寄せたが、仕方ないとでも言うように頷きを返した。田内は城之内に向き直ると、ほんの少しためらってから先を話した。

「実は、鞄《かばん》が消えとったんです」

「鞄？」

城之内が怪訝な顔をした。

「着替えなどの荷物を持っていったんですか」

それならば、どこか別の場所に泊まるつもりで出ていった、ということだ。だが、田内は違うと言った。

「着替えの入った鞄は置いてあったんです。消えたのは別の鞄でして」

「ほう。それには何が入ってたんです」

「それはその……現金五十万円です」

「五十万円ですか」

沢口の給料の二年分以上だ。思わず声を上げて、城之内に睨《にら》まれた。そんな現金を、何のために持ち歩いていたのか。

「それは聞いてなかったな」

憲明も眉をひそめた。田内は「申し訳ございません」と恐縮した。

「その現金《マネー》、審議会に関わる政治家の先生方への……」

なるほど、恵那線が有利になるよう動いてもらうための政治献金か。状況を考えれば、それしかあるまい。城之内の直截《ちょくせつ》的な問いに、藤田はちょっと困った顔をしたが、田内はあっさり肯定した。

「その通りです。魚心あれば何とか、とまでは申しませんが、やはり然《しか》るべく動いていただくためには、それなりの誠意が必要かと」

誠意ねえ、と沢口は胸中で嘆息した。明治大正《たいしょう》の昔から、鉄道は大きな政治利権だった。自分の地元の町や村に鉄道を持ってくるため、裏で多額の金が動くのは、ほとんど常識だった。あまりにあからさまだったので、「我田引水」をもじって「我田引鉄」と言われたぐらいである。その悪しき風習は、この民主主義の現代でも色濃く残っているようだ。

「昨日はどの先生のところへ行ったんです」

城之内がさらに聞くと、田内と藤田は顔を見合わせたが、隠さずに話した。

「審議会委員の工藤一郎《くどういちろう》先生と、地元の選出で審議会にも顔の利く村河義忠《むらかわよしただ》先生です。明日は他にもお訪ねする予定ですが、昨日のお約束はこのお二方で」

「いずれも衆議院議員の先生ですね。原渕さんのマネーがなくては、困ったでしょう」

「いえ、まあ、それは何とか、懸命に誠意をもって恵那線の重要性をご説明申し上げましたので」

また誠意か。これは言葉通りの意味だろう。相手も吉良上野介《きらこうずけのすけ》ではないのだから、金を持ってこなかったと言って嫌がらせするわけではあるまい。

「村河さんには先月、会合でお会いしたんで、よろしく言っておきましたよ」

憲明が言うと、田内と藤田は揃って深々と頭を下げた。

「ありがとうございます。御前様にもお気遣いいただき、誠に恐れ入ります」

「ところで、原渕さんは車は呼ばなかったんですか」

「えっ」

城之内が唐突な質問をしたので、田内は戸惑ったようだ。が、すぐに思い出して答えた。

「呼んでいません。歩いて出ていきました」

「ならば、行く先は近所だったんでしょうね」

ああ、と田内が頷いた。城之内の言葉に納得したようだ。

「表通りに出てから、タクシーを拾ったかもしれませんよ」

沢口は敢えてそう言ってみた。城之内は賛同しなかった。

「ノーノー、東京に不案内の人間なら、知らない道で流しのタクシーを当てにするより、宿で呼んでもらうだろう。原渕さんでも迷わず行ける場所だったんだ」

「いちいちごもっともです。さすがに探偵小説を書かれる方は、筋の通った見方をされますなあ」

田内と藤田は、本気で感心したようだ。城之内は、何でもないという風に軽く肩を竦めた。

「いえ、大したことでは。しかし出向いた先が近所なら、丸一日以上戻らないというのは、おかしいですね。近所で待ち合わせた相手と、どこか遠方へ行ったと考えられなくもないですが。何か思い当たる節は、本当にありませんか」

「ええ、ずっと考え続けてはおるんですが」

「少なくとも、電話してきた相手はあなた方の宿泊先を知っていた。まったく見ず知らずの人間、ということはないと思いますが」

「うーん、そう言われれば確かに。村役場の者と村の主だった人たちは、もちろん宿を知っています。ですが、東京にはそんな人は、ねえ。挨拶先の方々には事前に宿を知らせたりしていませんし」

「近所は捜してみたんですか」

沢口が聞くと、田内は困った顔になった。

「近所と言っても、東京はどこも建物がぎっしり建ち並んでますから。当てがなければ調べようがないです」

言われてみればそうだ。南信州の村の感覚とは、だいぶ異なるだろう。

「となると、当面は原渕さんが自分で戻るか、連絡してくるのを待つしかありませんね」

城之内が仕方なさそうに言った。田内も不承不承、頷いた。

「いや、おっしゃる通りです。どうも厄介な話を持ち込みまして、失礼いたしました」

がっかりした様子で、田内と藤田は丁寧に礼をした。沢口はどうしようかと思い、城之内を見た。城之内も、沢口が何を言いたいかは察したようだ。やめておけ、と目で告げた。沢口は目立たない程度に頷き、口を閉じた。

田内と藤田が辞去するのを玄関で見送った後、三人が応接間に戻ると、それを待っていたように真優が入ってきた。

「さあ、どのようなお話でしたの」

「何だ真優、お前が聞くべき話ではないぞ」

憲明が渋面を作って窘《たしな》めた。が、真優は平気な顔だ。

「あら、そんなに邪険にしなくてもいいでしょう。和樹先生と沢口さんをお呼びしたのは私ですし、だいたいのところは聞こえてましてよ」

「嫁入り前の娘が、大人の話に嘴《くちばし》を挟むな」

「私を子供だとでも？　男女同権の時代に何をおっしゃるの」

「やれやれ、万事この調子だ。ああ言えばこう言う。困ったもんだよ和樹君」

憲明は城之内に向かって溜息《ためいき》をついた。城之内が笑って応じる。

「まあまあ、いいじゃありませんか。真優さんが聞いていけない話というわけでも」

そう言われると憲明も、仕方ないなと苦笑した。いろいろ言っても、奥平家の当主は娘に甘いのだ。

「じゃあ、沢口君」

何だ、僕に説明させるのかと沢口は呆《あき》れたが、文句は言えぬまま、順を追って田内から聞いたことを繰り返した。

「まあ。それじゃあ、事情は明白じゃありませんの」

聞き終えた真優は、ひと言で斬り捨てた。

「明白だと」

憲明がまた渋面になった。真優は得意げに胸を張る。

「だって今お聞きした話では、その原渕という人が誰かと示し合わせて、五十万円を持ち逃げしたうえ姿をくらました、ということしかないでしょう。村長さんは、おわかりになっていないのかしら」

あまりにはっきり言う真優に、三人は苦笑した。

「いや、村長も村会議長も、わかっているはずだよ。敢えて触れなかったのは、立場があるからだろうね。仲間を信じたいのか、村の名誉のためか」

「なので、僕らも村長さんたちのことを慮《おもんぱか》って、口に出さなかったんです」

城之内と沢口が言うと、真優は虚をつかれたような顔をした。

「だったら、どうしてうちに来てあんな話を。自分たちの胸に収めておけばよろしいのに」

「あの人たちも、どうするか迷ってたんだろうね。ここで話を聞いてもらって、気が収まったんじゃないかな」

真優は少しの間、城之内の言葉を考えるように首を傾げていたが、やがて得心したのか頷いた。

「そういうことだったんですか。いろいろと難しいものですねえ」

「だからお前はまだ子供だと言うんだよ」

憲明が諭すように言うと、真優は胸を反らした。

「この国の古い殿方は、気を遣い過ぎて話を面倒にしているだけではありませんの。度が過ぎると、いずれ世界で通用しなくなりますわよ」

憲明は、唖然として娘を見つめた。城之内は、吹き出しそうになっている。

「で、どうしますのお父様」

「どうもしやせんさ。我々にできることはない」

「あら。てっきり原渕さんを捜して、追いかけるのかと思いましたわ」

「馬鹿を言いなさい。そりゃ警察の仕事だ。それに警察も、田内村長かご家族が訴え出ない限り、動くことはない」

「真優さん、お父様のおっしゃる通りだ。ここは成り行きを見守るしかない。原渕をどうするかは、村長たちが決めることさ」

城之内が加勢すると、真優はまだ不服そうだったが、それ以上は言わなかった。憲明と沢口は、ほっとして肩の力を抜いた。

だが結局、真優の方が正しかった。やはりこのままでは済まなかったのだ。


神田小川町の講栄館ビルは、空襲を生き延びた石造りの三階建てである。築後三十年になる重厚な景観は、街並みの中でもひときわ目立ち、老舗《しにせ》出版社らしい風格を見る者に感じさせている。

沢口はその二階にある文芸部の自分のデスクで、一息ついていた。昨日は田内村長の思わぬ話があったものの、城之内の原稿は、約束通りどうにか書き上げてもらえた。五時の締め切りには、やはり滑り込みになったが、それは別に珍しいことではない。

今日は別の担当作家と電話でやり取りをして、次作の内容をほぼ固めたところだ。これで少し余裕ができたかな、とほっとしたところ、電話が鳴った。

「沢口さん、城之内先生からお電話です」

電話を取った給仕が声をかけたので、沢口はおもむろに受話器に手を伸ばした。

「はい、沢口です。昨日はどうも……」

言いかけたところで、いきなり城之内に遮られた。

「沢口君、これから時間あるか」

「え？　はあ、ちょっとぐらい大丈夫ですが」

「よし、じゃあすぐこっちにカモンプリーズだ」

城之内の声は、ずいぶん急《せ》いていた。

「いったい何事ですか」

「昨日の話の続きだ。原渕の死体が見つかった」

「えっ！」

「今、警視庁の大塚《おおつか》警部が本館に来て、奥平さんから話を聞いてる。その後、僕のところへも寄るそうだ。確認のため、君にも話を聞きたいらしい」

「わかりました、すぐ行きます」

沢口は受話器を置くと、編集長に向かって「ちょっと城之内先生のところへ」と大声で言ってから、相手に何も言う間を与えず部屋を飛び出した。

# 第二章

「死体は原渕に間違いないんですか。場所はどこです。事故ですか、殺しですか。五十万円入りの鞄はどうなりました」

城之内の家の二階に上がるなり、沢口は息を切らして畳みかけた。それを城之内が手で制した。

「落ち着けよ沢口君。そういっぺんに聞かれても答えられん」

「ああ、すいません。急な展開でつい興奮しまして」

「興奮ったって、君はたまたま昨日話を聞いただけで、清田村には関係ないじゃないか」

「それはそうですが、昨日の今日ですからねえ。横領してトンズラしたと思っていた人物が死んでいたとあっちゃ、まさにミステリじゃありませんか」

「ミステリか、ふん。まあとにかく、所轄じゃなく本庁捜査一課のチーフ殿が直々に乗り出してきたんだ。こいつは殺人事件らしいな」

「ですよね。何者の仕業ですかねえ。やっぱり五十万円が絡んでるのかな」

「そう慌てるなって。じきに大塚さんが来るから、取り敢えずどこまでわかってるのか、聞いてみようじゃないか。何を言うにしても、それからだ」

もっともな話だ。沢口は照れ隠しに頭を掻《か》くと、いつもかけている椅子に腰を下ろした。

それから二分と経たないうちに、玄関のドアが開く音がして、「おうい城之内先生、お邪魔するよ」という声が聞こえた。大塚警部殿のご入来だ。

階段をゆっくり上ってくる二人分の足音が響き、「やあ、どうも」と軽く挨拶しながら大塚が現れた。青葉の季節も近いというのに、トレンチコートを羽織ってソフト帽を被《かぶ》っている。後ろには部下らしい男を一人、従えていた。

「しばらくだねえ、大塚さん」

「失礼するよ。お、沢口君も来てくれていたか」

城之内は微笑しながら、手でソファを勧めた。

「珈琲でも淹《い》れようか」

「いや、奥平さんのところでいただいたんで、お構いなく」

大塚は、気取った仕草で帽子を脱いだ。彼は三十代半ばで、城之内とは旧知だ。城之内の推理小説のファンでもあり、手掛けている事件について、内々に意見を聞きに来ることもある。難しい事件で行き詰まったとき、城之内に助けを求めているのだ、と沢口は推測していた。その一方、城之内の作品には自分がヒントを提供しているんだ、などと吹聴して悦に入っている、との噂も漏れ聞いている。

「こっちはうちの班の永谷《ながたに》だ」

大塚が傍らの部下を指して紹介した。

「永谷です。先生のお噂《うわさ》は、かねがね」

丁重に頭を下げた永谷は、城之内と同じくらいの年格好だ。髪を軍隊風に短く刈り、肩幅が広くがっちりしているところを見ると、学生時代から柔道か何かをやっていたのだろう。

「死体が見つかったそうだね」

城之内は、大塚たちの向かいの椅子に移ってから言った。大塚が頷く。

「赤坂《あかさか》離宮の北側、四谷見附《みつけ》の近くに公園みたいなのがあるだろう」

「うん、中央線のトンネルの上のところだな」

「昨日の夕方、そこの植え込みの陰で見つかった」

「原渕に間違いないのか」

「ポケットに名刺があった。村役場に長距離電話で問い合わせたら、村長と一緒に上京中だと言われて、滞在先の宿を教えてくれた。それで今朝、田内とかいう村長を宿から呼び出して確認してもらったよ。三日前の晩から行方不明だったようだな」

「死亡推定時刻は」

「詳細はまだだが、見つかった時点で死後二日、ってとこだ。勘定は合う」

「東京のど真ん中だってのに、丸二日も発見されなかったのか」

「植え込みの陰で、ちょっと見にはわからん。しかも、その辺に落ちてたボロ布が被せてあった。近所の爺《じい》さんが散歩させてた犬が嗅《か》ぎつけなけりゃ、もっと臭いが酷《ひど》くなるまで気づかなかったかもしれん」

「隠してあったなら、明らかにマーダーケース、殺しだな」

城之内が納得して言うと、大塚は永谷に「おう」と合図した。永谷の表情からすると、いくら知人でも部外者に何もかも話していいのかと戸惑っていたようだが、警部の指示にはすぐ従った。

「絞殺です。首に索条痕《さくじょうこん》がありました。後ろから襲われた、と考えられます。犯人の遺留品や指紋などは見つかっていません」

「原渕の鞄のことは、聞いてるか」

それには大塚が答えた。

「五十万円のことか。それは現場になかった。あの辺に浮浪者の類《たぐ》いはおらんから、犯人が持ち去ったと見るべきだろう」

「物取り、と思ってるか」

「どうかな」

大塚は肩を竦めた。仕草からすると、やはり単純な物取りとは考えていないようだ。

「さてと。それじゃあ、昨日奥平さんのところで君らが聞いた話を、最初から説明してもらおうか」

大塚はそう言ってソファに背中を預け、足を組んだ。どうやら、アメリカの映画に出てくる刑事を真似ているらしい。城之内が、ニヤリとした。

「つまり、奥平さんの話に抜けや間違いがないか、相互確認をしに来たわけだ」

「そうだよ。あんたのことだから、そのぐらい承知だろう。さあ、こっちが摑《つか》んでることを先に喋《しゃべ》ったんだ。あんたたちもすっかり漏れなく話してくれ」

「わかった」

城之内は、昨日の田内村長らとの会話を細大漏らさず話した。途中で何度か、永谷が沢口へも確認を取った。

「よし、奥平さんの話と食い違いはないな」

大塚は満足して、参照していたメモを閉じた。

「五十万円を議員先生たちに配るはずだった、てのは少々きな臭《くさ》いが。村長もあんたらも、原渕が持ち逃げしたと思ったんだな」

「しかし殺されたとなると、状況が変わるぜ。原渕を呼び出した電話についちゃ、何かわかってるのか」

「交換台を通さないダイヤル直通だ。都内からなのは間違いない」

「犯行現場は発見された公園なのか」

「微かに死体を引きずった跡が残ってたからな。宿は都電の四谷二丁目停留所のすぐ傍《そば》だ。公園まで歩いて五、六分だから、電話もその周辺からかけられた可能性が高い。目下、聞き込みに当たらせている」

「抜かりはないようだな」

「捜査一課を何だと思っている。犯人が鞄を持って逃げたなら、四ツ谷駅界隈《かいわい》で目撃者が出るだろう。電話の件と併《あわ》せれば、割り出しにそう時間はかかるまい」

大塚は自信ありげに言って、ソファから立ち上がった。

「さてと、邪魔して悪かった。今日はこれで失敬する」

大塚はソフト帽をちょっと傾けて被ると、トレンチコートの裾《すそ》を翻して階段を下りていった。

永谷が一礼し、急ぎ足で後を追った。

「大塚さんの様子だと、すぐにも殺害犯人を炙《あぶ》り出せそうな感じですね」

大塚が玄関を出た後、沢口が言った。すると、城之内はくすっと笑った。

「どうだかねえ。大塚さんもあんな風には言ってるが、口ほどに確信はなさそうだぜ。この事件、見た目ほど単純には終わらない予感がしてるんだろう」

「そうでしょうか」

「大塚さん、こっちから聞く前に事件の詳細を話し出しただろう。捜査が思い通り進まなくなったら我々を引っ張り込むつもりで、布石を打っていったんじゃないかな」

「え……そうなんですか」

城之内が大塚警部に手を貸したことは、何度かある。しかし最初から、困ったときに城之内を当てにするつもりで用意しているとしたら、大塚もだいぶ人が悪い。

「先生は、何か事件について考えがあるんですか」

「大してないよ。まあ、原渕の体格がどれほどかは知らんが、絞殺して死体を動かしたとすると、女の仕業じゃなさそうだ」

「それはまあ、僕でもわかります」

「それと、清田村の者が関わっていることも間違いないだろう。東京に友人はいないようだから、原渕が五十万円を持っていると知っていたのは、村の関係者しかいない」

「ああ、それはそうですね。でも、その金を受け取るはずだった先生方も知っていたのでは」

「そいつはどうかな。金を持ってくると期待はしてたかもしれんが、事前に原渕や村長の方から、いくらぐらい持っていきますなどと言うかい。だいたい、審議会のお偉方がそんなことで人殺しなんかする必要があるとも思えん」

「ごもっともです。それじゃ、村の者が原渕を追ってきたんでしょうか」

城之内は、答える代わりに手を伸ばし、書棚から時刻表を取った。それからぱらぱらとページをめくり、目当ての箇所を見ながら言った。

「ええと、村長らと原渕は準急白馬で来たと言ったな。白馬が新宿へ着くのが十六時三十分。これに乗るには、飯田を八時四十四分に出て辰野で乗り換えになる。その後の列車で行くなら、準急穂高《ほたか》を使うことになるな。穂高は新宿着が二十時三十九分だ」

「原渕が電話を受けたのは八時半でしたね。それじゃ間に合いません」

「後から追いかけたんじゃなさそうだな。先回りかもしれんが」

城之内は時刻表を閉じた。ちょうどそのとき、階下で真優の声がした。


「大塚警部さんが帰られるのが見えたので、お呼びしに来ましたの」

二階に上がってきた真優が言った。

「お父様《ダディ》が、またご用かな」

城之内は、ちらりと本館に目をやった。

「そうなんです。煩《わずら》わせて申し訳ないんですけど、お願いしたいことがあると」

「原渕氏の一件で？」

真優が頷く。

「そうなりそうな気はしてたよ。沢口君、伺《うかが》おうじゃないか」

城之内は沢口の腕を軽く叩いて、上着を引っ掛けた。

憲明は、この前田内村長らと会った応接室でなく、奥の書斎で待っていた。

「失礼します」

沢口はここに入るのは初めてだ。城之内に続いて足を踏み入れると、ついつい室内に隈《くま》なく目をやってしまった。片側の壁一面が天井まで書棚になっており、分厚い本の背表紙がぎっしり並んでいる。洋書も多く、一世紀以上前のものではと思える古い装丁の本も見えた。本の仕事に携わる者として、貴族の館の書斎とはこんな感じかと思い描いていた通りだ。

「呼び立てて済まんね」

憲明は愛想よく言いながら、小さな円卓の周りに配された、ロココ調の椅子を勧めた。

「原渕さんの事件が、気になりますか」

城之内は座るなり、早速話に入った。憲明が溜息を漏らす。

「あの男に会ったのは二度くらいだが、知り合いが殺されたとなると、衝撃はあるね」

「滅多にあることではありませんから」

「大塚警部から、話は聞いたんだろう」

「殺人に間違いないこと、五十万円入りの鞄が消えていることなどは。周辺の聞き込み中だそうですが、昨日の今日でこれといった発見はないようで」

「そうか。私のところでは、こっちの話を聞くばかりで詳しいことは何も言わなかった。やはり君は信用があるんだね」

「信用《トラスト》と言うより、便利遣《コンビニエンス》いだと思いますが」

城之内は皮肉っぽく笑った。

「原渕さんのことを知らせてきたのは、田内村長ですか」

「うん。宿に警察が来たと、今朝電話があった。刑事がうちへ事情を聞きに行くかも、ともね。村長は、私たちを厄介事に巻き込んだと恐縮していたよ」

村長がうろたえているさまが、目に浮かんだ。

「とにかくこんな事態が起きたので、挨拶回りどころじゃなくなった。今夜の夜行で帰るそうだ」

「それは無理もないでしょう」

城之内が頷いたところで、真優が紅茶のカップを載せた盆を持って入ってきた。一昔前なら女中がやっていたことだろうが、十人余りいた使用人も今は一人もいない。料理と掃除のため、近所に住んでいる以前の女中の一人が通いで来てくれているが、夕飯の支度まで間があるので、出かけているようだ。靖子夫人は家事はまったく駄目だし、来客のところにも滅多に顔を出さない。同じ敷地に住む城之内ともあまり話したがらず、部屋にこもっていることが多かった。真優の方はあまり人見知りせず、動きも軽い。本館だけでなく城之内の家でも、喜んでお茶や珈琲を淹れている。

真優は円卓にカップを並べると、空いている椅子に腰かけた。自分も話に加わるつもりだ。城之内は真優に目礼して、話を続けた。

「村長にも村会議長にも、犯人の心当たりはないんでしょうね」

「うん、かなり困惑していたよ。しかしな……」

憲明は少し口ごもってから言った。

「五十万円を奪われた点を気にしている。電話で呼び出されたのは間違いないが、なぜ五十万円を持って出たのか、そこがわからない、と」

「犯人の指示でしょう。少なくとも犯人は、原渕さんが五十万円を持っていることを知っていたわけです」

「そうだな」

憲明は残念そうに同意した。さっき城之内が沢口に言ったのと同じことを、憲明も考えていたようだ。

「この殺人事件、清田村に関わっていると思うかね」

憲明の問いかけに、城之内は深々と頷いた。

「間違いないでしょう。大塚警部も現場周辺の捜査を終えたら、清田村を調べ始めるはずです」

「酷い話ですわ」

真優が憤りを見せた。

「五十万円に、人を殺すほどの価値があるんでしょうか」

「それは人によるだろうね」

城之内は、肯定も否定もしない。沢口の感覚では、自分の年収の二倍以上の金額なら、人を殺してでも手に入れようとする人間がいてもおかしくはない。真優の感覚は、また違うようだ。

「それに、五十万円を狙ったものだったかどうかは、まだわからないからね」

「え、金以外の動機があるかもしれないんですか」

沢口は驚いて言った。城之内は眉根を寄せた。

「そうは言ってない。確かに五十万円が消えたが、それが動機だというのは今のところ可能性の一つでしかない、ってことさ。本当に金目当てだったかどうかは、犯人が捕まらない限り断定できない」

「それは、まあ」

理屈ではそうだが、それでは焦点が絞れない。一方、憲明は得心したようだ。

「なるほど、今の段階では何でもあり得るな」

頷いたものの、心配顔になった。

「田内さんは当分、気が休まらんだろう。そこで和樹君、ちょっと頼まれてくれんかな」

「何でしょうか」

「うん、私が何もできんところ、大変申し訳ないんだが」

憲明は、頭を掻きながら遠慮がちに言った。

「うちの先祖は、戦国時代以前は清田村あたりを所領にしていた土豪でね。あの村は、いわばわが家の源なんだ。そこで何かが起きているなら、手助けをしたい。君にこんなことを頼むのは筋違いなのはわかってるが、村長に手を貸してやってもらえないだろうか」

憲明はそれだけ言うと、真摯《しんし》に頭を下げた。真優が、びっくりしたような顔で父の様子を見ている。

沢口は戸惑った。憲明の気持ちはわからなくもないが、身内でもない城之内に頼るのは、無理筋ではなかろうか……。

「いいですよ。承知しました」

城之内が実にあっさりと返事したので、沢口ばかりか当の憲明まで目を丸くした。

「えっ、本当に構わんのか」

「ノー・プロブレムですよ。村長の相談に乗ろうじゃないですか」

「いや、助かる。ありがとう。奥平憲明、一生の恩義だ」

心底ほっとした表情で、憲明が改めて深く頭を下げた。

「そんなに気を遣わないでください。これは、ミステリ作家として大いに興味を引かれます。この事件、意外に奥が深いかもしれない。深く関われるのは、寧《むし》ろ歓迎します」

「そう言ってもらえると、非常にありがたい」

「ですが奥平さん、一つ伺いたい。そこまで心配されるのは、何か火種があるからですか」

「うむ、火種と言うほどでもないと思うが」

憲明は、ちょっと溜息をついてから言った。

「清田村は戦前、二つの村が合併してできたんだ。まだ一つにまとまったとは言いがたいみたいでね」

憲明は慎重に言った。どうやら、元の二つの村の住人の間に溝があるのを心配しているらしい。城之内が察したように頷く。

「わかりました。こう言ってはなんですが、なかなか面白い。そうですね、すぐは無理だが、明々後日《しあさって》からでも清田村に行きましょう」

「おう、そんなに早く動いてくれるか。重ね重ね、申し訳ない」

憲明が安堵の笑みを浮かべたところで、それまで黙っていた真優が、突然言った。

「私も、行きます」

三人は、呆気《あっけ》にとられた。

「行くって、真優、何を言い出すんだ」

「和樹先生は村にとってはまったくの余所者《よそもの》です。誰もが警戒してしまうでしょう。でも私が行けば、信用はしてくれるはずです」

皆、言葉に詰まった。真優の言う通りだ。東京とは違い、地方の村は多かれ少なかれ、閉鎖社会だ。憲明や村長の知り合いだと名乗っても、簡単には受け入れまい。真優が出ていけば、かなり状況は変わる。

「そういうことなら、私が……」

「お父様が行っては、大袈裟になり過ぎて却《かえ》って面倒です」

ぴしゃりと言われ、憲明は言葉を呑《の》み込んだ。

「しかし真優さん……」

真優は城之内に正面から向き直った。

「和樹先生の助手として行きます。現に私は、助手兼秘書ですから」

そう言ってにっこり笑った。あながち間違いではない。真優は普段、城之内の資料集めや整理、原稿の校正などを手伝っている。城之内が忙しいときは、秘書と名乗って出版社の電話に応対することもある。しかし今回はどうだろうか。

「待ちなさい、お母様が何と言うか」

気位《きぐらい》の高い靖子のことだ。娘が気儘《きまま》に動き回るのは気に入らないだろう。が、母の話が出た途端《とたん》、真優の顔が険しくなった。

「行きます」

真優の声には、決然とした響きがあった。憲明は観念したらしく、がっくり肩を落として大きな溜息をついた。

「わかりました。真優さんの言うことにも一理ある。僕に任せてください」

城之内も腹を括《くく》ったようだ。

「真優さん、一つ約束してくれ。決して、僕の指示なしに自分一人で行動しないように」

「はい、もちろんです。助手ですから」

真優は、満面の笑みを浮かべて素直に応じた。沢口は苦笑した。二人とも、真優さんには逆らえないようだ。さて清田村は、どんな風に二人を迎えるか……あれ、ちょっと待てよ。

「先生、明々後日から清田村へ行くって言いましたよね」

「ああ、言ったよ」

「いつまで向こうにいるんですか」

「愚問だな。事件が解決するまでに決まってるじゃないか」

「解決って……どのくらいかかるんです」

「そんなこと、行ってみなきゃわからん」

「待ってください！　次回分の原稿はどうなるんです」

「それは、ちゃんと書くよ」

「現地で書くと言うんですか」

「だから、ちゃんと書くって」

「信じられません。いつかも出先で書くって誤魔化《ごまか》して、雲隠れしたじゃないですか」

「それは……ええい、心配なら君も来ればいいじゃないか」

「はあっ？」

あまりのことに目を白黒させていると、真優がこちらを見て吹き出した。


編集長の指示は、明確だった。城之内に張りついて原稿を確保せよ、逃げられるな。それだけ講栄館にとって城之内の値打ちは高い、ということだ。

三日後の朝、まだ急な展開に当惑しつつ、沢口は新宿駅で城之内と真優と待ち合わせ、八時十分発準急穂高の二等車に乗り込んだ。普通の出張なら三等車になるところ、差額は城之内が負担してくれた。

東京発の長距離列車の常で車内は満席だが、さすがに二等車の座席はゆったりしている。向かいに座る城之内は、グレーの上着にデニム地のズボンと、アメリカ風の軽い服装だ。真優は淡い水色の上着にプリーツスカートで、いかにも良家のお嬢様風である。沢口は、背広上下に開襟《かいきん》シャツという自分の格好が、ずいぶん野暮《やぼ》ったく思えた。そのうえ、仲よく並んだ二人を見ていると、新婚夫婦の邪魔をしている無粋者のような気がしてきて、どうにも落ち着かなかった。

甲府《こうふ》を出るとさすがに車内も空《す》いて、四人掛けボックスを三人で占領することができた。これなら、他人を気にせず事件の話もできるだろう。そう思ったところで、真優が魔法瓶《まほうびん》を出した。

「珈琲を淹れてきました。さあ、どうぞ」

手ずからカップに注いで、手渡してくれた。戦前なら、こういうことは全ておつきの女中がやっていたんだろうな、と思い、恐縮して受け取る。

「やれやれ、まだ韮崎《にらさき》か。ブロードウェイ特急《リミテッド》のようなわけにはいかんな」

珈琲を啜りながら、アメリカを代表する特急列車を引き合いに出して、城之内がぼやく。もっとも、城之内もそんな列車に乗ったことはあるまいが。

「田内村長は、歓迎してくれますかね」

沢口が話しかけると、城之内は珈琲を飲み干してから応じた。

「奥平さんが電話で話したところじゃ、地獄に仏、というような塩梅《あんばい》だったそうだ。ちょっと誇張してるんじゃないかとは思うが、こっちは手助けに行くんだから」

憲明は、田内村長らが宿を引き払う前に電話で摑まえ、我々が出向く旨を伝えてくれていた。真優も来ると聞いて、村長はかなり驚いたのではないか。

「でも、何か目星があるわけじゃないんですよね」

「まあ、村の様子を見てからだな」

それから城之内は、真優の方を向いた。

「真優さんは、清田村は二度目だそうだね」

「ええ、覚えている限りでは。五年ほど前に、両親と行きました。でも戦争前、私がまだ二歳くらいのときにも行ってるそうなんです。全然覚えてないですけど」

二歳なら記憶になくて当然だ。そのころは、おつきを何人も従えて、文字通りの大名行列だったに違いない。

「真優さんの目から見て、どんなところだい」

「そうですね。山ばかりで田畑は広くないです。ひと言で言うと、のどかな山村ですね」

「だからこそ、鉄道に期待するところが大きいんだな。合併した二つの村の人たちの仲は、よくないのかな」

「さあ。私が行ったときは、皆さんよくしてくれて、いい方たちばかりに見えましたけど」

教科書通りのように真優は言った。

「でも、私なんかにはみんな、いい顔しか見せないでしょうからね。本当のところはわかりません」

沢口は、おやっと思った。意外と真優は、世の中をわかっているらしい。そう言えば、目黒の家にいるときに比べて、仕草も表情も、ずっと生き生きとしている。両親の目が届かないところで、真優は翼を広げ始めたようだ。これは吉なのか凶なのか。城之内は、そのあたりをどう考えているのだろう。沢口は期待と不安にかられて真優を見つめた。

# 第三章

飯田駅に着くと、村役場差し回しのタクシーが三人を待っていた。

「お疲れ様です。ここからまだ一時間ほどかかりますが、ご辛抱を」

ドアを開けた腰の低そうな運転手が言った。礼を言い、沢口が助手席に、城之内と真優が後部席に座る。運転手は真優のことを聞いているらしく、とりわけ丁重だった。

十年前の大火から復旧したばかりの真新しい市街を抜けると、道路は砂利道《じゃりみち》になった。タクシーは畑の間を縫い、河岸段丘の上に延びる道路を、砂埃《すなぼこり》を巻き上げて走っていく。右手には中央アルプス木曽山脈が迫り、左手遠くには南アルプス赤石《あかいし》山脈の連なりが見える。この二本の山脈に挟まれた縦に長い盆地が伊那谷で、飯田はその南の端に当たる。

「東京から来られたんでしたら、ここらは本当に山の中の田舎《いなか》でしょう」

運転手が苦笑気味に風景を指して言う。この地方は稲作、畑作の他、養蚕《ようさん》や製糸業も行われているが、決して豊かではない。戦前には、満蒙《まんもう》開拓団に多くの農民を送り出してもいる。沢口は、そんなことはありませんよ、という言葉を呑み込んだ。東京近郊で生まれ育った自分がお愛想を言っても、空々しく聞こえるだけだろう。

中ほどまで来たとき、バスとすれ違った。

「あれが飯田と清田村を結んでいるバスです。戦前は清宮《きよみや》までだったんですが、橋が架かって田《た》上《がみ》の奥まで行くようになってから、だいぶ便利になりました」

運転手が通り過ぎるバスを指して言った。

「鉄道を引く計画もあるようだね」

城之内が水を向けると、運転手は「そうなんですよ」と笑みを見せた。

「汽車が走るようになったら、飯田だけでなく名古屋《なごや》へ出るのもすごく早くなりますから。この辺の者は、みんな待ち焦がれてます。どこの村も戦前から、自分のところに駅を作ってもらおうと懸命でしたからねえ」

そうだろうな、と沢口は思う。駅があるかないかは、その村の価値を決めるのだ。田内村長らが上京してあちこちに運動するのも、よくわかる。

山裾を巡り、幾つかの村を過ぎて、左手に若竹川《わかたけがわ》の谷が近づいたところで、運転手が前方を指した。

「この辺から清田村です。この先に家が集まってるところが、清宮です。村役場は、集落の中ほどです」

まもなくタクシーは、本道を逸《そ》れて集落の中へ入る細い道に入った。旧街道か何かだろう。バスやトラックだと通行が厳しそうだ。この道沿いが清宮の中心部らしく、両側に家々が軒を連ね、先の方には商店も並んでいるようだ。電柱が立っているから、電気も通じている。そう言えば、村の手前に変電所らしい建物があった。

タクシーは商店街の手前で右側の門を入った。そこが清田村の役場であった。

村役場はモルタル造りの二階建てで、壁は明るいクリーム色に塗られていた。古びた木造板張りの建物を想像していた沢口は、割合に新しい役場を見て、意外に思った。

タクシーが車寄せに止まると、田内村長と藤田村会議長が玄関から出てきて、恭《うやうや》しく出迎えた。後ろに数人の背広姿が見える。役場の幹部職員らしい。城之内は自分でドアを開けて勢いよく降り立ったが、真優は役場の職員が駆け寄って開けたドアから揃えた足を出して、舞い降りる如《ごと》く優雅に立った。並んだ職員が、反射的に頭を下げた。やはり本物のお嬢様だ。

「遠路はるばる、誠にありがとうございます」

田内が代表して挨拶し、後ろに控える幹部職員を紹介する。藤田の他は、助役と総務課長、住民課長、農林課長と産業振興課長だということだ。五人とも四十前後で、沢口にはみんな似たように映った。

村長室に通され、課長たちが仕事に戻ってから、田内が声を低めて言った。

「原渕のことで来られた、と言うといろいろ勘繰る向きもありますからねえ。城之内先生は新作の取材に来られて、真優お嬢様はそのご案内、ということにしてあります」

「そうですか。それはありがたい。ちょうど編集部員の沢口君も同行しているから、取材だと言えば自然に見えるでしょう」

城之内は沢口を見ながら頷いた。

「新聞記者などは、もういませんね」

沢口が念を押した。一応、電話で確かめてはあったが、城之内が記者連中の注目を浴びてしまうのは、避けなくてはならない。

「四、五人来ていましたが、昨日、葬儀が済みましたんでみんな引き上げました」

沢口は安堵して、礼を言った。

「原渕さんのことは、村ではどう言われていますか」

「村始まって以来の大事件ですからな。もう村中、寄るとさわるとその話ですわ。さすがに余所者の新聞記者の前では、余計《よけい》なことを言わなかったようですが」

田内は、やれやれと肩を落とした。

「昨日は臨時に村議会を開きまして、その場でどういうことなのかと説明させられました。ですが私も大したことは知らんので、返答に困りましたよ。特に大乃木《おおのぎ》さんに、五十万円のことで食い下がられて」

「大乃木さんというのは」

「ああ、失礼。大乃木勇雄《いさお》といいまして、川向こうの田上地区の代表みたいなもんですわ。田上で一番の土地持ちで、大正のころは祖父様《じいさま》が田上の村長をやっておりました」

「そう言えば、前に参りましたとき、ご挨拶したと思いますわ」

真優が思い出しながら頷く。

「ははあ、田上のねえ」

城之内はそこでぐっと身を乗り出した。

「清宮と田上は、対立しているんですか」

田内は顔を顰《しか》めた。

「いや、その、まあ……もともと別の村だったわけですし……いろいろと思い通りにならんこともあったわけで……」

田内は、都会式、と言うかアメリカ式の、婉曲《えんきょく》に言わずずばりと切り込む聞き方に慣れていないらしい。うろたえたように言葉を捜している。

「まあ正直、恵那線の話が本格的になってからは、どうも和気藹々《わきあいあい》とは行きませんで」

なるほど。憲明の懸念は、杞憂《きゆう》ではなかったらしい。

「鉄道は村全体が恩恵を受ける話ではないんですか」

沢口が尋ねると、田内は困った顔になった。

「長い目で見ればそうなんですが、川のこっち側を通すか向こう側を通すかで、それぞれの土地の損得がずいぶん出ますからなあ」

「ふむ、それはわかります。駅がどちら側にできるか、というのは大きな問題ですね」

城之内も訳知り顔で同意した。

「合併のときも、役場をどっちに置くかで揉《も》めましてね。結局、清宮の役場の方が飯田に近いし、敷地も広かったので、こっちを建て替えて使うことになったんですわ。なので、役場はそっちに譲ったんだから駅はこっちが取る、と田上が言うわけです。清宮では、役場がある方が村の中心なんだから、駅もこっちに作るのが当たり前だ、と言うとります」

「それはわからなくもないですが、そういう事情だけでは決められないでしょう。地形とか、工事の技術的な問題もあるのでは」

「ええ。私らにはそういうことはよくわからんのですが、今ちょうど、国鉄の技師の人らが調査に来とるんです。南信館《なんしんかん》という、村で唯一の宿に泊まってますから、話を聞いてみられたらよろしいでしょう」

「わかりました。明日にでも行ってみましょう」

城之内がそう返事したところで、田内が時計に目をやった。

「や、これは失礼しました。長旅でお疲れのところ、話し込んでしまいまして。今日のところは、ごゆっくりお休みください」

それから真優の方に言った。

「武澤《たけざわ》さんには、私の方からお知らせしてありますので」

「ありがとうございます」

真優が丁寧に一礼した。真優から聞いているところでは、武澤家は清宮で一番の素封家《そほうか》で、名字帯刀を許されて幕末まで奥平家に仕えていたそうだ。奥平家の人々は、華族となって東京へ移って以後も、この地へ来ることがあると武澤家に泊まる習わしであった。今回は真優がいるため、城之内と沢口も武澤家に一緒に泊まることになる。古くからの名家と聞いて、沢口は興味津々であった。


待たせていたタクシーで乗りつけた武澤家は、清宮集落の坂を上った上の方にあった。清宮の家々を睥睨《へいげい》するかのような位置だ。行き止まりの道に面した表門は、武家屋敷のような立派なものであった。門前で振り返ると、役場の屋根がずっと下に見えた。

門の内側に紋つき羽織袴《はかま》姿の五十歳くらいの男が立っており、到着した三人に向かって深々と腰を折った。これが当主の武澤嘉一郎《かいちろう》に違いない。両脇には、使用人らしい男女が五人ほど並んでいた。

「真優様、皆々様、ようこそお越しくださいました。今日また真優様をお迎えできますことは、当家の誉れでございます。お屋敷に比べ何かとご不自由とは存じますが、ご容赦のほどをお願い申し上げます。どうぞお通りくださいませ」

嘉一郎の仰々しい挨拶に、少しばかりたじろいだ。真優は慣れたものだ。

「ご厄介をおかけいたします。こちらは大変お世話になっております城之内先生と、出版社講栄館の沢口さんです」

真優が二人を紹介した。沢口は思わず手足をまっすぐに伸ばして最敬礼してしまったが、城之内は全然違った。

「やあエブリバディ、お迎えありがとう。城之内です、よろしく」

帽子を取ると胸に当て、軽く頭を下げた。嘉一郎はじめ居並ぶ面々は、当惑したようだ。嘉一郎がまず気を取り直し、「遠いところをお疲れ様でした」と無難に応じた。他の人々は、お姫様はいったい何者を連れてきたんだ、とばかりに、上目遣いにこちらを見ていた。

「やれやれ、先生のアメかぶは、この村じゃどうしたって浮いちまうな」

「アメかぶって何ですの」

玄関を入りながら呟いたのが、真優に聞こえたようだ。

「あ、いや、アメリカかぶれを略しただけですよ」

「あら、面白い」

真優がころころと笑い、城之内が怪訝な顔で振り向いた。沢口は知らん顔をした。

建物は、山村には珍しい瓦葺《かわらぶ》きの大きなもので、柱も非常に太い。欄間には竜らしき動物や牡丹《ぼたん》などを象った細工が施されており、名のある画家の手によるものであろう襖絵《ふすまえ》もあった。建てられたのは、嘉永《かえい》三年というから百年ちょっと前だ。その時代の武澤家の栄華がしのばれる。たぶん蔵には、文化財級の書画骨董《こっとう》が何点もあるのだろう。

「どうぞこちらをお使いください。沢口様は、そのお隣を。夕飯の用意ができましたら、お呼びいたします」

案内してくれた、六十は過ぎているだろう神山《かみやま》という老人が言った。武澤家には大正の終わりから執事として仕えているそうだ。通された部屋は、三人別々だった。真優は奥座敷、城之内は手前の十畳の部屋で、襖を隔てた八畳が沢口だ。

「やっぱり人を見て部屋にも順位をつけてますね。先生の部屋は床の間がありますもんねえ」

沢口は仕切りの襖を開けて、両方の部屋を手で示しながら言った。

「格式にうるさそうな家だからな。ちょっと鬱陶《うっとう》しいが、東京を出ればどこもそんなもんだろう」

部屋の隅に煙草盆《たばこぼん》があるのを見つけた城之内は、盆を引き寄せてポケットからキャメルの箱を出し、一本抜くとジッポのライターで火を点《つ》けた。

「このお屋敷でアメリカ煙草とライターってのは、どうも不釣り合いですよ」

沢口が揶揄《やゆ》するように言うと、城之内は沢口に煙を吹きかけた。

「煙管《きせる》でも使えってのかい。何を吸おうが僕の勝手だ」

「はいはい、好きにしてください」

沢口は自分のピースを出して、喫茶店でもらったマッチを擦った。

「それで、どう進めます」

「どうって？」

「調査ですよ。捜査と言うべきかな。原渕さんを殺す動機とチャンスのあった人を捜すんでしょう」

「おいおい、僕たちは警察じゃないぞ。奥平さんからは、村長が困っているようなので相談に乗ってやってほしいと言われて来たんだ。村長からは、まだ具体的な相談は受けてない」

「建て前としてはそうですが、結局は犯人捜しになるんじゃないですか」

「そうかもしれんが、あからさまに動くつもりはないぜ。当面は村の中を回って、話を聞くだけさ。それだけでも、いろんなことがわかる」

「はあ、なるほど。それは、親しくされていたGHQの少佐殿に伝授された探偵心得ですか」

城之内はそれには答えず、思わせぶりな薄笑いを浮かべた。

「でも、余所者に村のことを簡単に喋るでしょうか」

「余所者に話したくないことは話さないだろうね。けど、村の連中が普通に話してもいい、と思っていることの中にも、こちらからすれば大事な情報が紛れてることもある」

「どうも小難しいような。そううまく運びますか」

「そうだな。例えばさっきのタクシーの運転手だが、彼によると、村長や原渕さんらが東京へ行ったあの日、彼らの後にこの村からタクシーに乗って飯田駅へ行った者は、一人もいないそうだ。その前日に先回りした者も、やはりいない」

「えっ……いつの間にそんな話を」

「役場を出るとき、君、手洗いに行ったろ。それを待ってる間に、さ」

沢口は驚いて城之内の顔を見つめた。何気ないふりをして、既に情報を集め始めていたようだ。やはりこの人は、食えない。

「あとはバスの車掌に確かめてみる必要があるな。折り返し時間に休憩しているところを摑まえてみよう」

城之内は独り言のように言って、また煙を吹き出した。


夕食に供されたのは主に山菜だったが、会席料理風に整えられ、鹿肉などもあってなかなかに立派なものだった。田舎料理で申し訳ない、などと嘉一郎は言ったが、並みの旅館よりよほど上等だろう。

膳を前に座敷に揃ったのは、当主嘉一郎と二十六になる長男の昭太郎《しょうたろう》、こちらの三人の合わせて五人。真優と沢口は正座したが、城之内は遠慮する気配もなく胡坐《あぐら》をかいている。それを見た嘉一郎の目が一瞬、険しくなったが何も言わなかった。

嘉一郎の夫人は戦時中に他界しており、嘉一郎の弟二人も南方で戦死したそうなので、武澤家は嘉一郎と昭太郎の二人だけ、ということになる。昭太郎は細身の色白で、度の強そうな眼鏡をかけていた。嘉一郎が瘦身《そうしん》ながら背筋を伸ばし、濃い眉と張った顎が意志の強さを見せているのに対し、昭太郎の方はいささか頼りなげに見える。

「昭太郎さんは、お勤めなのですか」

同年輩のよしみで、沢口が聞いた。

「あ、はあ、役場に勤めています」

昭太郎がもごもごと返事した。

「どういうお仕事ですか」

「産業振興課に……」

「ああ、村の産業を発展させる部門ですね。それはいいお仕事ですね」

「はあ……」

昭太郎の声には張りがなく、やはりひ弱な感じだ。口数も少ない。それでいて、視線はしょっちゅう真優の方に向けられていた。かなり意識しているな、と沢口は可笑《おか》しくなった。当の真優はというと、昭太郎の視線など気づく素振《そぶ》りもなく、静かに箸《はし》を運んでいる。

「この清宮と、川向こうの田上ですが」

料理の合間に、城之内が切り出した。

「昭和十五年に合併するまで、別々の村だったんですね」

「左様。その前の年、若竹川に大型自動車の通れる橋が架かりましてな」

若竹川というのは、清宮と田上の間に流れる川で、両地区を分ける谷を形成しており、下流は天竜川《てんりゅうがわ》に注いでいる。

「清宮までだったバスが田上の奥まで入るようになったので、川を挟んで向き合っている村を一つにしては、と県からの指導もありまして。紀元二千六百年を記念し、合併することとなりました」

「その合併には、皆さんもろ手を挙げて賛同したんですか」

嘉一郎は、微かに眉をひそめた。

「もともと、二つの村には競い合うような風潮がありましたからな。誰もが喜んだ、とまでは申しません」

隣り合った村同士で対抗心を燃やしていた、というわけか。いかにもありそうな話だ、と沢口は内心で頷いた。さっきも村長が言っていたように、何事をするにもどちらの顔を立てるかで揉め続けているのだろう。

「恵那線については、どう思われます」

「鉄道は、この村のためにはぜひとも必要です。何しろ貧乏な山里でしてな。田畑と炭焼きの他は、養蚕とささやかな工芸品として紬《つむぎ》があるくらいですが、鉄道で木材なども運べるようになれば、村も潤うでしょう」

「今はこのあたりから木曾の方へ抜ける道はないんですか」

「清内路《せいないじ》峠《とうげ》というところを越えて妻籠へ出る道があります。山道で時間はかかりますがな」

「恵那へ鉄道が通じれば、道路よりずっと短縮できるわけですね」

「その通りです。なので皆、心待ちにしておるのです」

飯田からここまで、タクシーで一時間近くかかった。鉄道が通じれば、三十分もかかるまい。恵那までの短縮効果は、さらに大きい。名古屋も大阪《おおさか》も東京も、それだけ近づくわけだ。村の人々が期待するのも当然だろう。

「原渕さんのことを、お聞きしたいんですが」

城之内が話を変え、遠慮なく嘉一郎に尋ねた。嘉一郎の眉がぴくりと動き、それに気づいた昭太郎の肩が、びくっと反応した。父親を畏《おそ》れているらしい空気が伝わる。

「原渕、ですか」

嘉一郎はそれだけ言った。殺されたそうですなとか、大変な事件で、などとはひと言も言わない。

「ええ。原渕さんは田上の方だそうですね」

「その通りです」

「家は農業を？」

「山持ちでしてな」

「木材ですか」

「入山料を取って山菜や木の実を採らせたりも、しておりました」

「ご家族は」

「奥さんは亡くなって、一人暮らしです」

「お子さんもいないんですか」

「はい」

嘉一郎の答えは短い。原渕に関しては、聞かれることに答えるだけで、余計な話はしたくないようだ。城之内の顔に苛立《いらだ》ちのようなものが浮かんだ。もっと突っ込んだことを聞きたいのだが、どうも難しそうだ。

「どのような方だったんですの。人となりなどは」

それまで静かだった真優が突然、口を開いた。嘉一郎が、はっとして真優を見た。

「人となり、でございますか」

嘉一郎は眉根を寄せたが、真優にそう聞かれては答えないわけにいくまい。

「そう……ひと言で申せば、野心家、でございましたな」

「村会議員では、満足していなかったのですね」

真優が切り込むと、嘉一郎は小さく溜息を吐いた。

「左様です。県会議員選挙に打って出ようと、画策をしておりました」

「誰か後ろ盾《バックアップ》がいたのですか」

選挙と聞いて、城之内が言った。

「衆議院議員の村河先生に、取り入っておったようですが」

なるほど、村河か。村長から聞いた、東京での挨拶回り先に入っていた。原渕が村長らに加わって上京したのは、村河のところへ顔出しするのが主な目的だったのだろう、と沢口は考えた。

「原渕さんは、お金持ちだったのでしょうか」

真優がまた、お嬢様らしく直球で尋ねた。嘉一郎は一瞬、戸惑った顔になった。

「金持ち、と申しますか……少なくとも、金に困っている様子はございませんでしたな。県会議員選挙に必要な資金も、自分で用意しておるようでした」

であれば、原渕が五十万円を持ち逃げしようとした、という説はもう考えなくていいだろう。

「原渕さんが五十万円を持って上京したことは、あなたもご存知でしたか」

城之内が聞くと、嘉一郎は「無論です」と応じた。

「私も、五万円ほど出しました。他にも出した者はいます。原渕自身も、十万円ほど自分で出しているはずです」

「村の主だった方々が出し合ったのですね」

「それを知っている者は、大勢おります」

沢口は首を傾げた。五十万円のことを知っている者がそれほど多いのなら、敢えてその金を狙いに行くものだろうか。もしや、動機は金以外のところにあるのでは……。

「原渕さんは、どうして殺されたのでしょう」

真優が沢口の考えを読んだかのように、嘉一郎の顔をまっすぐ見て言った。嘉一郎が、たじろいだように視線を落とした。

「それは……私などには、わかりかねます」

しばしの間、座に沈黙が下りた。


翌日は、朝から見事な青空だった。伊那谷の向こう、赤石山脈の上に昇った朝日を浴びて、城之内と沢口は、清宮の中心部へと山道を下っていた。

「朝飯もなかなかでしたねえ」

両手を上げて伸びをしながら、沢口が言った。朝の膳に並んだのは、山菜の漬物に佃煮、卵、茸《きのこ》の味噌汁《みそしる》などで、独身の沢口は、こんな整った朝食を口にすることは滅多になかった。

「ああ。こういう伝統的な朝飯も、たまには悪くない」

普段はトースト、目玉焼き、ベーコンに珈琲というアメリカ式の朝食《ブレックファースト》スタイルで通している城之内も、満足げに言った。もっとも、望んだところでそんなハイカラな朝食を出す店はここにない。

「真優さんも、なかなかやりますね。嘉一郎氏はちょっと昔風で気難しそうですが、真優さんには抵抗できないようですから。村の有力者がみんな真優さんにひれ伏すなら、やっぱり来てもらってよかったですねえ」

今日一日、沢口は城之内と一緒に村内を回って話を聞くつもりだが、真優は武澤家に残っている。その威光を使って、嘉一郎以下武澤家の人間から、聞ける限りのことを聞いておいてほしい、と城之内が頼んだのだ。

「真優さん、何だか楽しそうですよ。ご両親のもとを離れて、羽根を伸ばそうってことですかね」

「あんまり伸ばし過ぎなきゃいいんだがね」

城之内は、そんな言い方をした。沢口は、何を心配してるんですかと混ぜ返したくなったが、城之内がすぐ前の看板を指したので、そちらに顔を向けた。

「あれだろ、南信館と書いてある」

「ああ、そうですね」

清田村で一軒だけの旅館は木造二階建てで、昔の宿場の旅籠《はたご》のようだが、それなりの風格はあった。

玄関の戸を開けると、すぐに女将《おかみ》が出てきた。城之内と沢口を見るなり、ああ、という顔をしたので、東京から来た三人のことは既に知っているのだろう。

「武澤さんのところにおいでの先生ですね。おはようございます。ようこそいらっしゃいました」

「やあ、朝からどうも。国鉄の皆さんが、こちらに泊まっていると聞きましたので」

「はいはい、お食事が終わってお部屋におられます。ちょっとお待ちになってください」

女将は階段を上って二階へ行き、一分ほどでまた下りてきた。

「どうぞお上がりを。階上《うえ》でお待ちです」

二人は礼を言って、女将の案内で国鉄一行の部屋へ向かった。

「グッモーニン、ナショナルレイルウェイの皆さん。ちょっとお邪魔します」

いきなりそう言って片手を上げ、城之内はずかずかと部屋に入った。部屋にいた人々は、目を丸くして城之内を見上げた。

「や、やあ、どうもおはようございます。まあ、どうぞ」

国鉄の職員たちは、もう浴衣《ゆかた》から仕事着に着替えていた。五人が一部屋に集まって座卓を囲んでおり、図々しく押しかけた二人に座布団を勧めた。

「お仕事に出かけられる前に突然押しかけまして、申し訳ありません」

沢口は、相変わらず遠慮のかけらも見せない城之内に代わって、頭を下げた。

「夜討ち朝駆け、ですな。いやいや、お気になさらず。事務所での勤務と違って、時間に縛られているわけじゃありませんから」

代表者らしい黒縁眼鏡の三十代半ばくらいの男が愛想よく笑って言い、名刺を出した。

「国鉄名古屋工事局の、梶山《かじやま》です。よろしくお願いします」

「講栄館の沢口と申します。こちらは作家の城之内先生です」

「先生の本は読んでますよ。つい先月も、『黒水荘《こくすいそう》の殺人』を読みました。あれは面白かったですねえ。こんなところで直に先生にお会いできるとは思いませんでした。光栄の至りですよ」

梶山は、なかなかに舌が回る。話を聞く身としては、ありがたい。

「そりゃあどうも、ありがとう」

読者だと言われて気分のよくならない作家はいない。城之内の頬も緩んでいる。

「恵那線の調査で来られていると聞きましたが、路線計画のことを知りたくて来ました」

「あ、もちろん差し支《つか》えのない範囲で結構ですから」

気楽に言う城之内の後に、沢口が急いでつけ足した。

「いいですよ。作家の方に、私たちの仕事に興味を持っていただけるのは嬉しいです」

梶山は快く応じ、卓の上に畳まれていた数枚の図面を、ばさばさと広げた。

「これが全体図です。この線が恵那線、こっちの線が中津川線です」

梶山の指が、地図上に描かれた二本の黒い線をなぞった。どちらも飯田の一つ豊橋《とよはし》寄りの切石《きりいし》駅から分岐し、恵那線の方は南西に進んで恵那山の南を回り、西北西に転じて谷沿いに恵那へと向かう。中津川線は切石からしばらく進んだところで恵那線から分かれ、恵那山の北側を一直線に抜けて中津川へ達している。

「中津川線の方がまっすぐなように見えますね」

地図を覗き込んだ沢口が聞いた。

「ええ、中津川線の中央部は、神坂山《みさかやま》の下を十キロのトンネルで抜けますんで」

「十キロのトンネルですか！　清水トンネルより長いのでは」

現在日本最長のトンネルである清水トンネルは、九キロ半くらいだったはずだ。それより長いトンネルとは、大変なものである。

「そうです。でも、北陸《ほくりく》線の敦賀《つるが》では十四キロ近いトンネルを掘ることになって、この秋にも着工しますから。十キロのトンネルは技術的には問題ないですよ」

横から別の技師が説明した。トンネルの専門家らしい。

「そんなものですか」

事もなげに言われて、沢口は感心するしかなかった。

「恵那線の方も、木曾山脈を越える以上は長いトンネルが必要でしょう」

城之内の問いかけに、長久保《ながくぼ》と名乗ったトンネル担当技師は喜んで答えた。

「おっしゃる通りです。十キロほどのものは不要ですが、三キロと五キロのものを掘ります。なので、どちらも電化路線になる予定です」

長久保がその位置を示した。分水嶺《ぶんすいれい》の下に掘るのが五キロで、三キロのは清田村の域内だ。

「トンネルが短い恵那線の方が簡単、というわけではありませんよ。他にも勾配《こうばい》とか曲線とか地質とか、いろんな要素がありますから」

梶山が注釈を打った。どちらかが有利、という印象を避けたいのだろう。

「恵那線ですが、この清田村で、清宮側を通すか田上側を通すかの二つの選択があるそうですね」

梶山が一瞬、黙った。核心を衝《つ》いてきたな、という顔だ。が、すぐにニヤリとした笑みが浮かんだ。

「やはりお聞きになりたいのは、そこですか」

梶山は頭を掻き、別の図面を広げた。きちんとした測量図などではなく、村の地図に鉛筆で線を入れたものだ。村の中央を横切る若竹川と、その北側、つまり左岸にある清宮、南の右岸の段丘上にある田上、それぞれに線が引かれ、村の飯田寄りで二本の線は合流している。

「これは役場での説明に使ったものですから、お見せして差し支えないでしょう。まだ試案の段階で、この先地元説明会など、いろんな手続きを踏まなきゃならんのですが」

梶山はそう前置きし、線を指でなぞりながら言った。

「この地図からはは み出てますが、この西側というか上流側に三キロのトンネルの坑口《こうぐち》があって、それを出たところで計画線は二つに分かれます。一本はこの、清宮の北側を通るもの、もう一本はこちらの、田上の北側の川沿いを通るものです。二本は村の東側で合流し、隣の阿智村《あちむら》を通って切石駅に向かいます」

「ははあ、図で見るとよくわかりますね。駅はここですか」

城之内が指で押さえたのは、清宮にある村役場の裏手の土地と、田上の中心部の少し北の川寄りだった。どちらも、それぞれの中心部のすぐ裏側である。

「どちらを採用するかで、清宮と田上の人たちが綱引きをしているわけか。こりゃあ確かに、ライフ・アンド・デスだな」

「おっしゃる通り、死活問題ですな」

梶山は技師だけあって、城之内が意味なく挟む英語がわかるようだ。

「おかげで両方の人たちから、ご馳走《ちそう》するだの飲みに来てくれだのしょっちゅう誘われるし、上等の酒瓶を持って押しかけて来られるしで、困ってるんですよ」

長久保が、辟易《へきえき》した様子で言った。沢口としては、苦笑するしかない。

「一長一短がありましてね。清宮側をA線、田上側をB線としましょうか。A線は恵那側で若竹川を渡り、少し行くと清宮の裏山にぶつかるのでここをトンネルで抜けます。トンネルを出たところが駅になります。そこから切通しで自動車道路の下をくぐり、左へカーブして阿智村へ向かいます」

　よく見ると、トンネルは武澤家のすぐ下を抜けるようになっている。嘉一郎はこれをどう思っているのだろう。

「B線は若竹川右岸の段丘上を通り、清田橋から上がってくる道路の下に短いトンネルを掘ります。それから左に曲がって川を渡り、清宮の端を斜めにかすめてA線のルートに合流します」

「A線の方がトンネルが長いから、費用がかさみそうですね」

「おっしゃる通りです。その代わり、鉄橋は地形の関係でB線の方が高くつきます」

「技術的にも費用的にも、両者はあまり変わらないんですか」

「細かい地質調査をやっていませんから、まだ言い切れません。ですが、やっぱり用地を確保できるかどうかが大きいでしょう」

「用地買収ですか。確かに、村の全員が鉄道に賛成しているわけではないそうですね」

「そりゃあ、全村異議なく用地買収に応じる、なんてことは普通ないですから。鉄道を引くのには賛成でも、いざ自分の農地が削られるとなると、渋る場合が多いですよ」

　もっともだ。誰しもわが身大事だから、ごねて買収価格を吊り上げる輩もいるだろう。

「まあ結局、関わる人次第、ということかもしれませんな」

　梶山は達観したように言った。

　それからもう少し詳細を聞いてみたが、今の段階で話せることはそれほどなさそうで、梶山たちも曖昧に首を振ることが多かった。時間も経ったので、城之内と沢口は邪魔したことを詫《わ》び、話を切り上げた。

「あ、ところでその、立ち入ったことを聞くようでなんですが」

帰り際、ふいに梶山が言った。

「はあ、何でしょう」

「先生は、ここの領主だった奥平家のお嬢さんとご一緒に来られてるそうですね」

「そうですが」

「あの、先生とお嬢様とには、いいお話があるんですか」

「えっ」「Ｗｈａｔ！」

沢口と城之内は、同時に目をむいた。

「何でまたそんな……」

「あっいや、どうも失礼しました」

梶山は大慌てで頭を下げた。

「実はここの女将や女中が、奥平のお嬢様が内々で、主だった方々にお婿《むこ》さんを披露しに来られたんだ、なんて噂してましたもので、つい」

「オーマイガー、そんな噂が。参ったな」

城之内は頭を掻いて両手を上げ、笑って否定した。梶山は、余計なことを言いましてとすっかり恐縮していた。沢口も笑ったが、よくよく考えると、どちらも独身の城之内と真優が連れ立って現れれば、この地の感覚ではそのように取られるのも当然だ。最初から予想しておくべきだった。雑誌などに噂が流れたら、下手をすると沢口の責任問題になりかねない。南信館を出た沢口は、城之内の後ろを歩きながら、すっかり困惑してしまった。

城之内が田上の方へ行ってみようと言うので、二人は清田橋の方へ向かって緩やかな下り坂を歩いた。川向こうの田上は清宮の中心街より少し高い位置にあり、橋を渡ってからだいぶ道を上らねばならない。バス停二つ分ほどの距離があるので、気温が上がっている中を歩けばだいぶ汗をかくことになりそうだ。

南信館から百メートル余り来たところで、右手の細い道から真優が現れた。

「あれ、真優さん」

沢口が驚いて声をかけると、真優が振り向いて、ぱっと明るい笑みを見せた。

「あら先生に沢口さん。南信館のご用は済んだのですか」

「うん、国鉄の人たちからは参考になる話を聞けたよ」

そう言いながら、二人の視線は真優に釘《くぎ》づけになっている。真優は昨日と打って変わり、ピンクのブラウスに水色の細い七分丈のスラックスという姿で、頭にはスカーフを巻いていた。そんな服を持ってきていたとは知らなかった。和装が半数というこの村の女性の中に入れば、映画女優並みに目立つ。

「真優さん、ずいぶんと現代風のスタイルですね。銀座《ぎんざ》を歩くみたいな」

沢口がそんな風に言うと、真優は楽しげに応じた。

「東京では逆にこういうものを着にくいの。お父様やお母様がいい顔しなくて。元華族の娘が太陽族みたいな格好するな、なんて言うんですよ」

去年、石原慎太郎《いしはらしんたろう》の小説「太陽の季節」が芥川《あくたがわ》賞を取って話題になり、映画化もされた。そこに描かれた無軌道な若者の真似をする連中が「太陽族」と呼ばれ、一種のブームになったのだ。そういう場合の常として、親の世代は眉をひそめていた。

「でも太陽族は、落下傘みたいに広がったスカートが定番でしょう。全然違うじゃないですか」

「お父様たち古い人はね、自分の物差しに合わないスタイルは、十把一絡《じっぱひとから》げなのよ」

真優はそう切って捨て、肩を竦めた。そうなんですねと沢口は応じたが、ぴったりしたスラックスで強調された真優のヒップラインについつい目が行ってしまうのは、男子の性か。

「その服装を見て、武澤家の人たちは何か言ってたかい」

城之内は、面白がっている。

「面と向かって何も言わないけど、ポカンとしてたみたいですね」

真優はくすくすと、思い出し笑いをした。

「でも、私も少しばかり働いておきましたわよ」

「ほう。何か収穫があったかい」

「ええ、嘉一郎さんが朝の見回りに出た後、昭太郎さんと神山さんに聞きました。嘉一郎さんがいる前では、話しにくそうでしたから」

真優の言う通り、昨夜の様子では、皆が嘉一郎に気を遣って口を慎んでいるようだった。真優も見るべきところは見ているのだ。

「原渕さんですけど、田上の人なのに清宮に駅を作るのに賛成してたそうです。諸々の状況を考えると、村役場のある方に駅を作るのがよい、などと言っていたらしいです」

「え？　田上に駅を持ってこないと、次の選挙で票が逃げてしまうのにか」

城之内と沢口は首を傾げた。田上から選出された議員が清宮に駅を作らせるとは、田上の住人にしてみれば裏切りに等しい。

「村役場が云々《うんぬん》なんて理由じゃないでしょう。何かありそうですね」

「私もそう思います」

真優も頷き、沢口の見方に賛成した。

「もしかして、それが殺人の動機に結びついていたりしますかねえ」

「あり得るが、まだ何とも言えんな」

城之内はすぐには納得せず、慎重だ。

「それから、村に名古屋から不動産屋さんが来て、あちこちに顔を出しているとか。折本《おりもと》という人です」

「不動産屋ですか？　鉄道に絡んで何か企《たくら》んでるのかな」

沢口が驚いて言うと、城之内は思案げな顔つきになった。

「名古屋から出張ってきたなら、鉄道を当て込んで、この辺を開発《ディベロップメント》しようという気なのかもしれんな。用地を買収するため、根回しに勤しんでいるのかも」

「少し気が早いようにも思いますが」

「先んずれば人を制す、だ。何か大きな思惑があるんじゃないか」

「原渕はそれに関わっていたんでしょうか」

「それこそ気が早いぜ。可能性としちゃ、あるだろうが」

「専《もっぱ》ら関わっているのは、大乃木さんらしいですわ」

真優がそうつけ足した。

「村長が言ってた、あの人か。田上の有力者だったね」

「ええ、田上で一番の財産家らしくて、製糸場を持っておられます。ちなみに二番が原渕さんだったみたいですね」

「そうか。真優さん、半日の成果としちゃ、エクセレントだよ」

「ちょっと話を聞いてみただけですわ」

そう言いながらも、城之内に褒められた真優はいかにも嬉しそうだ。

「沢口君、大乃木さんのところへ顔を出してみるか」

「私も行きましょうか」

真優が乗り出すのを、城之内がやんわり止めた。

「武澤家に滞在している君がいきなり田上に出向くと、ちょっとした騒ぎになるかもしれん。とりあえずは様子を見よう。そっちは我々が行くから、君は武澤家の周りで、その折本とかいう不動産屋がどんな動きをしているか、噂を拾ってみてくれるかい。あまり首を突っ込まず、あくまでさりげなく、ね」

「わかりました。任せてください」

真優は微笑《ほほえ》んで、胸を張った。沢口は梶山に聞いた、村に流れている噂について注意しようと思ったが、さすがに言えなかった。

# 第四章

若竹川に架かる清田橋は、六十メートルほどの長さのコンクリートの橋である。幅は七メートルあり、バスのすれ違いも充分にできた。清宮と田上は、距離は近いとは言え、事実上この橋一本だけで繋がっているのだ。この橋ができるまでは、洪水などで木製の橋が流され、両地区の連絡ができなくなることが何度もあったという。

城之内と沢口は、若竹川の清流を眺め下ろしつつ、橋を渡って田上に入った。道は橋から左に曲がった後、右回りに弧を描いて十メートルほど上にある田上の中心部へと延びている。その弧の中ほどの下を、恵那線のB計画線がトンネルで抜けるわけだ。

二人はまず田上の中心を目指し、上り坂をゆっくり歩いた。途中でバスに追い越された。沢口は汗を拭《ふ》きながら、バスに乗ってくればよかったと後悔した。城之内は景色を見ながら歩くのがいい、と言って、疲れた様子もなく歩みを進めている。

坂を上り切ると、前方に田上の商店街が見えてきた。商店街、と言っても建物は明治以降変わっていないのでは、と思える古いもので、何軒かは戦後の建物がある清宮と違い、時代劇映画の宿場町と大差ない。商品名の看板と電柱と、道端に止められたオート三輪がなければ、現代とは思えないところだ。

バス停留所の横に食料品店があったので、ちょっと覗いてみた。できたての焼き餅《もち》の匂《にお》いが鼻《び》腔《こう》をくすぐる。ガラスケースにパンが並べられているのが、建物の古さとアンバランスだった。

声をかける前に気配で察したか、奥から中年の割烹着《かっぽうぎ》の女性が出て来た。ここのおかみさんに違いない。沢口は「あの……」と言いかけたが、おかみさんの反応の方が早かった。

「ああ、東京から来なさった先生方だね」

二人に上から下まで目を走らせ、頓狂《とんきょう》な声で言った。沢口たちのことは、田上も含めて村中で知らぬ者はないらしい。

「ええ、そうです」

沢口が返事した途端、おかみさんは城之内の方を向いて言った。

「じゃあ、こちらが奥平のお姫様の婿さんかね」

直撃弾を食らった城之内は、よろめきそうになりながら、大急ぎで新作の準備のためにこの村に来たのだと説明した。田内村長が村の人たちにそう言っておいてくれたはずだが、末端では噂の方がはるかに先行したようだ。

「へええ、そうかね。私ゃ、探偵小説なんて読んだことないけど、難しそうだねえ」

おかみさんは紙で包んだ焼き餅を差し出しながら、まだ疑わしそうに城之内を見ている。真優の婿、という方が、推理作家などよりよほどわかりやすいのだろう。

「亡くなった原渕さんは、清宮の方に駅を作ろうとしていたそうですが、どうしてかな」

城之内が聞いてみると、おかみさんは、ふん、と鼻を鳴らした。

「まったく何を考えてたんだか。田上の人間なんだからこっちに駅を作ろうってのが当たり前じゃないか」

やはり、田上の住人の間で原渕の評判は、がた落ちらしい。

「まあ、こう言っちゃなんだけど、原渕さんは殺されたんだろ？　そこらへん、何か面倒なことがあったんじゃないかって、みんな噂してるよ」

面倒なことが何なのか、もっと聞きたかったが、おかみさんも大したことは知らないようだ。

二人は礼を言い、焼き餅を齧《かじ》りながら店を出た。

「次はどこへ。大乃木さんのところに行きますか」

通りを歩き出してすぐ、沢口が聞いた。城之内は、先の方を指した。

「一番奥まで行ってみよう。寺があって、その前がバスの終点だ。その先は車が通るのは難しい古い峠道が、恵那の方まで続いているそうだ」

「奥まで行くんですか」

商店街を過ぎると道はまた上り坂になり、左にカーブしていて先は見えない。沢口は、やれやれと溜息をついた。

「何だい沢口君、ずいぶんくたびれているじゃないか。じゃあ、僕一人で行ってみるから、君はこの辺を回ってみたまえ。一時間後に、その郵便局の前で落ち合おう」

城之内は斜向《はすむ》かいの、〒の標章を掲げた家を見て言った。

「わかりました。その方がありがたいです」

沢口がほっとして応じると、城之内は「じゃあな」と手を振り、軽い足取りで進んで行った。

僕の方が運動不足なのか、と沢口は自嘲《じちょう》した。

城之内の後ろ姿を見送ってから、左へ行く道に入ってみた。畦道《あぜみち》よりちょっと広い、という程度の道だが、上の方に並ぶ家々の人たちが、商店やバス停に行くのに使っているのだろう。足元は踏み固められ、しっかりしている。

しばらく進むと、若竹川と清宮が見晴らせる場所に出た。清宮の裏山の中腹に武澤家の屋根も見える。この季節らしく、何軒かの家では鯉《こい》のぼりが泳いでいる。その後ろに、恵那山や木曽山脈に連なる峰が、壁のように聳えていた。

こうして見ると、なかなかの景色だ。いいところだな、と沢口は素直に思った。鉄道路線を巡って、泥臭い思惑が蠢《うごめ》いているような土地には見えない。だがそれは、都会人が郷愁と共に感じるだけの、中身のない感情なのかもしれない。

もう少し進んだところで、鐘の音が聞こえた。そちらに行くと、小学校の門があった。校庭に児童の姿はなく、微かに校舎から声が聞こえてくる。さっきの鐘は、授業が始まる合図だったのだろう。

「東京から来られた方ですかな」

じっと校舎を見ているると、ふいに声をかけられた。びっくりして振り向くと、中年の男が一人、バス通りの方からこちらに歩いてくるところだった。年のころは四十五、六か。ワイシャツにズボン姿で、首に手拭《てぬぐ》いを巻いている。足元は下駄ばきなので、散歩でもしている風情だ。

「あ、はい、そうです。出版社の者で、沢口と申します」

「どうも。大乃木です」

えっ、と思った。こちらから出向こうと思っていた相手に、ここで出くわすとは。

「清宮の方におられると聞いてましたが、こちらへは何か」

「いや、清宮だけでなくこちらの方もちょっとひと回りしてみよう、と思いまして」

あなたに会いに来ましたとも言いにくくて、当たり障りのない答えをした。

「そうですか。私も仕事の合間の散歩中でね」

大乃木はそう言いながら、ポケットから煙草の箱を取り出し、一本くわえると沢口にも勧めた。銘柄は最新の「いこい」だ。沢口はありがたく受け取り、自分のマッチで火を点けた。

「製糸場をなさっていると伺いましたが」

「ええ、その向こうにあります。家はそのもう少し先ですよ」

大乃木は煙草を手にしたまま、小学校の先を指した。

「工場をお持ちとは、大したものですね」

「いえいえ、工場なんてほどのものじゃありません。見てもらえばわかりますが、家の作業場に毛が生えたくらいで、働いているのも十人ばかりですよ」

大乃木の言い方は、本音とも謙遜《けんそん》ともとりかねた。

「村会議員もしておられるとか。原渕さんの件は、どう思われます」

田内村長が村議会で大乃木に、五十万円のことを追及されたと言っていたのを思い出し、聞いてみた。大乃木は難しい顔になった。

「五十万円が消えていたことはご存知でしょう。それを狙ったんでしょうな」

「原渕さんがそのお金を持っていたことは、村の方々しか知らなかったのでは」

「それはそうですが、村の者がわざわざ東京まで出向いて強盗を働くとは思えません。おそらく、東京で誰かに金を持っているところを見られたんでしょう。都会は物騒ですから」

それでは電話で呼び出されたことが説明できないが、村の誰かが関わっている、と決めつければ、大乃木の反感を買うだろう。沢口は敢えて反論しなかった。

「原渕さんは田上の方なのに、恵那線を清宮側に持っていこうとしておられたそうですね」

これを聞くと、大乃木は苦々しそうに言った。

「死んだ者のことを言うのはなんだが、あの男は何を考えていたんだか……。合併のとき村役場も中学校も清宮に譲ったんだ。駅ぐらい、こちら側に持ってくるのが田上の議員の務めだろうに」

顔を背けて煙を吹き出した。理由については、大乃木も知らないらしい。沢口は機嫌を損ねないよう、話を変えた。

「ところで、名古屋から不動産屋さんが来ているそうですね」

大乃木の眉が上がった。

「折本不動産の、折本充蔵《じゅうぞう》氏のことですか。よくご存知ですな。もう会われたのですか」

「いえ、まだですが、清宮でそんな話を聞きまして」

「ふむ。恵那線の開通に合わせて、このあたりを開発する気のようです。私のところにも、よく出入りしてますよ」

「土地を買いたい、ということですか」

「それもあるが、開発事業への出資を募っています。この村にいれば、すぐに顔を合わせるでしょうから、当人からお聞きなさい。この下の、私の持ち家を借りて滞在してます」

大乃木が指した方に目を向けると、スレート葺きの屋根が見えた。小ぶりな家だが、割合に新しそうだ。

「この村に来られたのは、原渕さんの事件について、調べるためですかな」

ふいにそう聞かれて、沢口は少しばかりうろたえてしまった。

「いえ、作品の取材なのですが」

「ほう、取材ねえ」

呟《つぶや》くように言って、大乃木はまた煙を吐いた。

「探偵小説の材料なら、こんな田舎の山村より東京の方が、ずっとたくさんあるように思いますがねえ」

そうでもないですよ、と言いかけると、大乃木が続けた。

「強盗なんぞでなかったとしても、東京にはいろんな思惑を持った人がいますからなあ」

沢口は、眉をひそめた。原渕のことを言っているのか、いやに思わせぶりな言い方だ。もう少し聞こうとすると、大乃木は吸い終えた煙草を踏み消し、「立ち話で失敬、作家の先生とご一緒に一度、ゆっくりお寄りください」と言って踵《きびす》を返し、去っていった。

田上の中心部をぐるりと一周回る形で、郵便局の前に戻ってきたときには、ほぼ一時間が過ぎていた。結構な距離を歩いたようで、シャツに汗が染みている。これなら城之内と寺まで行っても同じだったかな、と思っていると、城之内がこちらに向かってバス通りを下ってくるのが見えた。

「よう沢口君、その汗だと結構歩き回ったようだね」

城之内は涼しい顔をして言った。さすがに上着は脱いで手に持っているが、沢口のように汗をかいている様子はない。

「ひと回りしてきましたよ。面白いものはなかったですが、大乃木さんに出くわしました」

「へえ、あの人に会ったのか」

「ええ、小学校のところで。散歩だと言ってましたが」

沢口は大乃木との会話をかいつまんで話した。城之内は興味深そうに聞いている。

「昼の十一時半だぜ。今時分、散歩ねえ」

聞き終えた城之内は、薄笑いを浮かべた。

「そりゃあおそらく、我々の様子を窺《うかが》いにお出ましになったんだよ」

「偶然じゃなかった、ってことですか」

「原渕氏のことを調べているのか、と聞かれたんだろ。こっちが本当は何をしに来ているのか、知りたかったのさ」

「うーん、確かに僕たちの立場もあやふやですからねえ」

村長を助けてやってほしいというだけで、具体的に何をせよと言われてはいない。何となく、原渕殺しの事情を探る格好になっているが、村の住人の中にはそれを迷惑千万に思う者もいるかもしれない。

「東京から来た余所者が歩き回れば、目立つのは間違いないしな」

「城之内先生がそんなアメリカの映画俳優みたいな格好をしているから、余計ですね」

沢口は城之内のウェスタンシャツとデニムズボンを指して、揶揄するように言った。まったく、絵に描いたようなアメかぶスタイルだ。

「ジェームズ・ディーンに見えるかい」

「それほどじゃありませんが、この村では銀座の広告塔並みに目立ちます。清宮で、畑にいた若いのが目を丸くして見てたの、気づきませんでしたか」

城之内は「全然」と肩を竦めた。この先生は、自分がどう見られようとあまり気にしない。

「大乃木さんの話に戻りますが、東京にはいろんな思惑を持った人がいるって、どういう意味でしょう」

「さあね、鉄道建設審議会のことかな。具体的に何か知ってるのか、単なる印象なのか、どっちだろう。捜査するなら東京でしろ、と言いたいのかな」

城之内はもう一度肩を竦めた。

「先生の方は、何かありましたか」

「うん、寺の前にちょうど折り返し待ちのバスが止まっていて、運転手と車掌が休憩してたから話を聞いてみた。村長一行が上京した日、この村から飯田までバスに乗った客は三十人はいたそうだ」

「三十人もですか。じゃあ、その中に村長たちの前後に上京した人がいたかどうか、確かめるのは大変ですね」

「いや、ちっとも大変じゃないさ」

城之内が笑った。

「ここから飯田へ行った客は、飯田に勤めている人と、高校に通う学生や買い物に出たおかみさんで、ほとんど顔馴染みだそうだ。全員、その日のうちに村へ戻ってる。毎日、そんな様子らしい」

「それじゃあ……タクシーの話も含めると、最近この村から東京へ行ったのは、村長一行だけだった、ということですか」

だとすれば、原渕を殺害したのは村の者ではないことになる。

「飯田じゃなく、恵那か中津川に出てそこから東京へ向かった、ということは」

思いついて言ったが、城之内はかぶりを振った。

「ないとは言えんが、それだと東京まで片道二日がかりになるからな」

確かに、そこまで手間をかけるくらいなら、この近辺で犯行に及ぶだろう。

「では、次はどうします。大乃木さんのところに行きますか」

「いや、取り敢えず聞きたいことは君が聞いてくれたから、改めて出向くことにしよう。それより昼飯の時間だぜ。一旦戻ろう」

沢口は城之内に促され、清宮の方へ歩き始めた。バス通りが清田橋への下りにさしかかったところで、右の道からトラックが一台、出てきた。立ち止まってトラックを先に通すとき、ハンドルを握っている人物の顔が見えた。

「あれ、大乃木さんだ」

「ほう、あれが大乃木さんか」

荷台には梱包された荷物が幾つも積まれている。どうやら、製糸場から製品を運ぶところらしい。

「大乃木さんが自分で運転して、製品を届けてるんだな。運送屋に頼むより安上がり《チープ》に違いない」

大乃木がトラックも運転免許も持っているとは思わなかった。ずいぶんと進歩的だ。

「この道の奥が製糸場《ファクトリー》と大乃木さんの家か」

「ええ、そのはずです」

「じゃ、それが折本とかいう不動産屋が借りた家だね」

城之内はキャメルに火を点け、さっき沢口が見たスレート葺きの一軒家を、顎で示した。

「そうです。今は留守のようですが」

「ふん。その折本が、目下のところ一番興味深いね」

城之内は煙をくゆらせながら、じっとその家を見ていた。


武澤家に帰ると、縁側に腰かけていた真優が、手を振って迎えてくれた。

「お帰りなさい。大乃木さんには会えましたか」

「会ったと言えば会ったんですが」

城之内が真優の婿扱いされた件を除いて、田上での様子を一通り話すと、真優は小首を傾げた。

「不動産屋さんが、大乃木さんから家を借りているんですか」

「そうなんです。旅館には泊まらずに」

「それだけ大乃木さんと親しい、ということかしら」

「長く腰を据えるなら、宿代を払うより安いでしょうし」

「私、さっき会いましたけど」

沢口は思わず「えっ」と声を漏らした。

「どこで会ったんです」

「十一時前頃に南信館の前を通ったら、ちょうど出てきたんです。私が誰かわかったみたいで、ずいぶん丁寧に会釈されましたけど、話はしていません」

「真優さんは、折本の顔を知ってたんですか」

「いいえ。でも、背広に蝶《ちょう》ネクタイでしたから。村の人たちとは明らかに違いました」

それならわかる。我々と同様、折本の格好も村では浮いているのだ。

「四人、若い男の人を連れていました。背広姿なので社員の人かと思うんですけど……」

「何か不審でも？」

真優が語尾を濁したので、城之内が聞いた。真優が頷く。

「何だか目つきがよくないんです。私をじろじろ見て、ニヤニヤしたりするし。嫌な感じ」

真優は身震いするような仕草を見せた。

「あまり立派な業者ではなさそうですね」

沢口が言うと、城之内はニヤリとした。

「面白いじゃないか。早く会ってみたいね」

「泊まっているわけでもないし、国鉄の人たちは仕事に出かけているのに、南信館に何の用があったんでしょう」

「それはじきにわかるだろう」

そこへ女中が、昼食の用意ができたと告げに来た。

昼の膳も、山菜中心だが一汁四菜の上等なものだった。普段からこんな食事というわけではないだろうが、お姫様に対して粗末なものは出せない、と気張っているようだ。こちらとしてはありがたいが、城之内などは三日もすれば、珈琲とステーキが恋しくて不平を言い出すだろう。

嘉一郎は義理堅く同席していたものの、相変わらず表情は硬く、口数は少ない。こちらも村で聞き込んだことについて話すのは避けたので、ひどく静かだった。嘉一郎は真優の服装が気に入らない様子だが、はっきり言えないままちらちらと落ち着かない視線を投げている。それが沢口には、何だか可笑しかった。

食事を終え、嘉一郎が外へ出てから、真優は二人を座敷に呼んだ。

「もう一つ、気になる話があります。バス通りから川の方へ少し入ったところに、片田恒夫《かただつねお》という人が住んでいるんですけど、この人は鉄道そのものに反対のようで、国鉄に土地を売る気はないと言い張って、調査にも入らせないんだそうです」

「へえ。恵那線は、その片田という人の土地を通るんですか」

「そうらしいですね。詳しくはわかりませんけど」

「沢口君、一つ話を聞いてみようか」

城之内が、急に思いついたように言った。

「え、でも先生、その人は原渕殺しとは関わりないでしょう」

「何事にも、絶対はないさ」

本気とも冗談ともつかぬ言い方で、城之内が応じた。

「関わりはなくとも、村中が恵那線誘致で沸いているのに、孤高の反対者、というのがちょっと興味深いじゃないか」

「きっとすごい偏屈ですよ。我々と話してくれますかねえ」

沢口が困惑すると、横から真優が言った。

「私も行きましょう。私が一緒なら、そう邪険にはされないかも」

「なるほど」

沢口が注意する前に、城之内が笑顔で頷いた。

「そのお申し出、お受けしよう」


片田は一人暮らしなので、田んぼから帰るころを見計らって出かけた。片田の家は清宮でも一番川に近いところで、武澤家からはだいぶ下って歩くことになる。

バス通りに出て、清宮小学校の前を過ぎ、少しばかり行くと右手に入る小道が現れた。

「確かこの先です」

真優が先に立ち、道を入ろうとした。そこで突然、「あ」と声を出して立ち止まった。どうしたんですと尋ねようとしたとき、五人の背広姿の男たちが小道を歩いてくるのが見えた。先頭は扇子を手にした中年男で、大乃木と同じような年格好、背格好だ。パナマ帽を被り、蝶ネクタイをしている。どうやらこれが折本らしい。

三人が立ち止まっていると、折本が気づいて驚いたような顔をした。

「おや、これは……奥平のお嬢様。するとこちらが、城之内先生と出版社の方ですな」

折本は恭しく帽子を取って、名刺を差し出した。「折本不動産株式会社　代表取締役　折本充蔵」とある。

「こんなところでお目にかかるとは。片田さんのところに何かご用でも」

訝しむような顔つきになった。だがそれは、こちらも聞きたいことだ。

「なに、この村の主だった方々に順に表敬訪問ですよ」

城之内は、しれっとしてそんなことを言った。

「折本さんも、片田さんにご用だったんですか」

「ええ、土地のことでちょっと」

それだけ答えると、折本は「ではまた後日改めまして」と軽く頭を下げ、バス通りに出ていった。つき従っていた四人は、その間、ひと言も喋らず、ただじっとこちらを見ていた。真優の言った通り目つきが悪く、見ていたというよりねめつけていた、と言った方がいい。年は二十代の半ばくらいに思えた。

「とても会社員には見えんな。ありゃあ、堅気じゃないね」

四人の後ろ姿を眺めて、城之内が言った。沢口も同感だ。

「どうしてあんなのを雇ってるんですかね。用心棒でしょうか。それとも、脅し役かな」

「脅し役というのは」

真優が怪訝な顔をする。

「売買に関する揉め事を力ずくで収めたり、土地を売るのを渋る相手を脅したりする奴らです。

不動産に絡む厄介事は、結構多いですからね」

「真優さんの家にも、土地を買い叩こうとする連中が来てたことがあっただろ」

旧華族の邸宅はどれも都内の一等地にあり、不動産業者にとっては狙い目だ。詐欺《さぎ》まがいの話も多く、城之内が大塚の手を借りて撃退したこともあった。

「そう言えば。いろいろな人たちがいるものですねえ」

現代風に振る舞っていても、まだまだ世事に疎《うと》い真優が嘆息した。

「日が傾いてきました。行きましょう」

夕日が山入端《やまのは》にかかったのを見て、沢口が促した。百メートルほど先に藁《わら》葺き屋根が見える。

三人は、そこへと通じる道を辿っていった。


前まで来てみると、思ったより大きな家だった。沢口の感覚からすれば、こんな家に一人で住んだら手入れもままならず持て余すだろう。

「ご免ください。片田さん、おられますか」

戸を叩いて、沢口が呼ばわった。返事はない。折本が来ていたのだから、いると思ったのだが。

「片田さん……」

もう一度声をかけると、中から鋭い声が飛んだ。

「やかましい、帰れ！」

一瞬怯《ひる》んだが、こういう応対は予想していなくもなかった。

「あのう、私たちは東京から……」

「うるさいと言ったろう！　俺の土地には入れん」

不動産屋か国鉄職員と思われたらしい。否定しようと声を出しかけたとき、真優が前に出た。

「奥平真優です。お邪魔して済みません。ちょっと戸を開けていただけませんか」

相手が、沈黙した。そのまま十秒ほど待つ。すると、がたっと音がして、建てつけの悪そうな戸が三十センチほど開き、色黒の男の顔が覗いた。どこか戸惑い気味の表情を浮かべている。

「奥平の……お嬢さん？」

「はい。片田さんですね」

真優はにこやかに会釈した。

「何のご用で」

「一緒に東京から来た方々が、少しお話ししたいと」

片田はそのまま少したあらっていたが、まもなく顔を引っ込めて、ひどく軋《きし》む戸を開けた。

「何が聞きたいんだ」

囲炉裏《いろり》を囲んで腰を下ろすと、片田が言った。まだ渋々といった様子だが、警戒は解いたようだ。

「片田さんは、この村に鉄道を引くのに反対だと聞きましたが」

城之内が、彼らしくずばりと聞いた。片田は、ふん、と鼻を鳴らした。

「俺の土地に、線路を通そうとするからだ」

片田は大乃木や折本と同年輩だと思われるが、目尻の皺《しわ》は深く、髪には白いものがだいぶ交じっている。稲作を生業《なりわい》とする者らしく肌は日に焼け、手足はごつごつしているが、村の他の農夫に比べると、何となく雰囲気が違うような気がした。

「線路のために土地を手放したくない、と」

「ここは先祖代々、何百年もうちが耕してきた。そこへ勝手に線引きされてたまるか」

「村の皆さんが、熱心に鉄道を誘致しようとしているのに」

「俺の知ったことじゃない」

「でも、鉄道ができて村が発展することは、皆さんの望みなのでは」

「知ったことじゃない、と言ってるだろう。どいつもこいつも、欲に囚《とら》われおって」

片田は不機嫌に横を向き、煙草盆から煙管を取り上げて一服ふかした。この調子では、人づき合いがほとんどないのも当然だろう。

「片田さんの土地は、どのあたりまでですか」

「その先の川べりから、中学の手前までだ」

これは沢口にとって意外だった。一町歩、つまり三千坪くらいあるのではないか。田植えなどは村中共同でやるとしても、たった一人でそれだけの農地を維持できるのだろうか。

「もちろん、全部耕してるわけじゃない。一人でできる分だけだ」

沢口の疑問を察したように片田が言った。それなら、耕していない部分を国鉄に譲っても差し支えないように思うが、片田にとってはそういう問題ではないのだろう。

「ずっとお一人なのですか」

真優が尋ねると、ほんの一瞬、片田の顔に影が差した。

「嫁はおらん。兄弟は戦死した。戦後まもなくに親父が死んでから、一人だ」

それなら、十年以上ここで一人暮らしなのだ。たぶん、これからもそうなのだろう。人嫌いで友人もないとしたら、ずいぶん寂しい人生だな、と沢口は思った。

「軍隊にいたんですね」

唐突に城之内が言ったので、片田は眉間《みけん》に皺を寄せた。城之内は奥の壁を指した。

「あそこに旧陸軍の軍用外套《がいとう》が掛かっています」

沢口はそちらに目をやった。確かに、古びたカーキ色の厚手のコートが、柱に打った釘か何かに吊るされている。一緒に、紐《ひも》のついた革ケースも吊るしてあった。それも軍用品のお下がりのように見える。

「ああ。何年か陸軍にな」

あまりそのことは話したくないようだ。前線で相当過酷な体験をしているのだろうか。城之内も察したようで、それ以上聞かずに話を変えた。

「折本さんが来ていたようですが」

「ああ」

片田は渋面を作った。

「あいつも土地を売れと言いおる。自分に売りたくないなら、国鉄に売って、その金を自分の仕事に投資しろなどとも言う。気に食わん奴だ」

「怪しげな男、と思いますか」

「あんなやくざまがいの連中を四人も連れとる。真っ当な奴であるはずがない」

片田の見方は単純だが、これには沢口も異論がなかった。

「折本さんの言う仕事とは、どんなことです」

「鉄道が開通したら、この辺一帯を観光地にする気らしい。恵那山に、ロープ何とかという機械で登れるようにする、などと吹いておった」

恵那山にロープウェイだって？　これはずいぶんと大風呂敷を広げたものだ。

「折本不動産に、それほどの力があるんでしょうか」

沢口が首を傾げると、片田は苦々しげに吐き出した。

「後ろに大物がついていると匂わせとる。それだけで充分、胡散臭《うさんくさ》いだろうが」

「大物、ですか。それは誰でしょう」

「さあな」

片田の答えは素《そ》っ気《け》なく、それからまた黙ってしまった。これは、もう帰ってくれという意思表示だろうか。

ちらりと城之内を見ると、小さな頷きが返ってきた。城之内は真優の方を向いて、目で合図した。真優が了解し、「突然お邪魔して済みませんでした。これで失礼します」と二つ指をついた。片田はいくらか俯《うつむ》いたままで、「ああ」と唸《うな》った。

外へ出てみると、日はとうに稜線《りょうせん》の向こうに沈み、残照がぼんやりと静かな山村を照らしていた。沢口は片田の家を振り返りながら言った。

「こんなところに一人こもっているなんて。村八分というわけでもなさそうだし、確かに気難しいようですが、それほどおかしな人物には見えませんでしたがねえ」

「人づき合いが苦手な人間は、どこにでもいるさ」

城之内が肩を竦める。

「お話を聞いた限りでは、兵隊に行っている間にご兄弟をなくし、復員されてすぐお父様もなくされたんですね。何だかお気の毒で」

真優は片田に同情したらしく、眉をひそめた。

「それよりも、折本の開発計画がどうも気になるな。この村は、観光開発をするのにそれほど魅力的には見えないんだが」

城之内は、川向こうの出上から手前の清宮までを、さっと一瞥した。沢口も城之内の言う通りだ、と思う。鉄道が通っただけで、この山村に客が呼べるだろうか。

「何か思惑があるんでしょうか」

「だろうと思うが、今はわからん。今日のところは帰ってゆっくりしよう」

三人は足を速めた。急げば、暗くなる前に武澤家に着けるはずだ。


「さて今日はどう動きますか」

翌朝、朝食が済んで昭太郎が役場に出勤した後、沢口が城之内に聞いた。城之内は「そうだな」と思案しながらキャメルをくわえた。

「村役場が折本についてどう見ているか、聞いてみよう。バックの大物とやらについても、知っているかもしれん」

「南信館に折本が何の用で行ってるのかも、気になります」

「時間を見計らって、順に行ってみるか」

「それじゃ、すぐには出かけませんね。ではこちらを、よろしく」

沢口は原稿用紙の束を鞄から出すと、卓の上にどさりと置いた。

「おいおい、こりゃ何だい」

「何だい、じゃないですよ。次の締め切りは守ると言ったじゃありませんか。こっちへ来てから、まだ一字も書いてないでしょう」

沢口は原稿用紙を、城之内の目の前に押しやった。

「鬼だな、君は」

城之内は顔を顰めたが、仕方なさそうにポケットから万年筆を取り出した。


城之内が一枚目の原稿用紙とにらめっこを始めたのを確認して、沢口は表に出た。今日も晴れだが、昨日より雲は多い。伊那谷の朝は東京よりずっと涼しく澄み、この高台から眺め下ろせば、萌《も》える新緑が目を癒してくれる。草木の香りが沢口の鼻をくすぐった。それに時折、家畜や肥えの匂いが混ざるのが、農村らしいご愛敬《あいきょう》だ。

道に出ると、神山が竹ぼうきで門前を掃いていた。おはようございます、と挨拶してから、沢口は道の先を指した。

「この上には、何かあるんですか」

「八幡《はちまん》様のお社《やしろ》があります。道はそこで行き止まりです」

「古いお社なんですか」

「創建は五百年ほど前ですが、社殿は江戸時代のもので、そこまで古くはないです。今、ちょうど旦那様《だんなさま》が行っております」

「朝のお散歩ですか」

「いえ、旦那様はあそこの神主もなさっていますので。今の社殿は武澤家が寄進したものですし、まあ名目上ですが。普段は誰もいないので、時々旦那様が見回っておられます」

八幡様と言えば武家の神様だが、そう言えば武澤家も戦国期には武士だったという。沢口は礼を言って、散歩がてらに道を上っていった。

八幡宮までは、十分ほどかかった。参道は細く、あまり人は通らないようだ。清宮の氏神としては、川沿いに清宮神社があり、そちらには神主も常駐しているし自動車も入れる。こちらの八幡宮の方には、祭礼か初詣《はつもうで》以外に来る人は少ないのだろう。

太い丸太でできた鳥居の向こうに、小さな社殿があった。周りは杉林に囲まれ、深閑《しんかん》としている。境内の地面は苔で覆われ、足音を吸い込むのでさらに静かだ。沢口は立ち止まって深呼吸した。冷えた爽やかな空気が肺を満たし、清々《すがすが》しい気分になる。こんなところに観光開発なんて、必要なのだろうか。

お参りしようと足を踏み出しかけたが、ふと止めた。奥から、人の話し声らしきものが聞こえたのだ。嘉一郎が祝詞《のりと》でも上げているのかと思ったが、声は複数のようだ。何だか近寄りがたい気がして、沢口は太い杉の木の陰に寄った。

しばらくして会話がやみ、奥から誰か出てくる気配がした。隠れたままで見ていると、男が一人、社殿の裏から現れた。その顔を見て沢口は、はっとした。折本だ。配下の連中は連れていない。とすると、話していた相手は嘉一郎ということになる。

折本は沢口には気づかず、鳥居をくぐって参道を下っていった。ちらっと見た限りでは、顔に薄笑いのようなものが浮かんでいた気がする。

そのまましばらく待った。思った通り、嘉一郎が出てきた。普段の着物姿だが、ずいぶん難しい顔をしている。いつも堅苦しい表情を崩さない男だが、今はいつも以上に強張り、不機嫌に見えた。沢口は嘉一郎をやり過ごし、その背中が見えなくなってから、ゆっくり参道を下り始めた。

今のはいったい何だ、と沢口は自問した。人気のない場所なので、折本と嘉一郎が会ったのは偶然ではあるまい。武澤家ではなくここを使ったからには、人に聞かれたくない話だったと思わざるを得ない。自分たちだけでなく、昭太郎や神山にも聞かれたくなかったのではないか。嘉一郎と折本。水と油のような感じの二人に、何があるのだろう。

考え込みつつ武澤家に戻り、城之内の部屋を覗いた。机を見た途端、沢口は「やられた!」と呻《うめ》いた。机の上には、半分ほど文字で埋まった原稿用紙が広げられ、万年筆がその上に載っている。城之内の姿は、どこにも見えなかった。よく見ると、原稿用紙の余白に英文が書きなぐってある。「Everything comes to those who wait」待てば海路の日和《ひより》あり、だと。原稿を急かすな、ってことか。冗談じゃない。

行く先を知らないか、真優に聞こうとそちらの部屋に行ってみた。が、真優もいなかった。「くそっ」沢口は拳《こぶし》で柱を叩いた。

昼前になって、門口に車が止まる音がした。急いで出てみると、城之内と真優がタクシーから降りてくるところだった。

「先生！　仕事を放り出してどこへ行ってたんです」

沢口が睨みつけると、城之内は悪びれもせず、いつもの調子で言った。

「この家、珈琲を置いてないんだ。ちょっと飯田まで、飲みに行ってきた」

「わざわざ飯田まで、珈琲を飲みに行ったんですか」

呆れて顔を顰めると、真優が微笑んだ。

「とっても美味《おい》しいお店でしたわ。渋谷《しぶや》にあってもおかしくないくらい」

「ああ、ああ、そりゃあ結構でしたね」

沢口は、目を怒らせて城之内に迫った。

「何があろうと、締め切りは守っていただきますよ。さあ、それじゃすぐに、南信館に行きますからね」

「南信館？」

「今朝、時間を見計らって行くと言ったでしょう。神山さんに、向こうで昼食を摂《と》れるよう電話してもらってます」

「うーん、今戻ったばかりだぜ。面倒だな、君が行ってきてくれよ」

「何を言ってるんです。ほらほら、早く」

沢口は、苦笑する城之内と、どこか楽しそうな真優を急き立てて、坂道を下った。

南信館へ着くと、主人と女将が万全の態勢で待ち構えていた。

「これはお嬢様に先生、本日はお越しいただき誠に光栄で。ささ、どうぞお上がりくださいまし」

案内されたのは、床の間に立派そうな掛け軸のかかった十畳で、この宿で一番上等の部屋に違いない。田村《たむら》という主人と女将は四十三、四で、顔も体つきも揃って福々しい。

出された食事は、川魚の焼き物、鳥鍋、山菜の天婦羅《てんぷら》などだった。夕食並みの品数だ。

「何しろ田舎で、東京のお方の口に合いますかどうか」

決まりきった台詞《せりふ》のようだが、料理そのものは充分美味しかった。食べ終えた真優がその旨を伝えると、田村夫婦は恐縮して頭を下げた。

「ところで、あの……」

女将が、真優と城之内を交互に見ながら、おずおずと口を開きかけた。

「はい、何でしょう」

真優がにっこり微笑むと、女将は真っ赤になって俯いた。

「あ、いえ、何でもございません」

真優はほんの少し、訝しむ様子を見せたが、沢口は女将が何を聞こうとしたのかわかって、吹き出しそうになった。女将はもちろん、二人が婚約しているのかどうか知りたいのだ。だが、さすがに面と向かっては口に出せないと見える。まったく、皇太子殿下のお妃《きさき》候補捜しに熱中する雑誌記者たちにも、これぐらいの遠慮があればいいのに。

「ところで、折本氏もこちらに来ているようですが」

田村夫婦は、ぎくっとしたように顔を見合わせた。

「はあ、お泊まりではないですが、何度か来られました」

田村が、どこか困ったような様子で答えた。

「大乃木さんから空き家を借りているそうですね。お宅には、何か用事で」

昨日、真優が折本を南信館で見かけたのは、中途半端な時間だった。食事に来ていたとは思えない。

「はあ……事業に金を出さないか、と言われまして」

「ほう。観光開発のことですか」

「ここを開発して観光のお客さんが来るようになったら、うちが真っ先に潤うだろう、と誘ってくるんですよ。出した金が損になることはないとか」

「折本氏は、田村さんだけに声をかけているわけじゃないでしょう」

「はい。村の主だった方々には、満遍《まんべん》なく声をかけているようです。中学の校長先生まで誘われたとか。さすがに断ったそうですが」

手当たり次第だな、と沢口は思った。しかし、本気で大規模な開発をするなら、こんな小口の出資を募らず、銀行融資で賄うだろう。

「どうもやっぱり、怪しげですね」

沢口が囁くと、それを聞いた田村が語気を強めた。

「そうでしょう。私らもそう思ったんですが、折本さんはちゃんとした後ろ盾があるから心配ない、と言うんですよ」

「後ろ盾が何者かは、言っていませんか」

「それは、はっきり言わないんです」

片田から聞いた話と同じだった。

「先生はどう思われますか。観光の開発なんて、うまく行くんでしょうか」

逆に田村から問われると、城之内は首を傾げた。

「恵那山は観光地として開発できるだけの知名度はあるけど、清田村が観光《ツーリズム》に適しているとは、ちょっと言えないなあ。どうしてもやるとすれば、スキー場とか登山、ハイキングぐらいですかね。その場合も旅館じゃなく、新しいホテルを建てるでしょ」

遠慮会釈ない言い方に、沢口は城之内のひじをつついた。田村の方は、儲《もう》ける前に強力な商売敵ができる、と聞いて、がっかりしたようだ。

「でしょうね。実際、私もそう思います」

「せめて温泉でもあれば、ねえ」

ロープウェイだけで客は呼べない。もっと何か、必要だった。

「温泉ですか」

田村は何事か思いついて、顔を上げた。

「実はこの辺にも、温泉はあるはずなんです。武田信玄《たけだしんげん》が、幾つか隠し湯を持っていた話を、お聞きになったことがありませんか」

信玄は甲斐《かい》・信濃に隠し湯をたくさん持ち、戦場で傷を負った将兵を療養させていたという。山梨《やまなし》の下部《しもべ》温泉、長野の渋《しぶ》温泉などが有名だが、この地にもあったとは初耳だった。

「清田村に温泉とは知らなかった。今もあるんですか」

「いえ、残念ながら。この山の、裏側のずっと奥にあったんですが」

「あ、私、おじい様から聞いたことがあります。江戸時代には奥平家の湯治場になって、湯番も置いていたそうですが、明治になる前の大雨のとき、土砂崩れで埋まってしまったんですって」

真優が言ったので、田村は喜んだ。

「お嬢様はご存知でいらっしゃいましたか。ええ、そうなんです。隠し湯はなくなりましたが、山向こうに湯が湧《わ》いていたわけですから、この辺ももしかしたら、掘れば温泉が出るんじゃないでしょうか」

「折本氏は、そのことを承知してるのかな」

「さあ、温泉が話に上ったことはありませんが」

そこで沢口が口を挟んだ。

「大金を投じる以上、折本がそれに目をつけていないわけがない、と思いますよ」

「そうだな。温泉の可能性を口にして土地の値が上がるのを、避けているのかも」

城之内は沢口の言葉に同意し、田村に言った。

「旦那さん、折本はどうも信用できん。話に乗らない方がよさそうです」

「そうですか。やっぱり、うまい話というのは簡単にはありませんね」

田村は女将の方へ顔を向け、嘆息した。

田村に頼んで商店街の店主たちに聞いてもらったところ、十人ほどが折本から声をかけられていた。うち三人が、実際に出資をしたそうだ。

「狭い村なら、何人かを取り込めば、横並び意識で自分たちも金を出そうという動きになるだろう。日本人の悪い癖だ。折本は今のところ、うまく立ち回ってるな」

城之内は折本への不信感をさらに強めたようだ。

「こうなると、村長にも注意を促すべきでしょうか」

「村長がどこまで知ってるかにもよるね」

金の話に疎い真優は武澤家に戻り、城之内と沢口は村役場へ向かった。午後もだいぶ遅くなったので、村長の手も空いているかと思ったのだ。

田内村長は、村長室にいた。思った通り、忙しくはないようで、藤田村会議長と何やら雑談の最中だった。

「ああ、これはどうも。早速にあちこち見て回られたそうで」

田内村長は笑顔で言ったが、こちらの動きは逐一耳に入っているようだ。田内はさらに、探偵の真似事のようなことをさせてしまって、申し訳ないと謝った。

「本来なら我々が動けばいいんですが、狭い村のことで、しがらみが多過ぎまして」

東京から来た部外者なら、好きに聞き回れる。奥平家の関係者なら、誰も邪険にはできない。警察が本格的に入り込んで来る前に、原渕の一件について村の者たちがどう関わり、村としてどうすればいいのか、城之内を使ってその辺を摑んでおきたい。田内の本音はそういうところだろう、と沢口は見当をつけた。

「ノー・プロブレム。こちらもいろいろと興味が湧いてきたので」

城之内がいささか意味ありげに応じると、藤田が言った。

「ところで、片田恒夫の家にも行かれたようですな」

「行きました。人嫌いのようですが、真優さんのおかげで少しは話が聞けました」

「あの男、儂《わし》らにはろくに挨拶もせん。道で人と行き合っても、ほとんど喋らんし」

「片田さんは、自分の土地から出てこないというわけではないんですね」

「そりゃあ、引きこもっておっては暮らしていけませんからな。買い物にも行かにゃならんし。毎朝、清宮神社まで歩いてお参りもしとります」

そんなに動き回っていても、人づき合いはしないのだ。神様にだけは律儀なあたり、いかにも偏屈らしい。

「かなり広い土地を持っているそうですが、もともとは名家だったんですか」

「そうです。戦前は、大乃木や原渕と並ぶくらいの家で、清宮に幾つか農地を持っておったんですが、占領軍の農地改革で全部取り上げられて。当主だった恒夫の父親も、戦時中にすっかり体を壊しましてな。恒夫が復員してきたころは、寝たきりに近かった。だからあいつも家に戻れたわけですが」

「ほう？　と言いますと」

藤田はちょっと思案してから、答えた。

「恒夫は勘当同然の身だったんですわ。父親というのが相当な頑固者で、恒夫とは殴り合いの喧《けん》嘩《か》もしばしばだったんです。恒夫は飯田の学校へ行きたかったんだが、父親が許しませんで。学問は長男だけで、弟たちは百姓仕事をしろ、というわけですな。次男は従ったが、三男の恒夫は逆らった。で、結局、志願して松本《まつもと》の連隊に入りましてな。二十五年ほど前の話です」

「ははあ。恒夫さんにとっては、志願入隊が家を出る手段だった、というわけですか」

「そうです。どのみち徴兵されてたでしょうから、それでよかったかもしれません。長男と次男は召集されて、帰ってきませんでしたからなあ」

「跡継ぎの長男には徴兵猶予があったのでは」

藤田はここで声を低めた。

「長男は飯田の学校で、農民運動の左翼思想に嵌《は》まりましてなあ。最後は特高に捕まって、懲罰召集ですわ。それが知れて、村での片田家の立場はすっかり悪うなってしもうて」

そういうことか。それが片田家の急速な没落の一因になったわけだ。

「復員した恒夫は、すっかり人が変わったようで。戦地で相当辛《つら》い目に遭ったんでしょうな。ならば人嫌いになるのもわかります」

田内が、片田に同情的な言い方をした。

「とは言え、土地を国鉄に売らんと言っておるのは、村としては困ります」

藤田の方は、どうも不満げだ。

「今土地のことを言われましたが、折本という人物がこのあたりを開発しようと動いている件については、どうなんです」

城之内は、話の方向を変えた。折本の名前を聞いた田内は、渋面になった。

「あの男ですか。もともとは原渕さんの紹介でして、一応、こちらに挨拶には来ましたが。大乃木さんの方に取り入っておるようですね」

「ええ。村の人たちに、観光事業への出資を呼びかけているようですが」

「ああ、あれにはちょっと……」

田内は迷惑そうに言った。

「具体的かつ詳細な計画を示してほしい、と言ってみたんですが、それはまだこれからです、と言って、スケッチ程度のものを見せられましたよ。正直、どこまで信用していいものやら」

「儂にも出資せんかと言ってきましたが、追い返しました」

藤田の口調からすると、折本のような男は虫が好かないようだ。

「開発するには農地転用許可が必要でしょう。それには農業委員会の承認が要る。この村の委員会の会長はどなたです」

「儂です」

藤田が胸を張って答えた。

「ああ、それなら折本が実際に農地を取得しようとしても、阻むことはできますね」

「あまり怪しい話ならそうしますが、奴が後ろ盾のことをしきりに匂わすのが、気になりましてな」

「村に圧力をかけられる相手ですか。それは誰です」

「はっきりとは言わんのですが、どうも村河先生のようです」

「村河代議士ですか。この前上京されたとき、挨拶に行かれた先の」

沢口は驚いて言った。しかし村河はこの地域が地盤だし、恵那線の審議にも影響力を持っているのだから、折本が繫がっていても不思議ではない。原渕は、村河の意向で折本を紹介したのかもしれない。田内村長らも、恵那線絡みで村河に世話になっている以上、無下《むげ》にはできなくなる。

「本当に村河氏がバックについているなら、ちょっと面倒ですね」

「まあ見方を変えれば、村河先生が応援しているなら、詐欺師の類いではなかろうと言えるわけですが」

田内は苦笑気味に言った。今のところは、様子見ということか。

「とは言っても、大金が絡むとなるといろんな思惑が出ますから……」

城之内がそう言いかけたところで、突然廊下を走る足音が響き、村長室のドアが激しく叩かれた。

「何だ。用談中だぞ」

田内が不機嫌な声を出すと、ほぼ同時にドアが開いて総務課長が顔を出した。

「村長、大変です。大乃木さんが」

「何？　大乃木さんがどうしたって」

一同が振り向くと、総務課長は息を整えてから答えた。

「事故に遭《あ》われたようです。トラックが岩か何かにぶつかって」

# 第五章

場所は田上の、大乃木家の横を通って隣の阿智村まで行く道筋だ、ということであった。田内村長と城之内と沢口は、村でただ一台の公用車に飛び乗った。車はクラクションを鳴らして商店街を猛然と走り抜け、坂を一気に駆け下り、清田橋を渡った。だが橋を渡って上り坂になると、馬力の小さな乗用車は忽《たちま》ち喘《あえ》ぎ始めた。田内が怒って運転手を急かすが、アメリカ製の大きな車と違い、四人も乗っていると限界なのだろう。

折本たちが借りている家が見えたところで、左に曲がった。日はもうだいぶ傾いている。まもなく左手にトタン張りの大きな建物が見えてきた。

「大乃木さんの製糸場です」

田内が窓の外を示して言った。田上には他にも製糸場があったが、規模の大きい近隣の製糸場に押され、今残っているのは大乃木のものだけだそうだ。製糸場を過ぎて少し行くと、門と生垣のある大きな瓦葺きの家があった。それが大乃木家だ、と田内が教えてくれた。

道は大乃木家を過ぎると細くなった。この先は、隣の阿智村へ通じている。トラックは通れるようだが、すれ違いはできないだろう。もっとも、大乃木のトラック以外にここを通る車はほとんどないそうだ。

やがて道は左にカーブし、若竹川の上に出た。左手は川の水面まで、二十メートルほどの崖《がけ》になっている。さすがに運転手はスピードを落とした。柵も何もないので、運転を誤れば川まで真っ逆さまだ。こんなところで岩にぶつかったなら、大乃木は大丈夫だろうか。

右へのカーブを一つ曲がったところで、前方に道路を塞《ふさ》ぐ岩と倒木、斜めに向いて止まったトラックが見えた。十人ほどがその場に集まっている。その人々が、車の音に気づいてこちらを向いた。

一同が注視する前で運転手は車を止め、助手席の田内が真っ先に飛び降りた。

「おおい、どうしたんだ。大乃木さんは無事か」

田内の声に応えて、一人が進み出た。昨日の昼に会った大乃木に、間違いなかった。

「ああ、村長。わざわざ駆けつけてもらって、済みませんなあ」

「それはいいんだが、怪我《けが》はないんかね」

「おかげさんで、ガラスに額をぶつけただけで済んだ。しかし、危ないところだったよ」

「失礼、こんなときに何だが、あなたが大乃木さんですか」

城之内が田内の後ろから、声をかけた。大乃木は驚いたようだが、すぐ誰だかわかって笑みを浮かべた。

「ああ、もしかして城之内先生ですか。いやこれは、お騒がせしました。大乃木です」

ぺこりと頭を下げる大乃木に、城之内は田内村長を押しのけるようにして尋ねた。

「何があったんです。岩が落ちてきたんですか」

「そうなんです。阿智村の問屋へうちの絹糸を届けに行った帰り、ここを通りかかったらあの上から岩が転がり落ちてきて」

大乃木は上を向き、夕日に照らされた山の斜面を指した。十メートルほど上に、土が崩れたような跡がある。

「この岩ですか」

城之内は、道の上に転がっている直径一メートルくらいの岩を指差した。大乃木はかぶりを振り、崖下を指差した。

「この小さいのも一緒に落ちてきたんですが、本命はあれです。もろに当たっていたら、ひとたまりもなかったですね」

川の中の岩とは明らかに色の違う、黒っぽい塊が水面から顔を出していた。あれなら道にある岩の倍以上の大きさだ。道でバウンドして、川まで落ちたのだろう。巻き込まれていたら、トラックも大乃木も今ごろ川の中だ。

「ここではよく、崖崩れや落石が起きるんですか」

「いいや、滅多に起きるもんじゃねえ」

城之内の問いに答えたのは、相撲取りのようなごつい体格の若い男だった。大乃木が、うちの若い衆の竹井《たけい》です、と紹介した。

「大雨も降ってねえし、地震もねえ。こんな岩が、何もなしに落ちるとは思えねえ」

竹井は明らかに怒っていた。

「竹井君、それじゃどうやって岩が落ちたと思うんだい」

「決まってる。清宮の連中の嫌がらせだ。清宮の奴らが、岩を落としたんだ」

「おいおい君、滅多なことを言うもんじゃない」

自身も清宮の者である田内が、窘めた。だが竹井は聞いてもいない。

「今、駐在さんが上の方を調べに行ってる。戻ってきたら、わかるはずだ」

竹井のその言葉を合図にしたかのように、斜面の草木ががさごそと揺れて、制服姿の三十くらいの警官が一人、肩や腕についた葉や木の実を払いながら道の方に下りてきた。

「やれやれ、こんなところを登るのは大変だ……あ、これは村長」

駐在巡査は、背筋を伸ばして敬礼した。それから城之内と沢口を見て、怪訝な顔で「あんた方は」と聞いた。田内が説明すると、巡査の顔が輝いた。

「あっ、あなたが城之内先生ですか。田上駐在所の、大林《おおばやし》巡査であります。先生の作品は、いつも読んでおります。自分もあのような水際立った捜査ができるよう、日々心がけて……」

警官が小説と現実を一緒くたに考えてどうするんだ、と思ったが、ファンは大事にしなくてはいけない。代わりに田内が苛立って言った。

「それで、どうなんだ。上の方で何かわかったのかね」

「は、それですが」

大林は斜面を振り仰いで指を向けた。

「岩があったのはあの上です。ここからはわかりにくいですが、えぐれたような跡があります」

「自然に落ちたのかね」

「さあ、それは断定できませんが」

大林は、城之内を意識するように見ながら、できるだけ的確に説明しようとしていた。

「人が入った形跡はあります。下草が多いので足跡の判別は難しいですが、不完全なものが幾つか残っています」

竹井がそれを聞いて、ほうら見ろ、という顔つきになった。

「やっぱりそうじゃ。清宮の仕業じゃ」

「大乃木さんは清宮からそんなに恨まれてるのかい。もうちょっとでジ・エンド、死ぬところだったんだぜ」

城之内がトラックを顎で示して、竹井に言った。竹井はグレーのジャケットにスラックスの城之内を上から下まで眺め回すと、「東京の者にはわかりゃせん」と吐き捨てるように言って、そっぽを向いた。

「恵那線の誘致で、大乃木さんは田上の先頭に立っとるから。清宮に駅を作りたい連中にとっちゃ、目の上のたんこぶちゅうわけですよ」

さすがに失敬だと思ったか、竹井より年嵩の男が、代わって答えた。

「それにしても、やり過ぎじゃないかな」

城之内はそう呟いてから、駐在巡査に問いかけた。

「大林さん、足跡は何人分です」

「残念ながら、一人とも複数ともわかりかねます」

川底に落ちた岩の大きさなら、一人で落とすのは無理に思えた。何者かの仕業というなら、二、三人はいたはずだ。

「大乃木さん、あなたがここをこの時間に通るのを知っていた人は誰です」

城之内の言葉に、皆がはっとした。

「そうか。待ち伏せておったわけだからな」

田内も頷き、大乃木に「どうなんです」と確かめた。

「そうですなあ。阿智村へ行くのは月に二回くらいだが、時間はだいたい決まってまして。帰りはいつも今時分です。もちろん、分単位で正確なわけじゃないが」

「それなら、あなたが出かけるところを見ていれば、帰りの時間は見当がつくな」

言い換えれば、大乃木のトラックが出ていくのを目撃していれば、誰でも待ち伏せができたわけだ。

「言っとくが、トラックが阿智村へ向かうのは、清宮からでも見えるぞ」

竹井が川向こうを指した。対岸を眺め渡すと、左手に片田の家が屋根だけ見え、その上に小学校、さらに清宮の中心部の家並みが連なっていた。確かにこれなら、清宮の誰でもトラックを目にすることができるだろう。

「うーむ」

田内が唸った。

「こりゃあ駐在さん、本署へ知らせて調べに来てもらわにゃならんな」

「もとよりそのつもりです。これから電話をかけてきます。ですが、もうじき暗くなりますねえ。現場検証は明日の朝になるでしょう」

東京ならパトカーのヘッドライトや投光器を使って、夜でも検証できるが、ここではそうもいくまい。不寝番を買って出た者がいたので、トラックと岩はそのままにして、一旦引き上げることにした。

悪戦苦闘して方向転換した公用車に乗り込み、走り出してから、沢口は田内に話しかけた。

「恵那線を巡る清宮と田上の対立は、殺人未遂を起こすほど深刻なんですか」

田内は「滅相もない」と手をバタバタ振った。

「口論や摑み合いくらいなら何度もあるが、そこまで酷いことをするものですか。あれは事故ですよ。と言っても、竹井君らの様子じゃ、本署の刑事にはっきり言ってもらわんと、簡単には納得せんでしょう」

田内は大ごとにならないうちに収めたいようだ。村長としては当然だろう。だが、城之内は賛同しなかった。

「どうでしょうか。やはり足跡が気になります」

「しかし……」

「人の欲というのは、時に際限なく膨れ上がるものですよ」

田内は、当惑したように城之内の顔を見た。


翌朝、武澤家に電話が入った。田内村長からで、田上駐在所の大林巡査から、本署の一行が着いたと知らせてきたそうだ。車で迎えに行くから一緒に来てくれと頼まれ、朝食もそこそこに飛び出した。

「いやあ、朝早くから申し訳ありません。しかしその……」

助手席の田内は、恐縮しながらも困った顔をしていた。というのも、後部座席に城之内と沢口と並んで、真優が座っていたからだ。

「村長さん、どうぞお構いなく。私の勝手な興味ですから」

真優はにこやかに言うが、その勝手な興味が田内を困らせているのである。

「事故現場へお嬢様をご案内するのは、どうも……」

田内はまだぶつぶつ言っていたが、よくあることだから諦めろと城之内に耳打ちされ、肩を落とした。乗員が五人に増えた非力な公用車は、息も絶え絶えに田上への坂を上っていく。運転手はいつエンストするかと冷や冷やしていたものの、何とか現場までは乗り入れることができた。現場の手前には、屋根に赤色灯を載せたジープが止まっている。

「ああ、どうもご苦労様です」

田内が車から降りて大声で挨拶すると、昨日のまま留め置かれているトラックの周りにいた数人の中から、短く刈った白髪頭にチョビ髭を生やした大柄な男が、進み出た。

「田内村長さんですか。飯田署の上野《うえの》と申します」

背広の内ポケットから出した警察手帳を、型通りに示した。大林巡査が、本署の刑事課長ですと告げた。後ろでトラックと道に残った岩を調べていた背広の二人が、こちらを向いて会釈した。上野の部下の刑事らしい。事情を聞かれていたらしい大乃木も、気づいて目礼した。田内は軽く手を振って応じた。

「そちらは、奥平のお嬢さんと探偵小説の先生ですか」

こちらの素性がわかっていても、上野の視線は怪しい何者かを見るようであった。

「見ていてもいいが、邪魔はせんように。一応、これは捜査ですから」

上野の態度には、どこか人を見下すようなところがある。古い叩き上げで、戦前の高圧的な警察の香りが抜けきっていないのだろう。

「で、見立てはいかがです」

田内が期待して尋ねると、上野は鷹揚に周囲を手で示した。

「ざっと見てみましたが、事故の可能性が高そうだ。せっかく村長にお出ましいただきましたから、駐在所の方でもう少し詳しくお話ししましょう」

上野はそう言って車に乗るよう促したが、ふと気づいて山側を振り返った。

「ちょっとあんた、何をしてるんだ」

「ああ、ドント・ウォーリィ。ちょっとこの辺の地面を見てるだけだ」

斜面の下に入り込み、折れて転がっている木の横に蹲《うずくま》っていた城之内が、顔も上げずに手を振って返事した。

「勝手に動き回らんでもらいたい。早くこっちへ出て」

上野が苛立った声を出したので、城之内はおとなしく立ち上がって道に出てきた。

「斜面の足跡は確認したんですね」

城之内が聞くと、上野は「無論です」とひと言だけ返した。

「結構。それじゃあ、お話を伺いに行きましょう」

どこか面白がるように言って、城之内は車に乗り込んだ。上野はさらに苛立った様子で、ジープに向かった。真優が二人を見比べて、くすっと笑った。

駐在所の奥で、沢口ら三人と田内村長、大乃木に囲まれ、卓袱台《ちゃぶだい》を前に胡坐をかいた上野は、座を見渡して咳払いした。

「道から斜面の上、岩のあったあたりを一通り調べました。大林巡査の言うように、足跡らしきものはあります」

「足跡があるのに事故なんですか」

沢口が言いかけると、上野が睨みつけて制した。

「足跡だけでは何も証明できん。はっきりした足跡は少ないが、地下足袋《じかたび》のものらしい。この辺の山には罠猟師《わなりょうし》も入るし、山菜採りも入る。そういう連中のものである可能性が高い」

「じゃあ、あの岩はやっぱり、自然に落ちたということか」

田内が安心したような顔になった。

「地盤が緩んで岩が落ちることはよくあるでしょう。落石が運悪く車や汽車に当たった例は、全国にいくらでもある。それにだ」

上野は大乃木の顔を見て続けた。

「故意だとしたら、殺人未遂ということになる。大乃木さんから事情を聞いたが、そこまでされる心当たりはないとのことだ」

「課長さんの言われる通りです。うちの竹井は気が短いんで、興奮していろいろ言ってましたが。この村で揉め事と言えるのは恵那線の綱引きくらいだ。命に関わるほど深刻な話じゃないことは、みんなが知っているでしょう」

大乃木に言われ、田内も「それはそうですな」と肯定した。

「それに、清宮の者があんな田上の奥まで来ていれば、うちの者が気づいているはずだ。竹井にそれを言ったら、うーんと唸ってましたよ」

大乃木は苦笑交じりにつけ足した。上野は、うんうんと頷いている。

「それらしい動機がない以上、事故だったと思わざるを得ませんな。とにかく、怪我人が出なくてよかった」

上野はそれで話を締めようとした。が、ここで城之内が手を挙げた。

「ちょっといいですか、チーフ」

「何です」

勝手にチーフと呼ばれた上野が、むっとした様子で顔を向けた。

「道の脇、岩があったところの斜め下あたりに、折れた木が落ちてましてね」

「折れた木？　山なんだから、そんなものいくらでもあるでしょう」

「自然に折れて落ちたのとはちょっと違う。枝が払い落とされていて、棒のようになってた。しかも、あの辺にある木とは種類が別だ」

「だから、何が言いたいんです」

「片方の端には、こすったような傷があった。こいつは梃子《てこ》に使ったんじゃないかと思いまして」

「梃子？　つまりそれで岩を動かしたと」

田内が驚いたように言った。

「岩のあったところから投げ落とせば、ちょうどその棒があったところに落ちます。そのまま置いてきたから、後で見てもらえばいい」

「木の棒一本で、故意の殺人未遂だと言うつもりかね」

上野が、小馬鹿にしたように言った。

「探偵小説じゃそういうのもあるんだろうが、これは現実ですよ。我々も忙しいんだ。事故じゃないとするほどの根拠はない」

上野はそう言い放ち、立ち上がった。

「我々はこれで失礼します。まだ気になるようなら、大林にもう少し調べるよう言っておきます」

いかにも、これ以上何も出やしない、と言いたげだ。沢口は納得できずに聞いた。

「これで終わり、ということですか」

「他にもいろいろと抱えてますんで。しかも今日は、東京から重要な客人が来ることになっていて……」

「重要な客人？」

田内が怪訝な顔をした。上野は余計なことを言ってしまったというように、顔を顰めた。

「いやその……実は原渕さんの事件で、警視庁から捜査員が派遣されてくるんです。我々が戻るまでに着かれたら、待ってもらうよう言い置いてきたんで」

「原渕さんの捜査で警視庁から、ですか」

田内は鸚鵡《おうむ》返しに言って城之内を見た。城之内は、ニヤニヤしている。誰が来るのか、想像がついているのだ。

「申し訳ないが、そういうことなんで今日は……」

上野が駐在所を出ようとした矢先、バス通りを走ってくる車の音が聞こえた。上野が外を覗いて、ぎょっとした。

「何だ？　ありゃうちの署のジープじゃないか」

飯田署のもう一台のジープは、上野が乗ってきたジープのすぐ後ろに停車した。運転席から制服警官が飛び降り、上野に敬礼した。

「課長、申し訳ありません。皆さんがどうしてもこちらへ、とおっしゃるので……」

言い終わらないうちに、ジープに乗ってきた他の三人が降り立った。中の一人は、ソフト帽にトレンチコートというスタイルで、悠揚迫らぬ態度で歩いてくる。その人物は、沢口たちを見つけて片手を挙げた。

「やあ、皆さんお揃いで」

城之内が、笑って手を振った。

「どうもご苦労さんだねえ、大塚さん」


「これはどうも……飯田署の上野です」

上野はいくらか困惑気味に敬礼し、名刺を出した。大塚がいきなりここまで乗り込んでくるとは、想像外だったのだろう。

「お世話になります。警視庁捜査一課の大塚です。こちらはうちの班の、永谷と須和《すわ》です」

名刺を交換し、部下を紹介した大塚は、城之内に向き直った。

「これから行くと電報で知らせようかと思ったんだが、手間を省いた」

「ドラマティックなご登場を演出しようって魂胆か。あんたらしいな」

大塚は、ふんと鼻を鳴らしてから、帽子を持ち上げて真優に挨拶した。

「真優さんもご活躍のようですな」

「いえ、活躍だなんて。お邪魔しているばかりですわ」

真優は口に手を当て、ほほっと笑った。

「ずいぶん朝早くにお着きなんですね」

「出張の許可が出たんで、すぐ夜行の準急アルプスに飛び乗りました。着くのが早過ぎたんで、飯田の駅前でゆっくり朝飯と珈琲を味わってきましたよ。あの町にも、なかなかいい店がありますな」

「あの……お知り合いなんですか」

勝手に話を続ける大塚を見て、上野がおずおずと聞いた。

「ええ、まあ古いつき合いで。持ちつ持たれつと言いますか」

「はあ、そうなんですか」

上野は明らかに戸惑っていた。何しろ、階級は同じ警部でも、地方の所轄と警視庁捜査一課では格が全然違う。城之内や真優を今後どう扱ったらいいのか、思案にくれているのかもしれない。

「ところで、何が起きたんですか」

大塚はぐるりと一同を見回して、聞いた。

「はあ、それは……まあ、事故です。村の中の話で、原渕さんの事件とは関係ありません」

上野の答えは、地元のことに首を突っ込んでくれるな、と言っているように聞こえた。大塚もすぐに察したようだ。「そうですか」と言った後、城之内に目配せした。後で教えろ、ということだ。城之内も目で了解と返した。

「まあ、大塚さん、ひとまず宿に落ち着かれませんか。話はそちらで」

上野としては、まず飯田署で話をしたかったのだろう。立場上、勝手にいろいろ動き回られたくない、という気持ちはわかる。大塚も異論は挟まなかった。

「午後にでも、武澤さんのところに伺うよ」

大塚は城之内に言って、刑事たちと共にジープで走り去った。刑事たちを見送った大林巡査は、ほうっと大きな息を吐いた。お偉方に囲まれ、相当緊張していたようだ。

「さて、せっかくここまで来られたんですから、元の田上村役場の跡を見てみますか。すぐこの下です」

大乃木がバス通りの向こうを指差した。

「私は役場へ戻らんと。十時半から会議なんで」

田内が済まなそうに言った。

「一時間ほどしたら、車を迎えに戻します。大乃木さん、それじゃよろしく」

田内は一礼して車に乗り込み、対岸の役場へ向かった。大乃木は車に手を振ってから、先に立って通りの下の、旧役場へ続く階段を下り始めた。

「お聞き及びとは思いますが、ここが恵那線の清田駅の候補地です」

旧役場の前に広がる平らな空き地に立つと、大乃木は両手を広げてみせた。役場の敷地だったのでそれなりに広く、田畑も少し離れているので駅にするには都合がよさそうだ。

「清宮側の駅予定地に比べると、こっちの方が土地が平らなので費用が助かるんです。清宮の方は、だいぶ土地を削って造成しないといけません」

「元の役場は、壊してしまうんですか。立派な建物なのに」

真優が、二階建ての旧役場を見上げて言った。木造の洋風建築で、玄関口などには凝った装飾が施されている。文化財級、とまではいかなくても、壊すのは惜しいように思えた。

「駅舎に使えないか、と国鉄の人に聞いてみたんです。でも場所を動かさなきゃならんし、大き過ぎるので、新築した方がずっと安上がりだそうです。ただ、玄関の装飾などは再利用してもいいんじゃないか、と思っているんですが」

「あら、それは素敵だと思いますわ。あのアールデコ調の飾りを捨てるのは勿体《もったい》ないです」

真優は喜んだが、大乃木は曖昧な笑みを浮かべただけだった。アールデコが何なのか、わからなかったのだろう。

「建て替え前の清宮の役場より、ずっと立派だったんですよ。今は中へは入れないんですが、階段の手摺《てす》りもなかなかの細工でして……」

大乃木が建物の自慢を続けていると、城之内が唐突に言った。

「大乃木さん。折本氏とはどういうお知り合いです」

「は？　どういう、とは」

大乃木はいささか面喰らったようだ。眉をひそめて城之内を見た。

「折本氏は、以前からこの村に出入りしていたわけじゃないでしょう。あなたが家を貸すほど折本氏に肩入れしているのは、何か理由でもあるのかと思いまして」

不躾《ぶしつけ》とも言える聞き方だ。大乃木はむっとしたように見えたが、問いには答えた。

「肩入れというもんじゃありません。観光開発という話自体は悪いことではないし、原渕さんの紹介だったもので」

「原渕さんが連れてきたんですか」

「いや、折本さんの方が原渕さんを訪ねてきたんです」

「折本さんは、原渕さんとどういう繋がりがあったんでしょう」

「軍隊で一緒だったそうです」

「ああ、そういうこと。どこの部隊ですか」

「さあ……そう言えば、部隊名などは聞いた覚えがないな。原渕さんは、陸軍の主計将校だったんだが」

そこまで聞いたところで、ふと反対側を見た真優が「あら」と呟いた。

「あれは、国鉄の皆さんじゃありませんか」

沢口は振り返って、西側、つまり恵那の方角に目をやった。草むらをかき分けて、ヘルメットに作業服という格好の一団が、こちらに歩いてくる。測量用の機材らしきものも持っていた。近づくと、梶山や長久保の顔が見えた。

「おや、これはお揃いで。どうされましたか」

先頭を歩いていた梶山が、声をかけてきた。城之内は大乃木との話を止めて、手を振った。

「やあ、どうも。大乃木さんに旧田上村役場を案内してもらっていたところです。恵那線が田上ルートを取った場合は、ここが清田駅になるそうですね」

「はあ、決定したわけじゃないんですがね。駅に適した場所ではあるな、ということで」

梶山は慎重に言った。予備調査の段階では、言質《げんち》を与えぬよう気を遣っているらしい。

「ここから、あのバス通りの下をトンネルでくぐるんでしたね」

城之内は、背後の道路の方を指して確かめた。

「ええ。百五十メートルくらいの、短いトンネルになると思います。そこからしばらく進んで左にカーブし、若竹川を渡ります。実はその先が、まだ調査に入れませんで」

長久保が梶山の後ろから言った。

「そこが片田さんの土地？」

「そうなんです。実は清宮ルートでも、片田さんの土地を少しかすめることになるんですよ。つまりどちらのルートを採っても、片田さんの土地が必要なことには変わりなくて」

「ほう。そこを避けるわけにはいかないんですか」

「田上ルートでは崖の岩盤が邪魔するので、どうしても片田さんの土地へ鉄橋を架けないといけません。清宮ルートではそこを避けようとすると線路をもっと北側へ振るしかないんですが、長大トンネルが必要になって、駅を作る場所がなくなります」

「ということは、片田さんが首を縦に振らない限り、恵那線は清田村を通れない、ということですか」

沢口は少なからず驚いた。片田が恵那線の、生殺与奪の権を握っていようとは思わなかった。

「それで我々も、片田には少々困っておるんですよ」

大乃木が苦い顔で言った。

「清宮と田上の立場の差はあるが、村中が恵那線に期待しているのに、片田一人の勝手で話が進まんとなると、何か手段を講じねばなりません」

強制収用でもかけようというのだろうか。戦前なら簡単だったかもしれないが。

「その辺は、行政の方で考えていただかないと」

梶山は技術屋らしく、与《くみ》するのを避けた。

「取り敢えず我々としては、原渕さんの土地を調査できるようになったんで、一歩進みましたよ。今、その仕事を終えてきたところです」

「え？　原渕さんも調査を断っていたんですか」

「片田さんのように、はっきり断られたわけではないんですが、調査に入ろうとすると、都合が悪いとか雨で危険だとか、のらりくらり逃げられまして。正直、私たちも真意を測りかねておったんです。こう言っては何ですが、原渕さんが亡くなったので、相続人の方が調査に入るのを了解してくれたんです」

「原渕さんが清宮ルートを応援していたことと関係があるのでは」

城之内が大乃木に問いかけた。大乃木はこのことを聞いていなかったようだ。

「腑に落ちませんな。原渕さんは、自分の土地に線路を通したくなかったのかな。しかし、なぜだろう。この辺の原渕さんの土地は、田んぼでも畑でもないただの草地なのに」

大乃木は梶山たちが出てきた草地を見つめ、しきりに首を捻っていた。

# 第六章

大塚警部が二人の部下を伴って武澤家に現れたのは、午後も遅くなってからだった。

「一応、型通りに嘉一郎さんへの聴取は済ませたよ。大したことは出なかったな」

城之内らのいる座敷に入ってきた大塚は、座卓の前にどかりと座って、煙草をくわえた。城之内と同様アメリカ煙草だが、こちらはラッキーストライクだ。

「大塚さんも、やっぱりアメリカ式ですのね」

大仰《おおぎょう》な身振りでジッポのライターを使う大塚を見て、真優が笑った。

「飯田警察署の上野さんと並ぶと、ほんとに対照的ですわ。同じ警察の方とは思えないくらい」

「あっちは絵に描いたような戦前の刑事風だからなあ。あんたの方は、小説の探偵フィリップ・マーロウを気取ってるのかい、それとも映画のハンフリー・ボガートかい」

コートを脱いでグレーの背広上下になった大塚に、城之内が揶揄するように言った。大塚の胸には、ご丁寧にポケットチーフまで飾られている。後ろで永谷と須和が忍び笑いを漏らした。

「あんたに言われたくないな」

大塚が城之内に顎をしゃくって、鼻を鳴らした。

「アメかぶでお揃いのお二人ですね」

「アメかぶ？」

真優の余計なひと言に城之内と大塚が妙な顔をするので、沢口は慌てて咳払いした。

「それで、東京では進展があったのか」

城之内が真顔に戻って促すと、大塚は頷きを返した。

「原渕を呼び出した電話をかけた場所がわかった。四ツ谷駅の新宿寄りにある食堂の公衆電話だ。わりに宿に近い場所からかけていたよ。これが新宿や渋谷界隈だったら、場所がわかっても人が多過ぎてお手上げだった」

「てことは、目撃者がいたのか」

「ああ。食堂のおかみさんが覚えていた。電話をかけた奴に百円札の両替を頼まれたんだが、その日に銀行で替えてもらった新しい十円玉の包みを開けて渡したんで、記憶に残ったそうだ。宿に電話があった時間、その公衆電話を使ったのは一人だけだ」

「どんな奴だった」

「中年の男という以外は、はっきりわからん。コートの襟《えり》を立てて帽子を目深にかぶり、俯き気味だったようだ。できるだけ顔を隠そうとしていた、とも思えるな」

「中年の男というだけじゃ、絞りようがないな。この村にも、百人以上いる。会話は聞いてないのか」

「あの時間はまだ結構客がいて忙しくて、何か聞いたかもしれんが思い出せんそうだ。電話口で名乗ったかどうかもわからん」

「顔を隠そうとしていた奴が、人に聞かれる恐れがあるのにわざわざ名前を言ったりするもんか。

それじゃ、指紋の方はどうだ」

「一日に何十人も利用してる公衆電話だぞ。まともな指紋が採れるか」

「電話機じゃなくて、コインの方。十円玉だよ」

「おいおい、十円玉なんて何百人がさわったか……」

「その男が使った十円玉は、包みを解いたばかりの新品なんだろ。あんたがそう言ったじゃないか」

大塚が、ぎくっとした顔になった。どうやら、そこまで考えていなかったらしい。

「おい、すぐ電話しろ」

大塚の声に永谷が飛び上がり、部屋から走り出ていった。

「電電公社の集金係に回収されてなきゃいいがね」

城之内が皮肉っぽく言うのを聞き流し、場を繕うように煙草をスパスパやる大塚を見て、真優がくすくす笑った。

「あー、それでだ。殺しのあった日、原渕の周りで東京に行っていた者はいないのか」

「少なくとも、飯田駅へ行って電車に乗った者は、いないようだね」

城之内はタクシーの運転手とバスの車掌に聞いた話をした。

「そうか。村から離れた者がいないんじゃ、しょうがないな」

大塚はいかにも残念そうだ。

「他に村を出る手段がないわけじゃない。自転車もトラックもオート三輪もある。東京へ電話して、向こうに住んでいる誰かを使う手もある。そっちは、原渕さんを殺す動機がある奴を捜しにこの村へ来たんだろ」

「その通りだ。あんたの方は、もう何か摑んでるのか」

「期待に応《こた》えたいところだが、まだまだだな」

城之内は、これまでに村で仕入れた話をかいつまんで聞かせた。

「ふーん。その折本って不動産屋だが、どうも匂うな」

大塚は代議士と繋がりのあるらしい不動産屋と聞いて、相当胡散臭く思ったようだ。

「一応、愛知《あいち》県警に照会してみよう。そんな怪しげな手下を連れているなら、何か出てくるかもしれん」

そういう調べは、やはり警察に勝るものはない。よろしく頼む、と城之内が言った。

「あっ、そう言えば忘れていました」

沢口は、昨日の朝、八幡宮で嘉一郎と折本を見かけたことを話した。城之内と真優は、眉根を寄せた。

「嘉一郎さんが折本と、内緒でお話をされていたんですか」

真優の言い方は、心配げだった。

「何か変な話を、持ちかけられたのかしら」

「事業への出資についちゃ、村で金がありそうな家には片っ端から声がけしているようだからなあ。嘉一郎さんにも当然、話はしているさ」

「かと言って、あの方が易々《やすやす》とそういう話に乗るとは思えないのですけど。それに、そういう話なら八幡様でなく、母屋でするのではないでしょうか」

真優の言う通りだ。出資の件なら、特に内密にする話でもないだろう。

「大塚さん、さっき嘉一郎氏に聴取したとき、折本の話は出なかったんだな」

「ああ。しかし、こっちから折本について聞いたわけじゃないからな。向こうが言う必要はないと思えば、それまでだ」

改めて聞くのなら、折本のことをもっと調べてからだ、との考えだろう。

「どうだい、怪しいと思える奴はいないのか」

大塚が誘い水のように言うと、城之内はもっともらしく、「ふむ」と頷いた。

「考えられることは幾つもある。まずは大乃木。今どきここで製糸業なんかやるのは大変だ。五十万円は、結構魅力的だろう」

「経営状態は、よくないのか」

「近辺の村の同業者に押されてるようだ。自分でトラックを運転して配送してるぐらいだからな」

「ふむ……他には」

「次は嘉一郎氏。何と言っても、清宮の一番の実力者だ。折本と組んだなら、折本にくっついてる原渕が邪魔になったかもしれん」

「それはちょっと乱暴では」

沢口が口を出すと、城之内は鼻で笑った。

「今はどんな可能性も消せん。さらに、折本に出資した連中だ。表向きより多額の出資をしていて、村での事業の主導権を握るため、原渕を始末した。奪った五十万円は、無理して出した出資金の穴埋めにした」

「考えられなくもないな」

大塚は首を傾げながらも、反論はしなかった。

「おっとそれから、村長と村会議長も忘れちゃいけないぜ」

「えっ、村長もですか。でも、事件について相談してきたのは村長ですよ」

沢口は、さすがに驚いた。城之内が、ニヤリとする。

「間違いなく現場の一番近くにいたのはその二人だからね。他の連中は、東京へ行っていたという証明ができていない」

城之内が本気なのかどうかわからず、沢口は目を瞬《しばたた》いた。

「ふうん。しかし何だな。この村、見たところ実に素朴で落ち着いた場所だが、蓋《ふた》を開けるといろいろありそうだな」

大塚は新しい煙草に火を点け、そんな感想を述べた。それは沢口も感じていた。この美しい伊那谷の風景の下に、魑魅魍魎《ちみもうりょう》が潜んでいる。そんなうすら寒い感覚が、次第にまとわりつくようになっていた。それが決して気のせいではなかったとわかるのは、ずっと後のことだったが。

飯田で泊まる、という大塚たちは、夕方五時の鐘の音を合図に引き上げていった。ほぼ入れ違いに、役場から仕事を終えた昭太郎が帰ってきた。

「ああ、東京の警察の方が来ておられたんですか。役場でも、ちょっとした話題になってました。城之内先生もそうですが、東京の人というのは、さすがに格好がいい、刑事さんまでハイカラだ、ってね」

大塚警部は警視庁でも特別なんですがね、と言おうとしてやめた。ああいうのが格好いい、と思われているなら、別に構うまい。まあ大塚のアメかぶは格好だけで、捜査のやり方は普通の日本式なのだが。

「昭太郎さん、産業振興課だと言っていたね」

城之内が、思い出したように言った。

「ええ、そうですが」

「折本氏の観光開発について、どう思う。役場として、後押しするつもりなのかな」

「あー、そのことですか」

昭太郎は困ったような顔をした。

「観光開発自体は悪いことではない、とは思うんですが……」

昭太郎は幾分歯切れ悪く言って、周りを見回す仕草をした。城之内と沢口以外には、誰もいない。昭太郎は安心したように、先を続けた。

「本来、こういうことは役場が率先して計画を立てないと駄目だ、と思うんです。農地転用許可のことは、お聞きですか」

「うん、藤田さんに聞いた」

「藤田さんたちが委員会で、きちんと審議してくれたらいいんですが、どうも代議士先生の威光をちらつかされて、なし崩しに進みそうです。勝手に開発を進められると、今後の村の発展がいびつなものにならないか、心配で」

「それはどういうことかな」

「折本さんは、有力者に出資を募ってます。それによって、損する人と得する人がはっきり分かれたら、皆で協力して村を守《も》り立てようという空気にならないのでは、と」

「なるほど、それはよくわかります」

これは正論だ。沢口はちょっと昭太郎を見直した。

「折本氏は、嘉一郎さんにも話を持ちかけているんでしょう」

八幡宮で見たことを頭に置いて聞いてみたが、昭太郎は答えを持ち合わせなかった。

「そのようなんですが、父はそのことを口に出しません。僕は同席させてもらったことがなくて」

そのとき、奥から昭太郎を呼ぶ声が聞こえた。

「あ、父が畑から戻ったようです。失礼します」

昭太郎は話をやめて、そそくさと歩み去った。

「昭太郎さんは、嘉一郎さんにだいぶ気を遣ってますね」

沢口が昭太郎の後ろ姿を見ながら囁くと、城之内も「そうだな」と呟いた。

「嘉一郎さんは、旧家の厳格な家長、というイメージそのままだからな。昭太郎君も頭はよさそうなのに、面と向かっては意見が言えないようだねえ」

嘉一郎は昭太郎を、まだ頼りないと思っているのだろうか。嘉一郎のような古風な人間は、簡単には変われないのだろう。

翌日は、朝から出歩こうとする城之内を止め、何とか原稿用紙に向かわせた。城之内はぶつぶつ文句を言ったものの、締め切りに遅れられては、沢口がここまでついてきた意味がない。見張りよろしく頑張っていると、城之内も諦《あきら》めて万年筆を動かし始めた。

二時間ほど経ったところで、真優が覗きに来た。

「まあ和樹先生、ずいぶん真面目に仕事なさってますね」

「皮肉かい。沢口君が看守の真似事をしてるんでね。動けない」

「人聞きの悪い。真優さんも出かけなかったんですか」

「ええ、本を読んでいました」

「どんなのを読まれるんですか」

これは出版社の人間として、興味がある。

「フランソワーズ・サガンですわ。二十歳前なのにあんな小説を書けるなんて、羨《うらや》ましいですね」

普通の人々の日常の喜び悲しみを描く作品を、真優が楽しんでいるとは意外な気がした。まあ、話題作であるのは確かだし、やはり真優は戦後の女性、ということだろう。

「でも、一日中お仕事ではお疲れでしょう。お昼ご飯の後、改めて原渕さんの土地を見に行きませんか」

「原渕さんの土地、かい」

城之内が顔を上げた。

「そうだな。なぜ国鉄の調査を嫌ったか、わからないままだし」

言いながら、沢口の顔をちらりと見る。卓上には、文章で埋められた原稿用紙が、十枚ほどになっていた。このぐらい進めば、まあよしとするか。

「はいはい、わかりました。そうしましょう」

真優がにっこりして、ありがとうございますと言った。

折本が借りている家の下まで来たとき、ふと城之内が足を止め、真優に言った。

「真優さん、悪いがちょっとだけ、ここで待っていてくれるかい」

「え？　はい、構いませんけど」

真優は素直に承知したが、沢口は訝しく思った。

「先生、どうしたんです」

「いや、ちょっと様子を見ていこうと思ってさ」

城之内は顎で折本の家を示した。

「ここから見た感じ、留守のようですが」

「そりゃあ、好都合だね」

城之内は構わずに家の方へ歩き出した。沢口は首を傾げながら後を追った。

「こぢんまりして、使い勝手がよさそうだね」

家の玄関前に立った城之内は、借家を捜しにきた客のような感想を述べた。あたりに人の気配はない。

「やっぱり留守ですよ。昼間は村内を回ってるんでしょう」

「そんなことはわかってるさ」

城之内は一歩進んで、玄関の引き戸に手をかけた。

「おや、鍵がかかってる」

「だから、留守なんですってば」

城之内は返事せず、裏へ回った。

「裏口も鍵がかかってるな」

裏の戸を試してから、壁伝いにひと回りした。窓も開けようとしたが、動かない。

「先生、何をやってるんです。戸を開けてどうするんですか」

「決まってるだろ。中へ入りたいんだよ」

沢口は仰天《ぎょうてん》した。

「不法侵入じゃないですか。入って何をする気です」

「何か折本の企みがわかるような、書類でもないかと思ってさ」

「勝手に押し入ってそんなもの見つけても、証拠能力がないでしょうが」

「法廷に出すわけじゃない。折本が何をする気なのか、わかればいいんだ」

「それにしたって……」

「アメリカのミステリに、よくそんなシーンがあるだろ。敵の事務所や家にこっそり入って、デスクの引き出しから証拠を見つけ出すんだ」

「アメリカの探偵が何をやろうと勝手ですが、日本じゃ違法ですってば」

沢口は呆れ返った。例のヤンキーの少佐は、城之内にこんなことを教え込んだのだろうか。

「真面目だねえ、君は」

城之内が笑うので、沢口は腹が立ってきた。

「とにかく、おかしな問題は起こさないでください」

「わかったわかった。しかし、考えてみたまえ。この山深い村で、厳重に戸締まりしている家が他にあるだろうか」

沢口は言葉に詰まった。この村では鍵をかけるどころか、鍵そのものがない家がいくらでもある。

「それは、都会の習慣だからでしょう」

「かもしれんが、中に見られたくないものがあるから、とも考えられるぜ」

沢口は呻いた。城之内の言うことにも一理ある。

「先生の睨んだ通り、怪しげな企みが書かれた書類でもあるんですかね」

「かもな。それに、同じようなことを考えた先客がいるらしい」

城之内は沢口を手招きし、裏口の戸を指差したので、沢口は驚いてそこに目を向けた。

「どういうことです。もしや、侵入の形跡が？」

「侵入したかどうかはわからんが、鍵穴に何かで引っ掻いたような真新しい傷がある」

沢口は鍵穴に顔を近づけてみた。城之内の言う傷が、確かにある。

「先生、これは……」

「ほらね、捜せばいろいろと変なことが出てくるだろう」

城之内は、いかにも面白そうに笑ってみせた。

真優に待たせたことを詫びて、三人はまた通りを歩き始めた。何をしていたのかと、真優は敢えて尋ねてこなかったので、沢口はほっとした。

「原渕さんは、一人暮らしだったんですか」

田上の商店街を歩きながら、真優が聞いた。城之内が「そうだよ」と答え、あちこちで聞いた話をまとめて伝えた。

「奥さんは五年ほど前に亡くなってる。子供はなくて、昔は使用人《ハウスワーカー》が三人ほどいたんだが、今は近所のばあさんが通いで家事の手伝いに来るだけだったらしい。兄弟が名古屋と大阪にいて、その二人が相続人になっているそうだ」

「ずいぶんお寂しい暮らしだったんですね」

真優が同情するように言った。城之内はかぶりを振った。

「その気になれば使用人を置けるのに、敢えてそうしていなかったらしい。一人が好きなのかもな」

この前、城之内に真優のお婿さんかと言った食料品店のおかみさんが、したり顔を向けているのに気づいた。真優と城之内が、沢口をお供に連れ立って歩いているのを見て、やはりと思っているのだろう。無視できないので、会釈して通った。城之内の顔が強張《こわば》っているのに、何も知らない真優が屈託のない微笑みを浮かべているのが、何となく可笑しかった。

商店街を逸れて少し下ったところに、土塀を巡らせた瓦葺きの家が見えた。それが原渕家である。

「片田さんの家より大きいですね」

左右を眺め渡して、沢口は言った。間口は二十メートルほどありそうだ。よくこんな家に一人で住んでいたものだ。

「ご兄弟はどうするんでしょうね。この家を相続しても、住まない限り維持できませんよ」

「国鉄がごっそり買ってくれたら、渡りに舟だろうね」

相続人が国鉄の調査を、即座に承諾したのも当然、というわけだ。

「見晴らしのいい場所だな。田上ルートの駅に近いし、ホテルの候補地だね」

城之内がそんな風に言って、家の向かい側を手で示した。道から若竹川の崖まで、土地は段丘状に下っている。かつては棚田だったのだろうか。右手には、昨日行った駅予定地と、旧田上村役場がある。正面に目を転じれば、若竹川の対岸の少し見上げる位置に、鳥居と社殿が見えた。あれが清宮神社だろう。その後ろの方は、清宮ルートのトンネルが掘られる山が覆いかぶさるように聳え、右手中腹の木立の上に、武澤家の屋根が垣間見えた。

「本当に、いい景色ですね」

真優はこの眺めが、すっかり気に入ったようだ。

「下に降りて、線路予定地へ行ってみよう。原渕氏が調査を避けていた理由の手掛かりが、何かあるかもしれん」

城之内は段丘状の草地を指して言うと、畦道の名残りらしいところを伝って歩き始めた。真優と沢口も、一列になって後に続いた。

「どうしてこの土地、耕作しないんでしょうね」

棚田や段々畑での農業は平地より大変そうだが、このような山村では普通のことだ。何も使っていないのは、どうも勿体ない気がする。

「一人暮らしだし、山持ちでそれなりの収入はあるから、田畑にまで手間はかけられなかったんじゃないか」

城之内は、線路予定地の中央と思われるあたりに立って、恵那側の方を見つめた。

「見ろよ。平らなのは五十メートルほど先までで、その先は凸凹《でこぼこ》だ。整地するのを諦めたみたいだね」

城之内は草を踏み分け、そちらに進んで行った。

「昨日、大乃木さんも言ってましたが、どう見ても、調査されて困るような土地ではありませんねえ」

城之内の後ろから、沢口が声をかけた。城之内も首を捻る。

「せっかく来たんだから、ちょっと調べてみよう。案外、武田信玄の隠し金でも埋まっているのかもしれんぜ」

「それはとっても楽しみですわ」

真優がはしゃぐように言うので、沢口は苦笑した。

「そんなわけないでしょう。一応、地面を見てはみますが」

それから一時間ばかり、三人で周辺を歩き回ってみたが、これと言ったものは何も見つからなかった。

「こりゃあ、闇雲《やみくも》に捜しても駄目ですね。何か当てがないと」

沢口が音を上げると、城之内も仕方なさそうに汗の浮いた額を拭った。

「そうだな。けど、ちょっとあの上を見たまえ。手前の木立に隠れたあたり、草の生え方が違うようだ。何かあるかも……」

「先生、さっきから同じようなことを言って三ヵ所くらい捜した揚句《あげく》、虫に嚙《か》まれたじゃないですか」

「私は長袖にスラックスですから、虫は大丈夫ですよ」

横から真優が見当違いなことを言う。

「そういう話じゃなくて。際限がないから引き上げようと……」

そう言いかけたとき、後ろの方で足音がした。誰だ、と思って振り向くと、予想外の相手がそこに立っていた。

「よう、東京の先生方。何を捜してるのかな」

折本の手下の、四人組だった。


「我々に、何か用か」

城之内が言うと、四人は薄笑いを浮かべた。ボスらしいのが、一歩進み出た。

「ああ。ちょっと言いたいことがあってな」

四人はいずれも二十代と見え、会社員風に背広を着ているものの、着こなしは崩れている。目つきが悪く、髪はボスともう一人が角刈り、あと二人はポマードをてからせていた。派手なアロハシャツでも着せれば、似合いそうだ。一人は、木刀を肩に担いでいた。どうにも剣呑《けんのん》な雰囲気である。沢口は、思わず後ずさった。こいつら、我々が家に侵入しようとしたのを見ていたのだろうか。

「あんたら、俺たちの仕事は信用できねえ、と村中で触れ回ってるそうじゃねえか」

そっちの話か。南信館の田村氏に、折本は信用できないと確かに言った。田村は、それを出資を勧誘された村の人たちに伝えて回ったのだろう。

「そういうのをな、営業妨害ってんだよ」

ボスの横に立つポマードの男が、唇を歪《ゆが》めて言った。

「じゃあ聞くが、どうして村の人から金を集めようとする。普通、事業をやるなら銀行から借りるだろう」

「知ったかぶりしやがって。聞いた風なことを言うんじゃねぇ」

ポマードの男が、肩を怒らせて凄《すご》んだ。ボスがニヤニヤ笑って、その男を制した。

「なあ先生、あんたは小説書くのが仕事だろ。余計なところへ首を突っ込むのはやめて、さっさと東京へ帰りな。そちらのお嬢さんにも迷惑だろ」

ボスは真優を顎で示した。真優は怯えているかと思ったが、驚いたことにそんな様子はない。状況が理解できていないのだろうか。

「ノーノー、そう言われても、こっちも頼まれた以上は、あっさり帰るのもなあ」

「何だと。なめてんのか、てめえ」

ポマードの男が、また凄んだ。そこをまたボスが制する。

「何も痛い目に遭わそう、ってんじゃねえんだ。俺たちの邪魔しないで、消えてくれりゃいい。言っとくが、警察に駆け込んでも無駄だ。こっちにも、いろいろ伝手はあるんでな」

例の後ろ盾、代議士のことを言っているのだろう。はったりかもしれないが、警察を怖がらないとすると、これは厄介だ。

「こうまでするところを見ると、そっちも後ろ暗いところがあるようだな」

城之内がボスを睨んで言うと、木刀を持った角刈りの男が進み出た。

「余計なことを言うんじゃねえ。どうしても痛い目に遭いたいってんなら、そうしてもいいんだぜ」

続けてボスが、薄笑いを浮かべたまま言う。

「こちらのお嬢さんの顔に、傷でもついたら大変だ。そう思うだろ」

ポマードの男が、真優に近寄った。これはまずい、助けなくては、と思ったが、足が動かない。

沢口は自分が情けなくなった。

「あんた、元華族のお嬢さんだそうじゃねえか。確かに上玉だよなぁ。どうだい、俺と遊ばねえか。今までやったことがねえほど、楽しませてやるぜ」

ポマードの男は、舐《な》めまわすように真優に視線を這《は》わせた。他の三人が、下卑た笑いでそれを見ている。沢口は、唇を噛んだ。畜生、自分がもう少し強ければ……。

「私と、遊びたいんですか」

真優が、きょとんとしたように言った。ポマードの男は一瞬、毒気を抜かれたような顔になったが、すぐに大笑いした。

「ああ、そうとも。遊んでくれるかい、お嬢ちゃん」

仲間が、囃《はや》すように笑った。沢口は唖然とした。真優さんは、本当に状況がわかっていないのか。だが、次に真優が吐いた言葉を聞いて、沢口は凍りついた。

「あーあ、蛆虫《うじむし》はやっぱり、蛆虫並みの脳味噌しか持ってないみたいですね」

ポマードの男の顔色が、蒼白《そうはく》になった。

「な……何だとこのアマ！　ふざけんじゃねえ、何様のつもりだ」

他の三人の顔色も変わった。城之内がそれを見て叫んだ。

「やめろ！　彼女に手を出すな」

その叫びは、木刀の男を刺激したようだ。男が城之内を怒りに満ちた目で睨んだ。

「何だてめえ。格好つけるんじゃねえ！」

男が木刀を振り上げた。まずい！　沢口は震え上がった。ここで城之内に怪我でもさせたら、編集長に何を言われるか……。

そう思った瞬間、真優が動いた。目にも留まらぬような速さだ。えっと思ったとき、木刀は真優の手に握られていた。

木刀を奪い取られた男は、目を瞬いて真優を見た。起きたことが、信じられないという様子だ。だが、男はすぐ立ち直り、真優に向かって嘲《あざけ》るように笑った。

「へえ、やるじゃねえかお嬢ちゃん。で、どうするんだ。それで俺を殴ろうってのかい。面白《おもしれ》えじゃねえか」

男は、へらへら笑いながら真優の方に一歩踏み出した。真優が、一歩下がる。

「さあ、どうしたいお嬢ちゃん。やってみろよ、ほら。殴ってみろよ」

男はなおも真優に迫ろうとする。殴れるわけがない、と決めてかかっているのだ。だが、それは大きな間違いだった。

次の動きは、ほとんど沢口の目に見えなかった。真優の腕が振り上げられ、瞬時に振り下ろされるのが辛《かろ》うじてわかっただけだ。気がついたとき、木刀は男の額に叩きつけられており、男は割れた額から夥《おびただ》しい血を噴き出し、そのまま俯《うつぶ》せに倒れ込んだ。

「だから、手を出すなと言ったのに」

城之内が、首を振りながら呟くのが聞こえた。

「やりやがったな、このアマ」

ポマードの男が逆上し、真優に摑みかかった。だが、指一本触れないうちに、真優が横に振った木刀を胸に受けた。あばらが数本、まとめて折れたような音がし、男が崩れ落ちた。

これを見ていたボスの目つきが変わった。どうやら、理性が飛んでしまったようだ。絞り出すような声で「ふざけやがって」と呟くと、ポケットから飛び出しナイフを出した。沢口は、真っ青になった。大変だ、もう止められない。本気で刃物を振るわれたら、真優は……。

だが、沢口が見た光景は信じがたいものだった。ナイフを目にした真優が、ニタリと笑みを浮かべたのだ。


飯田警察署の一室で、城之内と沢口は神妙に座っていた。机を挟んだ向かい側では、上野刑事課長と大塚警部が、苦虫を嚙み潰したような顔でこちらを見ている。

「怪我の具合は……酷いんでしょうか」

沢口は、おずおずと聞いてみた。上野がこれ見よがしの溜息をつく。

「酷いもんだ。全治三ヵ月以上。下手をすると、半年以上」

今度は城之内が、溜息をついた。

「四人とも？」

「四人ともです。頭蓋骨《ずがいこつ》骨折、下顎骨《かがくこつ》骨折、膝蓋骨《しつがいこつ》粉砕骨折、肋骨《ろっこつ》骨折、中手骨《ちゅうしゅこつ》粉砕骨折、脾臓《ひぞう》損傷。まだまだある」

上野は診断書をこちらに滑らせてから、しきりに首を振った。

「まだ信じられん。本当に奥平のお嬢さんが、一人でやったんですか」

「そうなんです。真優さんは、大丈夫ですか」

「取り調べは一応終わりました。今は別室で待ってもらっています。反省はされていますが、あれだけの大立ち回りをやった後にしては、頗《すこぶ》る落ち着いておられますな」

上野の言い方には、皮肉が混じっている。無理もないだろう。

「相手は四人とも、木刀やナイフを持っていた。襲ってきたのも、向こうからだ。何とか正当防衛で処理しておくよ」

大塚が言ったので、城之内は済まんと頭を下げた。厳密には、過剰防衛で逮捕されてもおかしくないところだ。

「いったいどういう人なんです、あの真優さんという令嬢は」

上野は、本当に困惑しているらしい。城之内が、順を追って説明した。

「もともと真優さんは、運動神経の発達した子で、小さいときからすごく闊達《かったつ》な娘さんだったんですよ。ただ、男子ならそのままでよかったんですが、良家の子女の場合は、いろいろ言う人がいましてね……」

奥平家には、母・靖子の姉が住んでいた。夫と死別したのだが夫の両親とは折り合いが悪く、家を出ざるを得なくなり、妹の婚家に世話になったのだ。この姉、つまり真優の伯母《おば》は恐ろしく古風で頭が固く、元気いっぱいに走り回る真優を、子爵家の娘として恥ずかしいと決めつけ、教育係を買って出たのである。

靖子はこの姉に、ほとんど逆らえなかった。子供のときからそうだったらしい。それでも靖子は真優が日に日に暗くなるのを憂慮して、武術を習わせることにした。これは姉も反対しなかった。その代わり、やるならばと非常に厳しく指導した。そんな次第で、鬱屈《うっくつ》を内面に溜めたまま幼年期から思春期まで過ごした真優は、武術の際に時々爆発して、相手を完膚なきまでに打ちのめすようになってしまった。

伯母が脳卒中で帰らぬ人となったのは六年前、真優が十八歳になるころだった。伯母の死後、解放された真優は次第に明るくなり、現代的なお嬢様へと成長していった。しかし、心が完全に修復されたわけではない。強い憤りを感じたとき、すさまじい暴れ方をする、という性癖は、心の奥に残されたのである。

「そりゃあ、悲劇……ですな」

話を聞いた上野は、眉をひそめた。心に傷を負った令嬢を、気の毒だと思ったようだ。が、そこで大塚が「いや、ちょっと違うんだ」と口を挟んだ。

「実はそう悲観ばかりする話でもない」

「どういう意味です」

上野は怪訝な顔で言った。大塚は頭を掻く。

「真優さんは、今までにも何度か、こういう事件を起こしているんです。中学生のとき、好奇心から学校帰りに友達と闇市を覗きに行って、誘拐されそうになったことがあったんだが……」

　これにはさすがに上野も驚きを露わにした。

「何ですと。犯人は逮捕したんでしょうな」

「ええ。三人組だったんですが、未遂で終わりました。真優さんが、叩きのめしたんです。巡査が気づいて止めに入らなければ、少なくとも犯人の一人は死んでたでしょう」

「何とまあ……」

「他に、両腕をへし折られた痴漢と、歩けるようになるまで一年かかったやくざ者がいます。渋谷界隈の暴力団では、真優さんには絶対関わるなという触れが回っている始末で」

「つまりその、真優さんは天下無敵の怪物だということですか」

「怪物はちょっと酷いでしょう。ご両親や城之内さんのように、信頼している人に宥《なだ》められれば、すぐに落ち着きます。それに今のところ、真優さんが激昂《げっこう》する相手は犯罪者だけだ。警視庁としては、痛し痒《かゆ》しですな」

　上野は、ぽかんとして大塚を見つめた。呆れて二の句が継げないらしい。それは沢口も同様だった。あの可憐《かれん》な真優さんに、そんな一面があったなんて、実際に目撃していなければ、到底《とうてい》信じられなかったろう。

　信頼している人、か。沢口は、横目で城之内を見た。もしかすると、城之内が奥平家の敷地に住み続けているのは、真優さんのためなのかもしれないな、と初めて思った。

「まあ、真優さんのことはここまでにしましょう。大塚さん、あの四人のやくざ者《アウトロー》は、本当に折本の社員なのか」

もう充分とばかりに、城之内が話を変えた。大塚は「いいや」と否定する。

「あいつら、名古屋の半端者で、折本不動産の社員でも暴力団組員でもない。いわゆる愚連隊だな。普段は錦通《にしきどおり》あたりをうろついてるが、脅しや用心棒に雇われることもある。折本も時々使っていたようだ」

「その折本だが、どうしてる。引っ張って事情を聞かないのか」

「もちろんそのつもりだったさ。ところが、今朝早く永谷と須和を折本が借りている家に行かせたら、もぬけの殻なんだ。手下がやられたのを知って、雲隠れしたらしい」

「相当に後ろ暗いことを、しておったようですな。やはり詐欺ではないかと」

上野が腕組みして、腹立たしげに言う。

「そう言えば、愛知県警に折本のことを聞いたんでしたね」

沢口が大塚に声をかけた。

「ああ。書面は後日になるが、取り敢えず電話で教えてもらった。折本の不動産会社は大須《おおす》ってところにある。自社持ちの三階建てビルで、一階は雑貨屋に貸してるそうだ。社員は十人ほどいて、一応は不動産取引の商売をやってるが、法律すれすれの仕事も多いらしい。灰色のブローカー、というところだな」

「大がかりな観光開発をやる会社とは思えんな」

「うん。先生の言う通りだが、後ろ盾がついたんで大きな事業に乗り出す、と、最近漏らしていたそうだ。それが清田村での仕事じゃないか」

「ふうん。それにしても、マネーがなくては始まるまい」

「折本が清田村で集めた出資金は、どれほどになりますかな」

大塚が上野に聞いた。

「うちの者に調べさせているが、裕福とは言えない山村だ。まず百万円というところでしょう」

「百万、ねえ」

大塚は考え込むように、天井に目を向けた。

「中途半端だな。本当に開発事業をするならその何十倍も必要だろう。詐欺だとしても、大仕事と言えるほどの額じゃないな」

「あの四人組のボスは、どんな企みなのか知ってるんじゃありませんか。吐かせてみては」

沢口はついまた口を出してしまったが、返ってきたのは上野の渋面だった。

「顎を砕かれて喋れないうえ、両手を潰されて筆談もできん。意識も朦朧《もうろう》としとる。どうやって尋問しろと」

沢口は俯くしかなかった。

「田内村長も言ってたが、後ろ盾が村河代議士なら、まさか詐欺の片棒を担ぐなんてことはあるまい。折本が勝手に名前を使っているなら別だがな。村河代議士に、折本を知っているかと問い合わせることはできないか」

城之内が言ってみたが、大塚は頷かなかった。

「もし連中が何事か企んでいるなら、今直接探りを入れて警戒させたくない。曲がりなりにも代議士なんだ。慎重に運ばなくてはな」

大塚と上野は、それ以上詳しい話はしなかった。折本のやろうとしていたことについて、もっと調べてみるつもりのようだ。少なくとも大塚は、これが原渕殺しに深い関わりがあると考えているらしい。

廊下に出ると、ちょうど真優が婦人警官に伴われて別室から出てきた。真優は城之内と沢口を見つけると、深々と頭を下げた。

「済みません、すっかりご迷惑をかけてしまいまして」

「いや、迷惑なんてとんでもない」

沢口は恐縮する真優に、慌てて言った。

「僕たちは真優さんに助けられたんですから。寧ろお礼を言わなきゃ」

「まあ、そんな。私ったら、ついあんなことを。和樹先生にもお父様にも、今までさんざん叱《しか》られていましたのに」

昨日と打って変わって、大変しおらしい真優だったが、自分のしたことに恐れをなして震えている、という風ではまったくなかった。どちらかと言うと、爽やかにさえ見える。反省の言葉とは裏腹に、ほとんど後悔していないのでは、と沢口は思った。

「昨日のことはもういい。タクシーを呼んでもらったから、村へ帰ろう」

「はい、本当にごめんなさい」

真優はもう一度頭を下げてから、手洗いに向かった。その間に、沢口は城之内に囁いた。

「気のせいでしょうか。真優さん、本気で反省しているような気がしないんですが」

城之内は肩を竦める。

「だろうな。昨日も、我々がおとなしく帰ると言えば、あんな騒動にならなかったはずだ。真優さんは、承知のうえでわざと挑発した。初めから奴らを半殺しにするつもりだったんだ」

沢口は、四人組のボスがナイフを出したとき、真優の顔に浮かんだ残忍な笑みを思い出して、ぞくりとした。

「旧華族のレディも勤めに出るのが当たり前のご時世、奥平さんが真優さんを就職させないのはなぜだと思う。職場でトラブルがあったとき、何を仕出かすかわからないからだ」

「うーん、それは確かに。嫌がらせする上司や助平《すけべえ》な客を、その都度《つど》病院送りにしてたんじゃたまりませんね」

「職場でなくとも、街中で頭に血が上ったら、都電をひっくり返すぐらいやりかねん」

ゴジラじゃあるまいし、と言いかけた沢口だったが、そこで真優が戻ってきたので、口をつぐんだ。お待たせしました、と微笑する真優を見て、沢口は昨日との落差に嘆息するしかなかった。

表にタクシーが止まったので、三人は警察署の玄関を出た。車のドアに手をかけようとしたとき、後ろでバタバタと数人が駆けてくる音がした。驚いて振り向くと、上野と大塚に制服警官と刑事が二人ずつ、まとめて玄関から飛び出してくるところだった。

「何だ。どうしたんだ大塚さん」

城之内の呼びかけに、大塚が走りながら答えた。

「今、清田村の役場にいる永谷から電話があった。向こうで何か騒動が持ち上がったらしい」

「このまま警察のジープにくっついて行けばいいんですね」

タクシーの運転手は、すぐ前を砂埃を巻き上げながら、サイレンを鳴らして疾走するジープを指差して言った。パトカー先導で走るようなもので、気分が高揚しているらしい。一方こちらは、清田村で何が起きたのかと、気が気ではなかった。

「そうなんだ。でも焦り過ぎず、安全運転で頼むよ」

カーブで横滑りしそうになり、城之内が釘を刺した。運転手は、承知しましたと返事したものの、アクセルを緩める気配はまったくなかった。

記録的な速さで清宮に到着すると、通りは異様な雰囲気になっていた。ねじり鉢巻きをしたり棒を持ったりした男衆が、ぱらぱらと清田橋の方へ駆けていく。店の門口には、おかみさんや子供たちが立って、心配そうにその後ろ姿を見送っていた。

「何でしょう、祭りみたいな騒ぎですね」

運転手が首を傾げた直後、警察のジープが急ブレーキで止まった。人が多くてそれ以上行けないらしい。タクシーがジープのバンパーすれすれに止まると、支払いを沢口に任せ、城之内と真優が飛び出した。

清田橋の周りに、人が充満していた。清田村にこれだけの人がいたのかと思うほどだ。全員が男で、清田橋の真ん中を境に、二組が対峙《たいじ》しているらしい。

「どうやら、清宮の連中と田上の連中が喧嘩を始めたらしいな。何があったんだろう」

城之内は小声で言いながら、沢口と共に家の裏を抜け、人垣を分けて橋のたもとに寄った。その部分は崖の上で、橋より少し高い位置にあり、橋全体がよく見えた。

「あれが三十八度線というわけか」

朝鮮動乱《ちょうせん》になぞらえて、城之内が橋の中央部を指した。そこに人垣の間隙《かんげき》があり、代表らしい二人の男が罵《のの》り合っている。声もはっきり聞こえた。

「やかましいッ！　お前らが仕掛けたのに決まっとるじゃろうが」

そう叫んだのは、田上の竹井だ。大乃木の事故のことを言っているのか。

「阿呆《あほ》が。そんなことしか考えつかんのかい、お前の脳味噌では」

嘲笑《ちょうしょう》したのは、清宮側の男だ。竹井ほど上背はないが、太い腕にずんぐりした体型は、村相撲でもやっているのだろう。

「ふざけるな。だいたいお前ら清宮は、何じゃ。自分らばっかり、いい目見ようとしやがって。自分とこさえ都合よけりゃ、村全体はどうでもいいんか」

「ほう、聞いたか。俺らが、いい目見とるんじゃと」

清宮側の男が、後ろを向いて仲間に言った。仲間が応じて、囃したてる。

「情けないのう、お前らは。役場と中学校、こっちに取られたんがそんなに口惜しいか。そんなにしてまで、駅が欲しいか。まるで物乞いじゃのう」

この挑発に、竹井の顔が真っ赤になる。大塚たちはどこにいるんだ、と捜してみると、清宮勢のずっと後方に、警官の制帽が見えた。そこで小競り合いになっているようで、橋までたどり着けそうにない。背広姿の者が十人くらいいるところを見ると、村長以下村役場の者たちも、そこで足止めされているのだろう。このままではまずい、と沢口は思ったが、どうにもできなかった。

「どうじゃ、土下座して駅を田上にくれ、と頼んでみいや。そしたら、ちっとは考えんでもないが」

清宮の男たちが、一斉に笑った。竹井のみならず、田上側の男衆の顔が怒りに染まった。

「どうしましょう。このままじゃ大乱闘です。揉み合って橋から落ちたら、大怪我で済まないかも」

「わかってる。何とか大塚さんたちを近づけたいが……」

そう言いかけて、城之内は言葉を切った。

「真優さんは、どこにいる」


大慌てで、群衆の中に真優の姿を捜した。乱闘になり、巻き込まれて怪我でもしたら一大事だ。いや、と沢口は思い直す。場合によっては、男衆たちの方が危険だった。

男ばかりの中に女が入れば目立つのでは、と懸命に目を走らせる。すると、密集した人をかき分け、橋の中央へ進んでいくポニーテールが見えた。

「いました。あそこです」

指差すと、城之内が舌打ちした。

「何を考えてるんだ。騒ぎを大きくする気か」

そんなことはしないと思うが、何にせよ止める手立てがない。大声を出して真優を呼び止めようとしたとき、真優の動きが早まった。橋の上で密度が濃くなった人の群れを、かき分けると言うより強引に割って、時には突き飛ばして前進している。どこで見つけたか、右手には木刀に似た棒を持っていた。

とうとう、橋の中央の「三十八度線」に飛び出した。竹井が真優の姿を見て、目を丸くした。

「やめなさい！　皆さん、下がりなさい」

どこからそんな声が、という大音声で、真優が叫んだ。後方で警察の面々が仰天するのが、目の端にちらりと映った。

「こんなことで村中挙げて喧嘩しようなんて、恥ずかしいと思わないんですか」

竹井と、清宮側の大将を交互に睨んで、真優が怒鳴《どな》った。竹井は、怯んだ様子を見せた。だが清宮の男は、却って刺激されたようだ。

「何じゃあ、お前は。女の分際で、偉そうに抜かすな。引っ込んどれ」

真優の前に仁王立ちし、脅すように喚《わめ》いた。

「聞こえんのかこの阿呆が。とっとと……」

言い終わらないうちに真優の腕が動き、目にも留まらぬ速さで棒が繰り出された。清宮の大将は後ろに飛ばされ、コンクリートの欄干に叩きつけられた。危ないところだ。彼の背丈がもう少し高かったら、欄干を越えて川に転落していただろう。

この光景を見て、場が静まり返った。

「おい沢口君、行くなら今だ」

城之内は沢口を促して、動きを止めたままの群衆を縫い、橋の中央へ向かった。二人の視線の先で、数百人が呆然《ぼうぜん》と見つめる中、真優は竹井に向き直って棒を突きつけた。

「あなた、大乃木さんのところの竹井さんですね」

「奥平の……お姫様」

竹井が呻くように言った。戦意はすっかり冷めている。

「喧嘩は駄目です。よろしいわね」

竹井は気圧《けお》されたように、無言で頷いた。真優は続いて、周りを囲む男どもに叫んだ。

「まだ喧嘩したい人がいるなら、お相手しますわよ」

当然ながら、応じる者はいない。誰もが困惑し、互いの顔を見ている。

「最初に始めたのは、どなたですか」

真優の問いかけに答える者はいなかったが、多くの視線が、路面に座り込んだまま欄干に背を預けて半ば朦朧としている、清宮の大将に向けられた。真優は大将に歩み寄った。

「この人の名前は」

「は……羽佐間《はざま》だ」

近くにいた男が教えた。真優は羽佐間に近づき、胸に棒を押し当てた。羽佐間が悲鳴を上げた。

「男のくせに情けないですね。肋骨は折れていませんよ」

冷笑しながら、真優は周囲に聞こえるよう、大声で聞いた。

「あなたが皆さんを煽《あお》ったんですか」

「お……俺は……」

「どうしてこんな大喧嘩を始めようとしたんですか」

「俺は……その……」

「さっさと答えなさいッ！」

羽佐間がびくっと体を震わせ、周りの何人かが身を竦めた。

「俺は、頼まれただけなんだ。竹井の奴を挑発して、田上との間でできるだけ大きな騒ぎを起こせって」

呻くような声だったが、ようやく橋の中央まで来た沢口たちにも、どうにか聞こえた。

「誰に頼まれたんです」

「お……折本さんだ。金ももらった」

城之内と沢口は、顔を見合わせた。折本がこの騒動を起こそうとしたとは、どういうことなのか。奴は、何をするつもりだったのか。

「皆さん、聞こえましたか。この騒ぎは、仕組まれたものです。皆さんは、うまく乗せられただけです」

両側の男たちは、憑《つ》きものが落ちたような顔になり、互いに周りを窺った。もう怒りの熱気は感じられない。

「どうかこのままお帰りください。喧嘩の必要なんか、ありません」

真優が場を締めるように呼びかけると、それを潮に全員が踵を返し、動き始めた。後ろを見ると、警察や村役場の面々が、いかにもほっとした表情を浮かべていた。

そのとき、沢口の目が何か異質な動きを捉えた。

「あれっ、城之内先生」

急いで城之内の袖を引いた。城之内が振り向き、沢口の指す方向に目を向ける。だが、そこに沢口が見たものは既になかった。

「どうしたんだ。何か見えたのか」

「ええ。確かに、折本の背広が見えたと思ったんですが」

「何ッ、折本だと」

城之内は急いで欄干に駆け寄り、周辺を捜した。だが、折本らしき影は、二度と見つけることができなかった。

# 第七章

橋の中央に真優、城之内、沢口の三人と、まだ座り込んでいる羽佐間を残し、催眠術が解けたかのように、男衆たちは引き上げていった。大塚たちは、彼らが三々五々、畑や仕事場に向かうのを確かめてから、こちらに駆け寄ってきた。田内村長の顔も見える。

「いやあ、本当に助かりました。一時はどうなることかと思いました」

田内が真っ先に口を開き、真優に何度も頭を下げた。

「まあ村長さん、そんな。お恥ずかしいですわ」

真優は困ったような顔で、俯いた。そうしていると、上品なお嬢様にしか見えない。一皮むけばあれほど凶暴だなどと、誰が思うだろう。

「まあ今回は、お手柄ということにしておきましょう」

上野が、苦々しげに言った。結果として、警察はこの事態に手をこまねいていたのだから、無茶をしたと真優を非難するわけにもいかないようだ。

「お前にはいろいろ聞きたいことがある。署まで来てもらうぞ」

立ち上がる気力もなさそうな羽佐間に、上野が容赦なく告げた。羽佐間はがっくりと肩を落とし、巡査に支えられてジープの方へよろよろ歩いていった。

「そうだ。折本らしい後ろ姿を見たんですが」

「何、奴はこの辺にいたのか」

大塚は永谷らに、至急付近を捜索するよう指示した。刑事たちは、すぐさま駆け出した。

入れ替わるように、清宮と田上の双方から、何人かがこちらに歩いてきた。年嵩の人間ばかりだ。騒動が収まったと聞いて、様子を見に来たらしい。田上側の先頭には、大乃木がいた。

「やあどうも、大変なことになるところでしたなあ。竹井から様子は聞きました。真優さんが、ものすごいご活躍だったそうで」

大乃木が言うと、真優は顔を赤らめた。

「大乃木さんでしたな。今日は折本の姿を見ていませんか」

大塚が聞くと、大乃木は残念そうにうなだれた。

「今朝、刑事さんが来て折本が消えているのを確認してから、見ていません。昨日の昼に会ったときは、普段と変わらなかったですが」

大乃木はちらりと真優を見た。おそらく、真優が折本の愚連隊を全滅させたことは耳に入っているのだろう。

「折本は、村中で出資を募っていたそうですが……。不躾ながら、大乃木さん自身はいくら出されたんですか」

大塚が問うと、大乃木は面目なさそうな表情を浮かべた。

「二十万円です。原渕さんの紹介ということで、断れず」

「詳しくは改めてお伺いしますが、他に……」

「俺は、五万円出したんだ」

話の途中で、横合いから五十くらいの胡麻塩頭の男が口を出した。

「あなたは？」

「田上で郵便局長をやってる、下川《しもかわ》だ。大乃木さん、折本が逃げたらしいってのは、本当か」

「逃げたかどうかはっきりしないが、姿が見えないのは確かで……」

「おいおい、どうするんだ。あいつ、俺たちの金を持ち逃げしたんじゃないのか」

下川が迫ると、もう一人、還暦近そうな眼鏡の男が詰め寄った。

「儂は虎《とら》の子の七万円を出したんだぞ。大乃木さん、あんたが大丈夫だと言うから信用したのに、どうなってるんだ」

続けて、俺も出した、こっちもだ、という声が上がった。大乃木は、すっかり恐縮している。

「ちょっと待って。今はまだ、持ち逃げかどうかわからん。後で事情は詳しく聞くから、ここでそういう話はやめてください」

大塚が警察手帳を示しながら止めに入ると、下川たちは不承不承、引き下がった。

「これは災難ですね、大乃木さん」

城之内が気の毒そうに言うと、大乃木は大きな溜息をついた。

「私も、何だか怪しいと思うところがないでもなかったんですが……。繰り言を言っても仕方がない。ちょっと人が好過ぎました。皆さんに申し訳ない」

「清宮でも、大勢出資されたんでしょう」

「はあ。南信館の田村さんは、先生の忠告を聞いて出資をやめたんですが、金物屋の平辻《ひらつじ》さんや書籍文具の斎藤《さいとう》さんなど、十人くらいは数万円ずつ出していると思います」

　清宮側の人々が、そうだそうだと頷いた。大乃木は、目を伏せた。

「それなら、武澤さんなどは相当出しておられるでしょうね」

「え？　いえ、武澤さんは、私の知る限りでは一円も出しておられませんが」

「武澤さんは出資していないんですか」

　これは意外だった。清宮で最大の旧家である武澤家が、何もしていないとは。では、八幡宮での嘉一郎と折本の話は、やはり出資とは別のことだったのか。

「あの、それについては」

　ふいに真優が、後ろから言った。

「少しばかり、私の思っていることがあるんですが」


　さすがにいつまでも立ち話はできないと、一同は村役場へ移った。大塚と上野も、折本の捜索は部下たちに任せて同行した。

　大乃木を加えて七人となると、村長室も窮屈になった。全員がどうにかソファに収まったところで、田内が「少々暑苦しいですが」と話を切り出した。

「真優さん、思っていらっしゃることとは」

「はい。こう言っては大変失礼なのですが、武澤さんのお家は、もしかしたら今はあまりお金がないのでは、と」

「え、そう思われる事情があるんですか」

沢口が驚いて聞いた。

「あれだけの大きさの家に、働いているのは神山さんの他、女中さんが一人だけなんです」

「でも……到着したとき、五、六人はおられたようですが」

「ご近所から手伝いに来た方だったみたいです。夕飯の支度のときは手伝いが来られてますが、朝ご飯のときは一人だけでした。気づかれませんでしたか」

そこまで気にして観察していたわけではないが、そう言われて記憶を辿れば、真優の言う通りだった。

「それに、家の中を見回すと、以前は掛け軸があったらしい跡とか、額が飾られていた跡などが、幾つかありました。裏手に回ると、雨漏りしているのに修繕されていないところや、傷んだ屋根瓦もあるし、土塀も崩れている箇所があります」

へえ、と沢口は目を見張った。真優の観察眼は、なかなかのものだ。

「グッド！　真優さん、いいところを見ているね」

城之内が賞賛した。どうやら城之内も、気づいていたようだ。同じ家に滞在しながら、自分はただぼうっと寛いでいただけだった。

「村長さん、武澤家の畑は、そう大きくないように見えました。嘉一郎さんと神山さんとで耕しているんですね。昔からそうなの？」

城之内が尋ねると、田内はいえいえと手を振った。

「武澤家は、清宮きっての名家で土地持ちでした。ただ、土地の大半は飯田の方の、ここよりずっと肥えたいい場所にあったんです。そこで小作人に田畑をやらせていたんですが……」

「ははあ、不在地主扱いされて、農地改革でＧＨＱに取り上げられたんですね」

「はい。残ったのは、家の傍にあるものだけで」

つまり、武澤家の収入はさして広くない畑と、昭太郎が役場からもらう給料だけということか。それだけで、あの屋敷を維持するのは大変だ。骨董を少しずつ売って、維持費の穴を埋めていたのだろう。

「今でも山は持っておられますが、これと言って使い道のない山ですからねえ」

「山もあるんですか。どこです」

「この裏手、北側の方ですよ。雑木しかなくて、まともな道もない。時々山菜を採るくらいですかねえ。嘉一郎さんと神山さんが、たまに見回っているようですが」

田内が裏に聳える山の方を、ざっと手で指して言った。すると大乃木が、思い出したようにつけ加えた。

「そう言えばその山、昔々に隠し湯があったと聞いてますよ」

「あら、それじゃあ私が聞いていた隠し湯は、武澤家のものだったのですね」

沢口も、真優が南信館でその話をしていたのを覚えていた。

「じゃあ、そこにいたという湯番は、武澤家の家人だったんじゃありませんか。奥平家から、温泉の管理を任されていたんでしょう」

「残念ですわ。奥平の家には詳しい記録が残っていなくて」

「なあ村長、裏山にかつて温泉が湧いてたなら、このあたりでも出るんじゃないか。恵那線の建設が本決まりになったら、村で予算を組んでボーリングしてみちゃどうかね」

大乃木がいいことを思いついた、という風に田内の方に膝を乗り出した。田内が苦笑を返す。

「この貧乏な村で、そんな予算が取れるかい。駅前や道路の整備にかかる金だけでも、頭が痛いってのに」

ここで上野が、咳払いした。

「あー、ともかく武澤さんの台所には余裕がなくて、折本の事業に出資はできなかったろう、ということはわかりました。しかしそれは、折本が何を企んでいたのかとは、別の話です」

「はあ、そりゃあもっともです。で、何を企んでいたんですか」

田内が鸚鵡返しのように聞くと、上野は渋い顔をした。

「だからそれを探っておるわけで。今のところ、事業そのものに違法なことは出てきとりません。やはり折本を摑まえて、本人に問い質すよりありませんな」

「名古屋にいる折本の会社の社員は、何も知らないんですね。愛知県警は何と」

沢口が大塚に念を押すと、大塚は頭を掻いた。

「愛知県警には、折本の人物照会を頼んだだけだ。詳しく事情聴取するなら、こっちから誰か派遣する必要があるが、人手も暇もない。折本を見つける方が手っ取り早い」

そこでちょうどノックの音がした。「どうぞ」という田内の声に従い入ってきたのは、永谷刑事だった。

「警部、申し訳ありません。まだ見つかりません」

「そんなに隠れ場所が多いわけじゃあるまい。こんな、い……」

田舎の狭い村、と言いかけたのだろう。田内の視線に気づき、大塚は語尾を濁した。

「あー、とにかく、奴は車もオートバイも自転車も持っていない。遠くへは行っていないはずだ。隈なく捜したのか」

「はい、清宮で捜せるところはみんな。ただその、片田という男の家だけは、門前払いされました」

「何だその、片田というのは」

大塚が気色《けしき》ばむのを、城之内が「まあまあ」と宥めた。

「村でも有名な偏屈《エキセントリック》だよ。国鉄の調査も拒否してる。余所者の刑事が行ったから、臍《へそ》を曲げたんだよ」

城之内は永谷に、気にするなと笑いかけた。

「僕らが行けば話ぐらいしてくれるだろう」

城之内は真優と沢口に目配せし、まあ任せろとばかりに立ち上がった。

片田の家は、人の気配がなく深閑としていた。今は田んぼに出ているのだろう。

「どうします。捜しに行きますか」

沢口が聞くと、城之内は「面倒だ、待とう」と応じた。

「午後も遅いし、じきに戻ってくるだろう」

城之内の言葉に従い、沢口は家の周りをぶらぶら歩いてみた。家の二十メートルほど南側は崖で、その下は若竹川だ。川向こうに目を転じると、大乃木家の前を通って阿智村に抜ける道が、ちらりと見えた。大乃木のトラックが岩にぶつかった場所はもう少し先で、屋根に上らない限り木の陰で見えない。

　こうしていると、さっきの騒ぎが嘘のようだ。沢口は大きく伸びをした。遠くで鳥の囀《さえず》りが聞こえる。夕雲雀《ゆうひばり》だろうか。

「あ、帰ってこられましたわ」

　真優の声に振り向くと、籠を背負って小型の鍬《くわ》と鎌《かま》を持った片田が、歩いてくるところだった。片田はこちらに気づくと一旦立ち止まり、眉間に皺を寄せた。

「やあ、お邪魔して申し訳ない」

　城之内が微笑んで挨拶すると、片田は小さく頷いて三人の前を通り過ぎ、家の戸を開けて中に入った。どうぞ、とは言われなかったが、目の前で戸を閉められることもなかったので、三人は後に続いて戸口をくぐった。

「さっき刑事が来た。同じ用か」

　籠を置いて板敷きに座った片田が、前置きなしで言った。

「折本氏を捜しています。見かけませんでしたか」

　城之内が尋ねると、無愛想な答えが返ってきた。

「見とらんな」

「さっき、清田橋のところで清宮と田上の男衆が、喧嘩になりかけて」

　片田にも騒動の声や音くらいは聞こえていただろう。ふんと鼻を鳴らし、「馬鹿どもが」と呟いた。

「その騒動、折本氏が仕掛けたようなんだが、どうしてそんなことをしたか、何か考えはありませんか」

「さあな。折本の頭の中など知らん」

取りつく島もない。帰ろうかと思ったとき、片田が真優に言った。

「折本のところの怪しげな奴らを、叩きのめしたそうだな」

「えっ……ああ、お恥ずかしいですわ」

真優は赤くなって俯いた。すると、驚いたことに片田が口元に笑みを浮かべた。

「屑《くず》どもには、いい薬だ」

薬なんてレベルではなかったのだが、と沢口は漏らしそうになり、慌てて唇を引き結んだ。

「大乃木のトラックに、岩が落ちてきたときのことだが」

いきなり話が変わった。城之内の目が光った。

「その屑ども、岩が落ちる少し前に、あっちの道を阿智村の方へ歩いていきおった」

「折本の手下が、落石現場の方へ？　岩が落ちるのは見えましたか」

「音だけは聞こえた。その後で、連中が走って戻るのが、ちらっと見えた」

「その連中が、岩を落としたということですか」

「さあな。俺は見たことを言っているだけだ」

これはどういうことだ。大乃木は折本の味方のはずで、出資に協力しているし、家まで貸している。折本の手下が大乃木を狙う理由は、どこにあるのだろう。

「先生、やはり早く折本を摑まえないと。奴には聞きたいことが山ほどあります」

「そうだな。しかし警察が本気で捜している以上、そう長くは姿を隠せないと思うが」

土間に立ったまま、そんな話をしていると、ふいに片田が言った。

「あんたたち、東京から原渕のことを調べに来たんだろう」

「え、はあ、そうですが」

また急に話の方向が変わり、戸惑いながら沢口が言った。作品の取材だ、と言ってもこの男には通じないだろう。片田は少しの間何か考えている様子だったが、やがて沢口たちに座れと手で合図した。三人は、上がり框《かまち》に腰を下ろした。

「俺が復員してこの村に帰ってきたのは、昭和二十年の十月だ。原渕は九月初めにはもう戻っていた」

「それは……早い方なんですか」

「復員除隊が始まったのは八月二十五日だから、まあ早い方だな」

「原渕さんは、どこの部隊にいたんです」

「主計将校だったとは聞いている」

片田はそれだけ返答した。大乃木もそう言っていたので、間違いはあるまい。沢口たちは、黙って続きを待った。

「亡くなる前、親父から聞いた話だ。終戦から一週間も経たないころのある日、真夜中にトラックが二台、飯田の方からやってきた。村中が寝静まっていたが、親父は体の具合がよくなくて、夜中に何度も便所へ行っていた。それで、トラックに気づいたんだ」

「そのころ、この村にトラックが来るのは珍しかったんですか」

「ああ。今じゃこの村にも何台もトラックがあるが、当時はなかった。あったとしても、軍に徴用されてたろう。まして、真夜中だ。普通じゃない」

「トラックは、どこへ」

「田上の方へ行った。親父は家に戻ったが、気になって眠れんかった。一時間ほどすると、トラックが戻ってくる音が聞こえた。親父は起き出して、道の脇まで見に行った」

田上の奥へは自動車は入れない。一時間で戻ってきたなら、目的地は田上だったのだろう。

「トラックは、親父が見ている前を通り過ぎてから、急に止まった。後輪が窪《くぼ》みに嵌まったんだ。トラックから降りた連中が押して、すぐに動き出したんだが、そのとき、ヘッドライトの光で連中の顔が見えた。その中の一人は、原渕だった」

「原渕が？　主計将校の原渕が乗っていたのなら、それは陸軍の輜重隊《しちょうたい》のトラックだ」

城之内の指摘に、片田が頷いた。城之内がさらに続ける。

「二、三人ですぐ窪みを脱出できたのなら、空荷だったんだ。つまりトラックは、田上のどこかへ荷物を運んで、戻る途中だったわけか」

「でも先生、この村に軍の施設なんてありませんよ」

「わかってるさ」

城之内は片田の顔を見つめた。片田は、黙って見返している。城之内が言った。

「軍の物資の横領、隠匿《いんとく》。原渕はそれをやった」

片田は満足したようにまた頷いた。

「証拠はないがな」

真優が、あっと小さく声を出した。

「田上へ運んだなら、原渕さんの土地に隠したのでは。それを知られたくなくて、国鉄の調査が自分の土地に入るのを渋ったのではありませんか」

「いい線だな、真優さん」

城之内が目を細めて、真優を見る。真優がまた赤くなった。

「もしかして、まだ物資の一部は隠したままになっているんでしょうか」

「それはわからん。しかし、これから県会議員選挙に打って出ようかという原渕が、大がかりな横領をやって戦後の資金源にしていたとあっちゃ、外聞が悪かろう」

「先生、これは……」

言わずもがなだった。十二年前の軍需物資横領は、原渕殺害と何らかの関わりがあるのではないか。

「大塚さんと上野さんに話して、原渕さんの土地を捜索してもらいますか」

「うーん、正式な令状を取るのは難しいだろうが、やり方次第かな。戻って相談してみよう」

折本の捜索に来たはずが、思わぬ話を聞くことができた。三人は礼を述べ、片田家を辞した。


翌朝は、曇り空だった。とは言え雲の隙間から薄日が差しており、五月雨《さみだれ》は免れそうだ。外回りの捜索にかかろうとする身には、幸いだった。

八時半過ぎごろ、閉めきられた原渕家の門前に着いた。沢口はあたりを見回したが、誰の姿も見えない。

「大塚さんたちはまだのようですね。ここでしばらく待つと……先生、何やってるんですか！」

沢口が目を逸らした隙に、城之内は土塀によじ登って乗り越えようとしていた。

「誰もいないんだろ？　ちょっと中を覗かせてもらおうと思ってさ」

「またですか。やめてください。大塚さんに見つかったら、大変ですよ」

沢口が有無を言わせぬ口調で迫ると、城之内はいかにも残念そうな顔をして土塀から下りた。

「被害者の自宅には、葬儀のときに警察が入って事情を聞いてるはずです。何も出やしませんよ」

城之内は「そうかなあ」などと首を傾げている。真優は、ただ微笑んでいるだけだ。沢口は、早く大塚が来てくれないかと気ばかり揉んでいた。

大塚と二人の部下が乗ったジープが到着したのは、午前九時になるころだった。

「やあ、待たせたかな」

大塚はソフト帽に手をやり、いつも通りトレンチコートを翻して颯爽《さっそう》と降りてきた。デニムズボンにポロシャツの城之内はその姿を見て、苦笑した。

「大塚さん、これから草地を歩き回るのに、その格好じゃ汚れるぜ」

言われて初めて気づいたような顔で、大塚はトレードマークと化している自分のコートに目をやった。それから残念そうに帽子とコートを脱いで、ジープの座席に丁寧に置いた。

「本当に、歩き回るだけだからな。令状なしに勝手に他人様の土地を掘り返すわけにはいかん。あくまで、散歩だ」

大塚は、なぜかスコップを持っている真優を見ながら言った。

「あら、珍しいものを見つけたら掘ってみようと思いましたのに」

真優は、遺跡調査か何かと間違えているらしい。

「さて、じゃあ早速、その散歩を始めようじゃないか」

城之内は先頭に立ち、道から下方に広がる草地へと下りていった。

「折本は、まだ見つからないのか」

歩きながら城之内が話しかける。大塚は、苦い顔でかぶりを振った。

「まだだ。一応、飯田市と阿智村で余所者が立ち寄れそうな場所を調べたが、手掛かりはない。バスもタクシーも使っていない。埒があきそうにないので、この辺の土地に明るい上野さんたちに任せてきた。こっちは原渕に関わる調べの方が優先だからな」

そう言ってから大塚は、眼前の草地に顎をしゃくった。

「どこか、具体的な当てはあるのか」

「正直、これというほどのものは、ない」

大塚は拍子抜けしたように肩を落とした。

「闇雲に歩き回るには、広過ぎるぞ」

「一昨日、ざっと見たところは何もなさそうだった。奥の方へ行ってみよう」

城之内は、線路予定地の恵那側の方を指差した。大塚が、やれやれと声に出す横を、スコップ片手の真優が軽い足取りで追い越していった。

「スコップ持ってスキップしてるな」

「駄洒落《だじゃれ》か。それにしても、だ」

大塚は声を落とした。

「あんたたちが襲われたのは、この場所だろ。真優さんは、全然気にしている様子がないぜ」

「そういう人なんだよ」

大塚は真優の背中を見つめながら、うーむと唸った。

「あの人をガダルカナルあたりに投入していれば、戦争に勝てたかもな」

「悪い冗談だ。真面目な話、僕はあの人の将来を心配してるんだぞ」

「だったら、あんたが最後まで面倒見てやれよ。八百万都民の安全のためにも」

大塚の口調は、本気とも冗談ともつかなかった。城之内が振り向いて大塚を睨み、何事か言おうとした。そのとき、先の方から真優が呼びかけた。

「ねえ、あの上は何かしら」

真優が指したのは、一昨日城之内が気にしていた、木立に囲まれた場所だった。そこを見ようとしたとき、四人組に邪魔されたのだ。真優は、ぴょんと跳びはねて木立の向こう側に入った。

「何だか少し、周りと様子が違いますね。前は建物があったんじゃないかしら」

続いてその場所に立ってみると、整地されたように平らで、周囲より草の丈が短い。建物の跡だ、というのがしっくりくる。

「そんなところで、何をしているんです」

突然、上の方から声が降ってきた。顔を上げると、道に大乃木が立ってこちらを見下ろしている。

「ハイ、大乃木さん。ちょっと調べたいことがあってね。あなたは」

「警察のジープが走っていくのが見えたんで、また何か起きたのかと思って見に来たんです。調べたいこととというのは」

「ええ、それなんですが。大乃木さんは、終戦のときはこの村にいたんですか」

唐突にそんなことを聞かれた大乃木は、こちらに下りてきて当惑気味に応じた。

「私は徴兵年齢を過ぎてたし、戸主だったんで、兵隊に行かずにここにいましたよ」

城之内は、片田から聞いた話を大乃木に伝えた。

「それで、どうです。大乃木さんは、原渕さんとも親しかったんでしょう。何か心当たりはありませんか」

「同じ田上の旧家としてのつき合いです。原渕は頭がよくてねえ。旧制高校から陸軍経理学校に転じて、日華《にっか》事変の年に主計少尉《しょうい》になったんです。終戦のときは大尉《たいい》だったかな。その間、復員してくるまで会ってませんでしたから、それほど深いつき合いでも……」

「原渕さんが戻ってきたときは、どんな様子でした」

「どんな様子と言われても。復員した連中は、みんな同じようなもんです。心底ほっとしてたと思いますよ。しかし言われてみると、原渕が家に着いた日のことは覚えてないな。気がつくと戻っていた、という感じで」

「帰郷したところは、見てないんですね」

「ええ。片田さんの言うトラックにも覚えがない。もっとも真夜中じゃ、気づきはしなかったでしょう」

大乃木の家は通りからだいぶ離れている。気づかないのも無理はない。原渕はトラックで物資を運んでから一旦戻り、改めて一人で昼間に帰ってきたのだろう。

「物資を隠せそうな場所に、心当たりは」

「うーん、心当たりと言っても、ここに洞窟とかはないし。ああ、強いて言うなら」

大乃木は、足元を指した。

「今、我々が立っているこの場所ですが、元は蚕室《さんしつ》だったんです」

「蚕室？　蚕《かいこ》を飼うところですか。原渕さんも、養蚕をやってたんですか」

「先々代が明治の中ごろに始めたんです。当時は何軒か養蚕農家があったんですが、阿智村の養蚕が盛んになり、こっちは後れを取りまして、今じゃうちだけしか残っていない。原渕の家でも、あいつが陸軍に入ったとき、やめてしまったはずです。もともと原渕は、じり貧のまま養蚕を続けるのに反対でした。陸軍経理学校に行ったのは、この村と家に嫌気がさしていたからでしょうなあ」

「ああ、本当だ。建物の基礎らしきものがあります」

周囲を調べていた永谷刑事が言った。そちらを見ると、確かに崩れた石積みが土の下に覗いている。真優の観察は、正しかったわけだ。

「建物はしばらく放ったらかしになってましたが、五年前に台風で壊れました」

「わかりました、ありがとう」

城之内が礼を述べると、大乃木は「それじゃあ、ご苦労様です」と言って道に上がり、自分の製糸場へと戻っていった。

大乃木の姿が見えなくなってから、一同は額を寄せ集めた。

「どう思う、大塚さん」

「うん、隠すならここじゃないか。終戦直後は建物もあったんだろ。格好の置き場所だ」

「地下室みたいなのが、あるのかもしれませんよ」

沢口が言うと、真優が顔を輝かせた。

「何だかわくわくしてきますね」

やっぱり、宝捜しと勘違いしている。

「おい、地面を調べてみろ」

大塚が指図し、永谷と須和は膝をついて目を凝らした。真優はスコップであたりをつつき始めた。すると、二分も経たないうちにスコップが固いものに当たった。

「あらっ、何かあります」

真優はスコップでその周りの土を掘り返した。薄い表土の下に、板張りが現れた。

「何だ、こりゃあ」

永谷が顔を近づける。一辺一メートル半くらいの正方形に板を組んだもののようだ。

「どうやら地下室が本当にあるんだな。こいつは扉だ」

城之内が、沢口の背中を叩いて言った。土を全部どけると、錆びた把手も出てきた。

「開けてみようじゃないか」

令状がないから散歩だけ、と言っていた大塚自身が、すっかりその気になっている。永谷と須和が二人がかりで、掛け声とともに扉を持ち上げた。

思ったより簡単に扉は開き、真っ暗な地下空間が出現した。扉の下に、木製の梯子段《はしごだん》もある。ジープから懐中電灯を取ってこい、とすかさず大塚が命じた。

懐中電灯を持って戻った須和を先に立て、順番に地下に下りた。深さは二メートルくらいで、奥行きは十五メートルくらいだろう。天井も壁も板張りで、両側に棚がある。そこには、何か丸い塊が見えた。その奥に、四角い木箱が幾つか。転がった空き箱も見える。須和が丸い塊に電灯を当てた。

「何ですかね、これ」

「こいつは……どうやら、巻いた銅線らしいな。未使用の電線だ」

「電線か。終戦直後から朝鮮動乱のころなら、高値で売れたろうな」

大塚が言った。城之内は、さらに奥の木箱を指した。

「須和さん、あっちも照らしてくれ。星のマークがついているようだ」

須和が懐中電灯を向けると、箱に貼ってあるラベルらしきものが浮かび上がった。

「ほうら、やっぱり陸軍の標章《マーク》だ。分類記号が書いてあるが、何なのかはわからんな」

「開けた方が手っ取り早いだろう」

大塚はそう言って、箱の蓋に手をかけた。鍵はかかっていない。

「おや、これは……電球だ。今となっちゃ値打ちはないが、これも終戦直後は貴重品だな」

「こっちの空き箱は、コンデンサーと書いてある。そっちはヒューズだ」

「あのう……何なんです、これは」

真優が困惑を滲《にじ》ませた声で言った。

「こいつはたぶん、建築資材だ。残ってるのは電気系が多いが、もっといろいろあったんだろう」

城之内の答えは、真優をがっかりさせたようだ。

「宝石とか絵画とかが、隠してあるのかと思いましたわ」

城之内が笑う。

「海賊のお宝じゃないんだから。この手の資材は、一時期決定的に不足したんで、すごい高値で取り引きされたはずだ。ここにあるのは、売れ残りだろう。原渕ってのは、なかなかクレバーで目端が利く奴だったようだな」

「ここは恵那線の予定地に引っ掛かっているのか。それじゃ、原渕が恵那線を清宮の側に持っていこうとしたのもわかるな」

大塚は地下室を見渡し、納得したように一人で何度も頷いた。


一同は見つけたものに満足して、外へ出た。曇り空だが、外の明るさは目に眩《まぶ》しい。揃って目を瞬いていると、突然静寂を切り裂く大声が響いた。

「大塚警部殿、警部殿！　そちらにおられますか」

驚いて声のした方を見ると、田上駐在所の大林巡査が、自転車を全力で漕《こ》いで向かってくるところだった。

「おう、ここだ。どうしたんだ」

大林は急ブレーキで自転車を止め、駆け下りてきて大塚の前で踵を揃え、敬礼した。真優が呆気にとられたように見ているのも、気づかない様子だ。

「警部殿、たった今、本署から電話が」

「電話？　何と言ってきたんだ」

「はい、一時間ほど前、若竹川の川原で、折本の死体が発見されたそうです」

# 第八章

　まだ事故か事件なのかもわからない、というので、大塚たちは急いでジープに戻り、サイレンを鳴らして走り去った。原渕の地下室は、誰かが荒らさないよう元通り扉を閉めて土を被せておいてくれ、ということであった。後で正式に相続人の許諾を得て捜索するつもりだ。

　沢口たち三人は、一旦武澤家に引き上げた。

「さっき警察の車のサイレンが聞こえましたが、また何かあったんですか」

　武澤家の玄関を入ると、神山が出てきて心配そうに聞いた。

「折本さんが見つかりました。亡くなってましたよ」

　神山は「何と」と言ったきり絶句した。

「折本が殺されたのですか」

　奥から声がしたのでそちらを向くと、廊下に嘉一郎が立っていた。心なしか、青ざめている。

「事故か殺人か自殺か、まだ不明です。なぜ、殺されたと思ったのですか」

　城之内の言葉を聞いて、嘉一郎は、はっとしたように一瞬、言葉を呑み込んだ。

「いや、いろいろと事件が続くもので、つい」

「そうですか……。折本さんのことで、嘉一郎さんに聞きたいことがあるんですが」

嘉一郎の顔が強張った。

「わかりました。では、あちらへ」

嘉一郎は三人を、自分の居間にしている奥の座敷に案内した。座布団を出して座ると、嘉一郎に三人が対峙する形になった。尋問のような気がして沢口は落ち着かなくなった。

「折本氏のやろうとしていた事業について、どのくらい知ってますか」

まず城之内が尋ねた。

「恵那線の開通に合わせて、この村にホテルを建てて登山道を整備し、恵那山にロープウェイを架け、将来はスキー場も、などと絵図を描いていました」

嘉一郎はよどみなく答えた。内容は、田内村長はじめ村の主だった人々が聞いている話と、何も変わらない。

「出資も誘われましたか」

「はい。私は出資していませんが、村には出資した方が大勢おられるようですな」

「清宮で一番の有力者のあなたが、どうして出資しなかったんです」

「私は先祖代々のこの家を守るのが仕事と心得ています。それ以外のことに手を出そうとは思いません」

嘉一郎はきっぱりと言い切った。それはそれで立派かもしれないが、と沢口は思う。何もかも目まぐるしく動き出したこの戦後、ずっとそれでいいのだろうか。

「でも、恵那線については清宮側への誘致に動いてるんでしょう」

「恵那線は、村全体に関わることです。村が世の中から取り残されないためには必要だと考え、できるだけ協力しております」

　なるほど、自分自身が変わるつもりはないにしても、この山村が時代の変化の荒波を避けることはできないと、充分理解しているのだ。嘉一郎も狭量というわけではない。

「土地の買収には、応じるんですね」

「そのつもりです」

「折本氏から土地を買いたい、という話はありませんでしたか」

　嘉一郎の眉が、ぴくりと動いた。

「どういうことでしょうか」

「観光開発をするなら、当然、土地が必要です。ですが、折本は村で出資の話ばかり持ちかけて、用地買収の話をほとんどしていない。何か当てがあるのでは、と思ったので。武澤さん、あなたはこの近辺では一番の名家で、山も持っている。折本が土地の話を持ちかけるとすれば、清宮ではまず、あなたのはずだ」

　嘉一郎は、すぐには返事をしなかった。話したものか、考えているのだろうか。嘘や誤魔化しは、嘉一郎の性分には合わないと思うのだが……。

「おっしゃる通りです。山を売る、という話がありました」

　しばらく待つと、嘉一郎は諦めたように口を開いた。

「家を守る、ということからすれば、褒められたものではありません。しかし正直に申しますと、この家と周りの畑や八幡宮を維持するだけで、手いっぱいなのです。そこで、内々にその話を」

　沢口は得心した。八幡宮で折本と嘉一郎が会っていたのは、この件の話か。嘉一郎としては、ギリギリまで家人にも知らせないつもりだったのだろう。

「裏の、北側の山ですね」

「そうです。雑木しかなく、ほとんど放っています。たまに見回りますが、先日、道に迷った登山者に会ったぐらいで、山菜採りに入る人も滅多にいません」

「隠し湯があったところですか」

嘉一郎の顔に、驚きが浮かんだ。

「よくご存知ですな。今は埋まってしまって、跡形もありませんが」

「しかしそんな山、折本はどうするつもりだったんでしょう。恵那線からは山向こうになるし、役に立たないと思いますが」

沢口が疑問を呈すると、嘉一郎もその通りだと認めた。

「転売する当てがあるようなことを言っていましたが、よくわかりません」

「あなたとしては、その山を買ってもらえれば助かるわけですね」

「お恥ずかしい話ですが、大変助かります。売れるものとは思っていませんでしたから」

「だとすると」

城之内が腕組みしながら言った。

「折本は、今後の仕事であなたを自分の味方につけるため、損を承知で山を買って恩を売ろうとしたのかもしれませんね」

嘉一郎はこれを聞くと、唇を嚙んで俯いた。

午後になってから、城之内と沢口は時間を見計らってタクシーで飯田署に出向いた。到着すると、捜査会議の最中だということで、一時間近く待たされた。辛抱できなくなった城之内は、外へ珈琲を飲みに行こうとしたが、沢口は何とか止めた。

「やあ、来てたのか。ご苦労さんだなあ」

大塚は応接室に入るなり、陽気に挨拶した。

「折本の死亡状況を聞きたくてな。どんな具合だい」

大塚は、手に持っていた写真をテーブルに広げた。折本の死体写真だ。服装は記憶にある通りだが、上着は流されたらしく見当たらない。頭は岩にでもぶつけたらしく、半分は潰れていた。沢口は思わず目を背けた。

「発見されたのは、清田橋から五キロ下流の川原で、畑の草刈りをしていた爺さんが小便に行って見つけた。見ての通り、頭部が損傷してる。崖から転落して頭を打ち、瀕死《ひんし》の状態で川に流され溺死《できし》した、というのが検視に立ち会った医師の見方だ。死亡推定時刻は、昨夜の十時から十一時ごろ」

大塚は大事な捜査資料を、ためらいもせずに見せた。

「崖から落ちたのは、やっぱり清宮だろうな。あのあたりから下流に行くと、高い崖はなくなる」

「問題は、どうして落ちたかだ。警察の見解は出てないのか」

「川原に下りて川伝いに阿智村へ逃げようとしたと思われるが、下りる途中で足を滑らせたか、誰かに突き落とされたか、それはわからん。まず、落ちた場所を突き止めないとな」

それは明日、飯田署が総がかりで調べるそうだ。

「折本の会社の方は」

「飯田署の連中と一緒に、うちの須和を行かせた。もう手が足りんなどと言っておれん。一時半過ぎの電車に飛び乗ったが、名古屋に着くのは夜になる。恵那線だか中津川線だかができてりゃ、三時間ほどで着くんだろうが」

そこへノックの音がして、飯田署の庶務係らしい男が顔を出した。

「失礼します、大塚警部。東京への電話が繋がりました」

「そうか、ありがとう」

大塚は、ちょっと失礼と手を振って出ていった。長距離電話で警視庁に報告するようだ。

「沢口君、こいつをどう見る」

大塚が出ていってから、城之内は写真を指で叩いて言った。

「まあ自殺はあるまいと思いますが、事故、他殺、どちらもあり得ますね。他殺とすると、動機は事業への出資に絡む金銭上の問題でしょうか」

「となると、村は容疑者だらけってことになる」

城之内は、大袈裟に両手を上げた。

「だが出資した連中は、折本が消えたから持ち逃げ《エスケープ》じゃないかと騒ぎ出したんだ。奴が姿を消す前は、まだ大きな問題にはなっていなかった」

「それに、折本がどうして清田橋の喧嘩騒ぎを仕組んだのか、わかっていませんし」

沢口と城之内は、互いに腕を組んで唸った。まだまだ、謎が多過ぎる。

「しかし夜の暗い中、川原へ下りようとするとはな。懐中電灯か何か、持っていたんだろうか」

「奴が姿を隠したのは、真っ昼間でしたね。夜までどこに隠れてたんでしょう」

「それについちゃ、考えがないわけでもない」

城之内がそう言いかけたとき、大塚があたふたと戻ってきた。

「東京で動きがあったぞ」

大塚は部屋に入るなり言って、勢いよく腰を下ろした。

「まず食堂の公衆電話の十円玉だ。首尾よく回収できた。新品のものが三枚見つかった。指紋は四人分検出できて、一人分は食堂のおかみさんのものだった。残る三人分のうち一つが、原渕を呼び出した犯人の指紋と見て間違いあるまい」

十円玉のことを気づかせたのは城之内だが、大塚は自分の手柄の如く喋っている。

「それから、食堂の公衆電話の傍で、名刺が見つかった。その裏には、四谷の宿の電話番号がメモしてあった。ゴミ箱の後ろに落ちてたんで、しばらく気づかなかったんだ。誰の名刺だと思う」

「誰だ。清田村の者か」

「大乃木だ」

「大乃木の名刺だと？」

これには少しばかり意表をつかれた。

「誰が持っていたものかはわからんだろう、指紋は調べたのか」

「ああ。そうしたら、一人分しか検出されなかった。意味はわかるだろう」

「一人分……」

大塚の言いたいことはわかった。名刺をやり取りしたなら、差し出した者と受け取った者の二人の指紋がつくはずだ。手袋で名刺を受け取るような失礼なことは、普通するまい。一人分しかないなら、それは誰とも交換せず本人が持っていた名刺、ということになる。

「大乃木が、原渕を呼び出したと言うのか」

「そう解釈せにゃなるまい。君だってこの前、大乃木がまず怪しいと言ってたじゃないか」

「あれは三日前だ。あの時点じゃ、誰もが怪しかった」

城之内は、納得のいかない顔をしている。

「電話番号のメモの筆蹟《ひっせき》はどうだ」

「知っての通り、数字で筆蹟鑑定するのはなかなか難しい。あのメモは、なぐり書きじゃなく、意外と几帳面に書いてあったから、余計だ」

「なぐり書きじゃない？　怪しいじゃないか、筆蹟をまねようとしたんだろう」

「それは確かに考えられるが、決め手にはならん」

大塚は首を振った。

「とにかくこれからすぐ、大乃木に原渕殺しの日にどこにいたか確かめて、指紋を採る」

大塚はそれだけ言うと、テーブルの捜査資料を揃えて持ち、永谷を呼びながらあたふたと出ていった。沢口と城之内は、急いでその後を追った。


大乃木は、ちょうど製糸場から家に戻ったところだった。玄関の戸を開けた大乃木は、ちょっと驚いた顔で、居並ぶ沢口と城之内、大塚と永谷の顔を順に見た。奥へどうぞと言うところを、大塚が「玄関先で」と押しとどめた。家族に聞かれないよう配慮したのだろう。

「単刀直入に伺いますが、大乃木さん、十二日前の晩はどちらにおられましたか」

「十二日前？　どうして……あ、原渕さんが殺された日ですか」

大乃木の顔に、不審の影が差した。

「あの日なら、名古屋にいましたよ」

「名古屋ですって？」

尋ねた大塚も、他の三人も驚きを浮かべた。「上京していた」か「村にいた」の二つしか、答えはないと思っていたのだ。

「それは初めて聞きました。どうして今まで黙ってたんです」

「黙ってと言われましても、誰にも聞かれなかったもので」

言われてみれば確かに、大乃木のアリバイを尋ねたのはこれが初めてだった。

「何をしに行っておられたんです」

「折本さんから、相談があるので会社の方に来てくれと言われたんです」

折本は、ずっと清田村に居続けているわけではない。名古屋での仕事もあるので、週の半分くらいは向こうに戻っていた。しかし相談なら、こちらに来たとき済ませばいいはずだ。

「わざわざ名古屋まで来てくれなんて、どんな話だったんです」

「はあ、それが、行ってみたら新しい計画図を見せられまして。変更点が幾つかあるが、村であまりこういう話はしたくないので、ということでした」

「かなりの変更なんですか」

「ロープウェイの位置が変わったり、道路のルートが変わったりしていましたね。建物も幾つか増えていました」

大塚と城之内は、ちょっと考えてから質問を続けた。

「その日、どういう行動を取られたか詳しく教えてください」

大乃木は、気を悪くすることもなく順を追って話した。前日に折本から電話を受け、トラックで三留野に出て一泊し、そこから中央本線の汽車に乗り、午前十時ごろに折本の会社に着いた。打ち合わせは昼までに終わったので、千種《ちくさ》にある折本の家に行って昼食を摂りながら飲んだ。酒が過ぎて寝てしまい、そのまま折本の家に泊まった。翌朝、折本に千種駅まで送ってもらい、十一時過ぎに三留野に着いて、置いてあったトラックで村に戻った。

「村に戻ったのは二時ごろです。うちの竹井に聞いてもらえばわかります」

「それじゃあ、名古屋では半日は飲んで寝ていた、ということになりますな」

大塚が皮肉交じりに言うと、大乃木は苦笑して頭を掻いた。

「ちょっと飲み過ぎました。折本さんがあまり勧めるもんで」

それから、急に真顔になった。

「折本さん、川に落ちて亡くなったと聞きましたが、この調べはそのことも関係しているんですか」

「それにつきましては、関わりはある、とだけ申し上げておきます。あと、ご面倒をかけますが、指紋を採らせていただけませんか」

任意ではあるが、大塚の言い方には有無を言わせぬ響きがあった。大乃木は承知し、永谷がスタンプ用インクで両手の指紋を採取した。大乃木はまだいろいろ聞きたそうだったが、大塚はそこで話を打ち切り、表に出た。

「名古屋で折本と一緒だったとはな」

ジープが走り出してから、大塚が溜息交じりに言った。

「原渕氏が殺された晩、名古屋で折本と一緒にいた。これは偶然なのか」

「どうも不自然に思えるなあ。清田村で折本の事業に最も深く関わっていたのは大乃木さんに違いないが、名古屋まで呼び出す必要が本当にあったのか。午前中の二時間足らずで終わる話なんだぜ。しかもその後はずっと飲んでいた。真っ昼間からだ」

城之内も首を傾げながら応じた。

「何だか、わざとらしい感じがしますね。でも折本に聞くことはもうできませんし」

折本がこの地で何をしたかったのかも、わからずじまいだ。沢口は残念でならなかった。

ジープが折本が借りていた家の横を通り過ぎた。城之内が家を指差して聞いた。

「あの家は、捜索したんだろうな」

「ああ。しかし、特に興味を引くようなものはなかった。寝具とラジオと炊事道具の他、観光開発の計画図が何種類か。それだけだ。奴の書類鞄が見当たらんので、大事なものはその中に入れて持ち出したんだろう」

「書類鞄は見つかっていないんだな」

「奴が持っていたとすりゃ、川の中だ。おっつけ見つかると思うが、他にちょっと気になることがあってな。裏口の鍵が、針金か何かで開けられたような形跡があるんだ」

そこまで言って、大塚は探るような顔つきになった。

「あんたの仕業か」

「ノーノー、僕じゃない。空き巣の技術は残念ながら持ち合わせてないんでね」

城之内は笑って手を振った。技術があればやりたかったのに、と言わんばかりだ。実際に侵入しようとしたことは、おくびにも出さない。

「いつ侵入したんだろうね」

「少なくとも、折本が逃げてからの話じゃない。大林巡査に家を見張らせてたからな。それより前だとすると、折本を怪しんだ村の者が、留守に調べに入ったのかもしれん」

「折本は、気づいてなかったのかな」

「何か盗まれでもしない限り、素人にはわからんだろう」

城之内は釈然としない様子で、首を傾げた。大塚は肩を竦めた。

「それより、大乃木だ。須和は今日、名古屋泊まりだ。今晩電話して、折本の会社に大乃木が来たときの話を聞くようにさせる」

「そうか。大塚さん、あんたはどうする」

「明日、一旦東京へ戻る。いつまでもこっちにいるわけにはいかんからな。折本のことは、飯田署の管轄だ。上野さんに任せるよ」

「わかった。僕はもう少しだけこっちにいる」

ジープは暗くなりかけた清田橋を渡った。正面に迫る山影が、沢口には妙に不穏なものに見えた。

次の朝、沢口と城之内は、真優を伴って清田橋まで下りた。清宮側の橋のたもとからは、若竹川に沿って崖の上に踏み分け道が続いている。三人は、足元に気をつけながらその道を辿った。この先のどこかで、飯田署の面々が折本が転落した場所を突き止めようと、捜索を行っているはずだ。

片田家の裏を過ぎて少し行ったところで、上野が道に立って川原を見下ろしていた。下を見ると、制服警官を含む十人くらいが、狭い岩場を動き回っている。

「上野さん」

城之内が声をかけると、上野が厳めしい顔をこちらに向けた。

「ああ、あんた方か」

「ここですか、折本が落ちたのは」

「そうらしい。そこを見てみなさい」

上野が顎で示す方を見た。崖上の道から、頼りなげな細い道が分かれ、崖の岩肌を川原へと向かっていた。だが、分岐から十メートルほど行ったところで道は崩れ、二メートル余りが途切《とぎ》れてしまっている。分岐の傍らには、「危険　通ルナ」と書かれたベニヤ板の札が立っていた。

「この道を下りようとして、足元が崩れたというわけですか」

沢口が確かめると、上野が重々しく頷いた。

「ここは道の下の岩に亀裂が入っていてな。この春の雪解けのとき調べたら、亀裂が広がって今にも崩れそうになってたらしい。人の体重がかかったら間違いなく崩れるからと、この通り通行止めの札を立てていたんだが、折本は気づかなかったようだ。夜だからな」

「夜にこんなところを下りようとしたんですか」

沢口は下を覗き込んで、ぞっとした。道は人一人分の幅しかなく、当然柵もない。暗い中、足を踏み外さずに下りていける自信はなかった。

「下の岩場で、壊れた懐中電灯が見つかった。折本が持っていたんだろう。それから、折本が頭をぶつけたらしい岩もあった。はっきり血痕《けっこん》が残っている」

「それなら、間違いないようですね。突き落とされたような痕跡は」

「今のところ、見つかっていない。見る限り、これは事故だな」

真優が横に来て、崖の縁から川を見下ろした。

「こんなことをしてまで、隠れて大急ぎで逃げなくてはいけなかったんでしょうか」

「清田橋の喧嘩を仕組んだことがばれたからだよ。摑まって、なぜそんなことをしたのかと追及されたら、いろいろ不都合なことが出てくると恐れたんじゃないかな」

「でも、ここでの仕事はやりかけのままですわね」

「大金も絡んでいるし、放棄するとは思えん。一旦名古屋へ帰って、適当な言い訳を考えてから戻ってくるつもりだったんだろう」

そのとき、下の川原から上野を呼ぶ声が聞こえた。何だと思って一同が下を見ると、捜査員の一人が黒っぽい鞄らしいものを持ち上げてこちらに示している。上野が頷き、持ってくるよう手で合図した。

「どうやら、折本の書類鞄が見つかったようですね」

沢口が囁くと、城之内も期待の表情を浮かべた。

鞄が着くまで十分近くかかった。水浸しの鞄を受け取った鑑識係が、上野の足元に広げた敷物の上に恭しく安置し、手袋を嵌めた手で中を探った。

「中の書類は、水に浸《つ》かってかなり傷んでますね。インクで書かれたものは、すっかり滲んでしまっています」

予想されたことだが、判読できるのは半分くらいだろう。上野は顔を顰めた。

「それは名刺の束か。とにかく、折本のものというのは間違いないな。おっと、図面は読めそうだぞ」

上野は、慎重に引っ張り出された数枚の図面を、そうっと広げた。複写されたものらしい。沢口と城之内が覗き込む。どうやら、用地計画か何かのようだ。

「これは恵那線の周辺図らしいが……中津川線と書いてある図もあるな」

上野が図面をめくりながら言った。両方の線に関わる図面を持っていたということは、折本はかなり周到な準備をしていたようだ。

「よし、本署へ運んで詳しく調べるとしよう」

上野の指示を受け、鑑識係は鞄を敷物で包んで持ち去った。上野は、いつまでいるつもりだというように城之内を睨んだ。

城之内は上野の視線をやり過ごし、あたりをぐるっと見回すと、この場での用事は済んだとばかりに、帽子をつまんで上野に軽く一礼した。

「どうも、お邪魔しました」

上野の鷹揚な頷きに送られ、三人は現場を後にした。

「先生、もういいんですか」

ずいぶんあっさりした城之内の様子を見て、沢口が聞いた。

「うん、あそこは警察に任せておこう。こっちは、確かめておきたいことがある」

城之内は清田橋の方へ少し戻ると、道を外れて片田家の裏手に入っていった。建物を回って表に出、戸を叩こうとすると、ちょうど片田がバス通りの方から戻ってきた。肩からズックの鞄を提げている。どこへ行ってきたのだろう。

「やあ、グッモーニン、片田さん」

片田はこの出迎えに意外そうな顔をしたが、「ああ」とだけ声に出して戸を開けた。その背に向かって、城之内が言った。

「清宮神社へ、お参りでしたか」

片田は、振り向かずにまた「ああ」と漏らした。そう言えば、片田は毎朝、清宮神社に参拝を続けていると田内村長が言っていた。この男にも、信心を続けるような何かが、過去にあったのだろう。

片田に続いて土間に入ったが、追い返されることはなかった。片田は鞄を上がり框に置き、中から新聞紙に包まれた味噌と豆を出した。途中で買い物をしてきたようだ。

「折本は、そのすぐ先で川原に転落したらしい。川原に下りる道に入って、足元が崩れたんですよ」

城之内が話すと、片田は腰を下ろしてこちらを向いた。

「あの道は崩れるから駄目だ、というのは、この辺の者はみんな知っておった。折本は、知らんかったようだな」

他人事のように言ってから、少し間を置いて、ひと言つけ足した。

「納屋だ」

あまりに唐突だったので、沢口は意味がわからず、きょとんとした。が、城之内はわかっていたようだ。

「そこに隠れていたんですね」

片田が頷く。

「昨日の朝、納屋の戸が少しだけ開いてるのに気づいた。泥棒でもあるまいに、と思ったが、中を調べたら誰かが藁の上に座ったような跡があって、古い懐中電灯がなくなっていた」

そういうことか。折本は取り敢えずここで捜索を逃れ、夜になってから川原へ下りて逃げようとしたのだ。

「なるほど、やはりそうか」

城之内は予想通りの答えに満足したのか、敢えてつけ加えるように言った。

「ところで片田さん。あなたは先祖伝来の土地を鉄道に売るつもりはない、と言ってましたが」

「ああ」

「それについて考えたんですがね。線路の予定地は、あなたの土地の端っこ、今は耕作していない部分をかすめるだけで、母屋の中心をぶち抜いたりするわけじゃない。なのに、どうしてそこまでこだわるのかな」

その問いに、片田は意外なひと言を返した。

「この村に、鉄道は来んよ」

「鉄道は来ない？　どうして」

城之内が驚きを見せて聞き直すと、片田の口元に薄笑いのようなものが浮かんだ。

「見るべきものを見ていれば、わかる」

片田は、それだけ言って口を閉じた。三人はしばらく待ったが、片田はもう何も言おうとしなかった。

商店街の方に向かって道を歩きながら、沢口は折本についてずっと考えてきたことを、口にした。

「ねえ先生、原渕と折本は軍隊で一緒だったらしい、って大乃木さんが言ってましたよね」

「ああ、そうだな」

「ということは、ですよ。原渕が軍需物資を横領してこの村へ運び込んだとき、折本も加担してたんじゃないですかね」

「ほう。折本もあのトラックに乗っていたんじゃないか、と言うのかい」

城之内は、面白そうに沢口を見た。

「ええ。折本がどうしてこの村で観光開発なんかやる気になったのか、ずっと考えてたんです。原渕と折本は戦後も連絡を取っていて、恵那線の話が持ち上がったとき、原渕は物資の隠し場所を開発事業に事よせて整地し、証拠を隠滅してしまおうとしたんじゃないでしょうか」

「ふうん、なるほど。そのために昔の仲間の折本を動かした、というのか」

「まあ、沢口さん。なかなかの推理ですわ」

真優が感心したような日を向けたので、沢口はすっかり気をよくした。

「それなら、原渕が熱心に折本の後押しをして、大乃木さんたちに売り込んだのもわかります。それに、折本の手下が大乃木さんのトラックに岩を落としたんじゃないか、ってこともあります。もしかすると、大乃木さんが薄々折本たちの企みに気づき始めて、邪魔になったんでは」

「うん、悪くないが」

城之内は顎を撫《な》でながら言った。

「物資隠匿の痕跡《こんせき》を消すためだけにしては、いささか大がかり過ぎる。あのぐらいの大きさの隠し場所を潰すなら、畑の造成とか建物の新築程度でも済むからね。折本の計画には、もっと何か思惑があると思うよ」

「うーん、そうですか……」

言われてみれば、蚕室一つ分を消すのに、スキー場だのロープウェイだのを作る必要はないかもしれない。

「それに、大乃木さんがその企みに気づき始めていれば、村の人たちに出資を誘った手前、黙ってはいないだろう。少なくとも今なら、我々に話すはずだ」

「それも……そうですね」

「しかし原渕と折本の関係が、今度の事件に大きく関わっているというのは、充分ありそうだ。二人の所属部隊を調べてみる必要があるな」

城之内の言葉に、消沈しかけた沢口の気分は、また上向いた。

商店街を歩いていくと、南信館の前にタクシーが二台止まって客を待っていた。誰か泊まり客が出立するようだ。少し足を速めて行ってみると、玄関から出てきたのは梶山たち国鉄の一団だった。

「おや梶山さん、お帰りですか。仕事はもう終わったんですか」

沢口が声をかけると、梶山はこちらを向いて「やあ、これはどうも」と笑みを見せた。

「一段落しましたので、名古屋へ戻ります。いろいろお世話になりました」

国鉄の技師たちは、揃って頭を下げた。

「必要な調査は全部終わったんですか」

「ええ、一応は」

「片田さんのところは、どうなりました」

「あそこは、結局立ち入れないままです。まあ仕方ありません」

片田の土地は恵那線の要だと思っていたのだが、不完全なままでいいのだろうか。

「それじゃあ、建設に向けた本格的な調査のときに改めて、ということですね」

「そうですね……そういうことに」

「調査した結果はいかがです。建設には問題なさそうですか」

「正式な報告はまだですので……大きな問題はないと思いますが、この先、手続きはいろいろとありますから」

「地元説明会などは、いつごろになりそうですか」

「さあ、それは上の方が決めることですので」

そこで梶山たちは、ではこれで失礼しますと言って、タクシーに乗り込んだ。南信館の田村夫妻が、玄関から出て丁重に見送った。

「何だか梶山さんたち、歯切れが悪かったですね」

タクシーが走り去り、田村夫妻に挨拶して歩き出してから、沢口が言った。

「やっぱり正式な報告を出すまでは、部外者にはっきりしたことは言えないんですかね」

「そうだな。新線建設は利害関係者が多いし、気を遣うんだろう」

「さっき片田さんが鉄道は来ないって言った、あれはどういう意味だったんでしょうか」

沢口が聞いた。梶山たちの様子から、どうもあの言葉が気になってくる。真優も首を傾げていた。

「わからん。しかし、あの片田という親爺、もしかすると村の誰よりも冷静に物事を見ているのかもしれんな」

そう言われると、わからなくもない。偏屈というのは、誰の意見にも流されないということだから。

「よし、明日、東京へ帰ろう」

急に城之内が言い出したので、沢口は目を丸くした。

「ここでの調べは、もう終わりですか」

「これ以上、珈琲とステーキなしじゃ、やってられん」

「ちょっと待ってください。そんな勝手なことを……」

慌てる沢口に、城之内は舌を鳴らして人差し指を振った。

「チッチッ、わかってないな。ここからは東京で調べることが、重要になるのさ」

「うーん……そうですか。それで、ここでの成果は」

「いろいろあるじゃないか。村の事情はだいたいわかったし、人の関係も……」

「それは僕もわかってます。そうじゃなく、本業の方ですよ、本業。先生、こっちに来てから、原稿は何枚進みましたか」

城之内は驚いた顔で沢口を見つめ、大袈裟に嘆息した。

「まったく無粋だねえ、君は」

後ろで真優の笑い声が聞こえた。

# 第九章

「そうかそうか。いやあ、本当に面倒をかけたねえ」

目黒の奥平家の応接室で、奥平憲明は満面に笑みをたたえて、城之内と沢口に労《ねぎら》いの言葉をかけた。

「真優の世話まで、申し訳なかった」

「お父様ったら。私、これでも結構お役に立ちましてよ」

真優が怒ったような顔をしてみせたので、沢口たちは愛想で笑った。真優が四人の愚連隊を半殺しにしたことは、もちろん話していない。

「昨日、田内村長からお礼の電話をもらったよ。大層《たいそう》恐縮していた」

「いや、まだ事件が解決したわけじゃありません。こっちで調べなきゃいけないことは、たくさんあります」

城之内は憲明の方に身を乗り出した。

「そこで、奥平さんにお願いしたいことが」

「何、私にできることがあるのか」

憲明は、大いに興味を引かれたようだ。目が輝いた。

「奥平さんは、あちこちに顔が利きますからね。それを生かして、尋ねていただきたいことがあるんです」

憲明は、旧華族としてこの国の上層に、様々なコネクションを持っている。それが現在でも生きているのは、ひとえに憲明の人好きのする、言い換えればお人好しの性格の賜物だった。そのおかげで、幾つかの会社の非常勤役員に名を連ね、わずかずつだが報酬ももらっている。それは現在の奥平家にとっては、貴重な収入だった。

「さて、どんなことかな」

「まず一つは、原渕と折本の所属部隊です。そこで終戦時に、何が起きたのか」

「うむ、物資の大規模な横領が行われたかどうか、だね」

「清田村では、二人の部隊について知っている者はいません。そもそも、同じ部隊だったかどうかも確証はないんです」

「わかった。陸軍主計少将だった人物を知っている。聞いてみよう。何か手掛かりは」

「トラックで物資を運び込んだわけですから、遠くからじゃない。長野県近傍の部隊でしょう。残念ながら、その程度しか」

「そうか。まあいい、調べられるだけ調べよう。まず一つと言ったが、他にもあるのかい」

「ええ。恵那線のことなんです」

城之内は、梶山たちが引き上げるときの様子と、片田の見方を話した。

「ふうむ。恵那線の先行きに暗雲の気配、というわけか」

憲明は芝居がかった言い方をして、顎を撫でた。

「鉄道審議会では、ちゃんと調査の対象になったというのに、それだけでは駄目なんだな」

「ええ。今後の審議会で、建設予定線に格上げしてもらわないといけません」

「私も、国鉄や審議会の委員に知人はおらんよ。いたら、田内村長たちが直接働きかけてくれと頼んで来ただろうがねえ」

「どうもこの、新線建設というものには政治的な匂いが濃く漂っています。そちらの方面から、感触を探っていただけませんか」

「ははあ、政治家連中の肚《はら》を探りに行くのか」

憲明は城之内の言う趣旨を了解したらしく、ニヤリとした。

「まあ、まさしくお父様の出番じゃありませんの」

真優が心得たように後を押す。

「そいつは面白そうだねえ。うん、そういうことなら心当たりがないでもない。どの辺をつつくか、考えてみようじゃないか」

「よろしくお願いします」

マイペースの城之内も、憲明にはそれなりに気を遣っている。憲明が期待通りに受けてくれたので、二人は礼を言い、城之内の家に引き上げた。

「奥平さん、ずいぶん乗り気でしたね。ありがたいことに」

城之内の仕事部屋に落ち着いてから、沢口が言った。城之内が、満足の笑みを見せる。

「そうだろう。奥平さんは、頼みごとをされると嫌と言わないんだ。人から頼られるのが嬉しいんだよ」

「そういう性分なんですね」

「ああ。華族の称号がなくなってからは、表に出ていく機会が減ったからねえ。何かしたくてしょうがないんだ。もっとも、その性分のせいで損することもままあるが」

時々注意してやらないと、他人につけ込まれる、と城之内は普段から言っていた。

「当面は、奥平さんに任せて結果待ちだな」

「そうですか、よかった」

沢口は喜んで、城之内の机の上に原稿用紙の束を置いた。

「待つ間は、本業に専念していただけるわけですね」

城之内の顔が、いっぺんに顰め面に変わった。


夕飯が済んでしばらくしたころ、真優がやってきた。

「こんばんは。そろそろご用じゃないかと思いまして」

沢口と城之内は、顔を見合わせて笑った。

「まったく、測ったようにいいタイミングで来てくれるねえ」

城之内は、机の片側に積まれた原稿用紙を取り上げ、真優に手渡した。

「あと二枚くらいで終わりだ。チェック始めてくれるかい」

「はい、わかりました」

真優はにっこりして書き上がった原稿を受け取り、ペン皿から赤鉛筆を取ると、テーブルについて頭から読み始めた。締め切りに間に合う限り、こうして城之内の原稿の誤字脱字や記述の誤り、重複などを拾い上げるのが、真優の役目だった。

「清田村にいたときはどうなるかと思いましたが。さすが先生、何とかなるもんですねえ」

「いいから黙って待っててくれたまえ」

城之内は振り向きもせず、ペンを走らせている。ラストにさしかかって、力が入っているようだ。沢口は、これで今回も編集長に尻《しり》を蹴飛《けと》ばされずに済んだと安堵した。

表のドアが叩かれ、邪魔するよとの声と共に階段を上ってくる足音が響いたのは、城之内が最終ページを書き終えてキャメルに火を点け、真優の原稿確認が二十枚ほど進んだときだった。

「おや、三人揃って仕事中か」

ソフト帽を脱いで、部屋を見回した大塚警部が言った。

「何だい、あんたまでぴったり測ったように現れるんだな。今、一本書き終えたところだ」

「和樹先生、チェックが終わるまで書き終えたことにはなりませんわ」

原稿をめくりながら真優が言った。

「誤字が四ヵ所あります。表現の重複が一ヵ所。あと、刑事の背広の色が、前回と違っています」

城之内は苦笑した。大塚が揶揄する目で城之内を見る。

「なかなか厳しいじゃないか」

「うちとしては、助かっています」

沢口が言うと、城之内は苛立ったふりをして手を振った。

「で、どうしたんだい。そっちこそ、捜査の仕事中だろ」

「ああ。美味《うま》い珈琲でも飲ませてもらおうと思ってな」

それを聞いた真優が、原稿を置いて「すぐご用意しますわ」と立ち上がった。

「二つばかり、話がある」

真優が階下に下りてから、大塚が真面目な声で言った。沢口と城之内も、真顔になった。

「まず一つ、例の食堂で見つかった名刺の指紋だが、やはり大乃木のものと一致した」

城之内が頷いた。それは予想されたことだ。

「しかし、公衆電話から回収した新品の十円玉の指紋には、一致するものはなかった」

「そうか。それじゃ、大乃木が原渕に電話したとは言えないな」

「それだけじゃない。十円玉から出たのは、食堂のおかみさんと、警察に登録されたことのない指紋だけだ。念のため折本や手下ども、竹井と羽佐間の指紋まで照合したが、一致しなかった」

「関係者の指紋が出ないのか」

城之内は困惑の表情になった。自分が言い出しただけに、期待していたのだろう。

「ああ。それで捜査本部も、決め手にならないと考えたんだが、別の証拠が出た」

「え？　何だそれは」

「名刺の指紋の件について、飯田署の上野さんに大乃木への事情聴取を頼んだんだが、上野さんは任意同行を求めて、その間に自宅と製糸場を捜索した」

「ちょっとやり過ぎじゃないか。令状なしなんだろ」

「形の上では、同意を得たことになってるがな。ところが、製糸場の戸棚の奥から、原渕の鞄が出てきたんだ。中には、五十万円が手つかずで入っていた」

「ふむ、本当に出てきたのか」

城之内は眉間に皺を寄せた。沢口は、俄《にわ》かには信じられなかった。

「大乃木さんが五十万円を奪ったというんですか。でも、そのうちいくらかは大乃木さん自身が出した金でしょう」

「その通りだ。だが、上野さんは最初から取り戻すつもりで金を出したんだろう、と言ってる。明日にも逮捕に踏み切りそうだ。この前、あんたが見抜いた通り、製糸場の経営はよくなかったようでな」

大塚が肩を竦める。

「採算ぎりぎりで辛うじて維持してるらしい。廃業して新しく何か始めるなら、五十万円には魅力がある。折本に出資した二十万円は、結構無理したってことだ。それだけ恵那線絡みの開発に、期待するところが大きかったんだな」

なのに折本が死んで事業が頓挫《とんざ》したのでは、大乃木も立つ瀬がないだろう。

「捜査本部は、どう見てる」

城之内は、難しい顔を崩さずに聞いた。

「はっきり言って、半信半疑だ。飯田署の勇み足、とする意見も多い。向こうは、警視庁の先手を取ったと自慢したいんだろう。どうも田舎の警察は、物事を単純にしか見ようとしない。かと言って、頭からお前は間違ってるとも言えんし」

大塚は、苛立ちをここへ吐き出しに来たようだ。そこへ、「お待たせしました」と真優が湯気の立つ珈琲を運んできた。馥郁《ふくいく》たる香りが、部屋を包んでいく。

「あら、皆さん難しい顔をされて、どうしたんですか」

大塚はカップを受け取って一息つき、代わって城之内が大乃木の件を話した。これには真優も驚きを隠せなかった。

「でも大乃木さんは、名古屋にいらしてたんでしょう。アリバイと言うんでしたっけ。そのことは、どうなりますの」

それは沢口も一番聞きたかったことだ。大塚は珈琲を一口啜り、味に満足してから答えた。

「大乃木が折本の会社に行っていたのは本当だ。社員の証言が取れた。だが、昼に会社を出てからは折本と二人だった。折本が死んじまった以上、それから翌朝までのアリバイは、ないに等しい」

「昼に名古屋にいて、夜の八時に東京に来て犯行に及び、翌朝に名古屋に戻れるんですか」

沢口が首を傾げると、城之内が肩をつついた。

「時刻表を見てみようじゃないか」

真優が立って、本棚から時刻表を取ってきた。城之内は東海道《とうかいどう》線のページを開いた。

「ええっと、昼過ぎに折本の家を出たなら、二時か三時ごろの列車か」

城之内の指が数字の上を辿り、一点をとん、と叩いた。大塚が覗き込む。

「見ろよ。午後三時五分の特急はとに乗れば、八時ちょうどに東京に着く。まっすぐ四谷に行って、八時半に電話することは充分可能だ」

「ふむ。帰りは」

「犯行後に、夜十時十五分発の急行出雲《いずも》、十時半発の急行大和《やまと》、十一時発の急行伊勢《いせ》、このどれかに乗れば、名古屋に午前六時までに着ける」

「そうか……東海道の夜行の急行はいつも混んでるから、大乃木が乗っていたかどうか確かめるのは難しそうだな」

「特急はとの方なら昼間だし、車掌以外にはとガールも乗っているから、確認できるんじゃないか」

はとガールとは、特急つばめのつばめガールと同様、特急列車の車内で乗客のサービスに当たる女性乗務員のことだ。特急に乗ったことのない沢口にとっては、高嶺《たかね》の花である。

「なるほど。よし、早速当たろう」

大塚が、勢いよく頷く。

「さて、とにかく今わかっているのはここまでだ。どうだ、他に何かいい知恵は浮かばんか」

「そんな急に言われてもなあ。素人《しろうと》に頼るなよ」

大塚は、ふん、と鼻で笑った。

「これまで何度も捜査に手を貸したろうが。今さら何だ。何か思いついたら、連絡くれや」

そこで大塚は腰を上げ、珈琲をご馳走様と言って帰っていった。

「やれやれ、言いたいことだけ言っていきやがったな」

城之内が肩を竦めると、真優がふふっと笑った。

「大塚さん、だいぶ和樹先生を当てにしてるんですね」

城之内は渋面を作ったが、満更でもないようだ。

「折本の事業が原渕殺しに絡んでるとばかり思ってたんだが、また元に戻ってしまったな」

沢口は、その言葉で思い出した。一つ思いついていたことがあったのだが、城之内の原稿が気になって忘れていたのだった。

「その折本の事業のことなんですが」

城之内が、何だという顔で沢口の方を向いた。

「一つ、確かめてみたいことがありまして」


その会社は、新橋《しんばし》の八階建てビルの四階と五階を占めていた。建って二、三年のビルらしく、まだ壁の塗装も汚れていない。

沢口の案内でエレベーターを降りた城之内は、連れ立って廊下の先にある受付に行った。

「沢口と申します。営業部の長井《ながい》さんにお会いする約束です」

受付の女性が内線電話で呼び出す間、城之内は壁に掛かっている社名を見ていた。東洋索道《とうようさくどう》株式会社。日本で数少ないロープウェイ製造会社の中の、最大手である。

通されたのは、事務所の入り口脇の、衝立《ついたて》で仕切った一角だった。商談の打ち合わせをする場所のようだが、ソファよりこの方が話がしやすいのでありがたい。

「どうも、お待たせしました」

現れた長井は、大きな体と顔に、いかにも営業らしい愛想のよさを張りつけていた。

「いやあ、作家の先生とお会いするのは初めてです。よくお越しくださいました」

名刺を交換しながら長井は、この場違いな連中は何をしに来たのだろうと、いかにも興味津々といった様子である。

「沢口さんは、田辺《たなべ》君の後輩とお聞きしていますが」

「ええ、そうなんです。本日はお時間をいただき、ありがとうございます」

沢口が如才なく言った。田辺というのは長井の大学の友人で、沢口の高校の先輩でもあった。沢口は先輩から、知り合いにロープウェイを作ってる人がいる、と何かの拍子に聞いたことがあったのを、思い出したのだ。

枕の雑談を少しばかりした後、城之内が本題に入った。

「実はおたくの仕事に関してちょっと聞きたいんですが、折本不動産という名古屋の会社に、聞き覚えはありませんか」

長井は突然出てきた折本の名前に、首を捻った。

「折本不動産ですか。聞いたことがありませんねえ。その会社が、何か」

「長野県の清田村というところで、恵那山にロープウェイを架ける計画を持っているそうでね。ロープウェイと言えば、まずこちらだろうと思いまして」

「ははあ、つまりその会社が、うちにロープウェイの計画を依頼してきたかどうか、お確かめになりたいと」

長井は、趣旨はわかったとばかりに頷いた。

「失礼ですがその会社、信用に問題があるのですか」

「ほう、そう思われますか」

「ええ。近ごろは、観光開発をやるからと大風呂敷を広げておいて金を集める、詐欺まがいの連中がいますからね。その折本という会社が本当に開発をしようとしているのか、調べておいでなわけでしょう」

「ワンダフル！　その通りです」

この長井は、かなり頭の回転が速いようだ。営業部員としても優秀なのだろう。

「御社でなければ、他社に持ちかけているということは、あるでしょうか」

沢口が聞くと、長井はすぐに否定した。

「同業者はありますが、非常に狭い業界です。どこかがロープウェイの計画を出せば、すぐに伝わります。折本不動産という会社は、一度も耳にしたことがありません」

「清田村のことも、ご存知ないのですね」

「少なくとも、清田村については聞いていません」

そこまではっきり言われては、疑いようがない。折本の事業は、やはり食わせ物だったのだ。

沢口は成果に満足し、礼を言って立ち上がりかけた。が、そこで城之内はもう一度、長井に尋ねた。

「ソーリー、今、少なくとも、とおっしゃいましたね。もしかして、清田村以外にあの周辺で、ロープウェイの計画があるんですか」

長井が、ぎくっとしたように目を左右に動かした。それから軽く溜息を吐き、仕方ないですねというように笑ってみせた。

「さすがは推理作家の先生ですね。実は、恵那山にロープウェイを架けるという計画そのものは、あるんです」

「折本以外の会社が、計画しているんですか。どの辺です」

「はい。清田村から山一つ越えた先、ずっと北側ですよ」

業務上の秘密なので、と長井はそれ以上のことは教えてくれなかった。まだ公表されていない計画なのだから、仕方あるまい。沢口と城之内は、丁重に礼を述べて長井の会社を出てから、近くの喫茶店に入った。

「沢口君、地図を持っているだろう」

長井との話に必要かもと思って、飯田市から阿智村、清田村一帯の地図は持ってきていたので、城之内に促されてそれをテーブルに広げた。

「清田村の北側、山向こうのずっと先というと、この辺かな」

城之内は地図上に指を当ててみるが、何もない場所である。見当がつけにくい。

「折本が言っていた計画の場所からは、十キロ以上離れているみたいですね」

「こんな辺鄙《へんぴ》な場所でどうするんだ。道路も通じてないぞ」

「僕に言われてもわかりませんって。でも、ここにロープウェイを計画している会社なら、捜せなくもないと思います」

「何だって?」

「うちの会社のビジネス雑誌に、不動産業や観光業に詳しい記者がいます。入社同期がその編集部にいるんで、調べてもらいますよ」

城之内が、驚いた顔で沢口を見ている。沢口は、ちょっと溜飲《りゅういん》を下げた。

翌日の、夕方である。部屋に現れた沢口に向かって、城之内はわざとらしく渋面を作ると両《りょう》掌《て》を天井に向けた。

「真優さんのチェックもパスして、無事に原稿を渡したばかりじゃないか。なのにホワーイ、今日もここにいるのかい」

「今回もギリギリだったんですよ。すぐに三話目に取り掛かっていただきませんと、また綱渡りになりそうですからねえ」

「オーノー、そんなことは次の締め切りが近づいてから心配したまえ。信用がないなあ」

城之内は大袈裟に頭を抱えた。原稿が心配なのは嘘ではないが、沢口が来ているのは、事件の成り行きの方が気にかかっているからだ。ここまでどっぷり浸かってしまっては、最後まで渦中に身を置いて、全部を見届けずにはおけない。

城之内が不承不承、原稿用紙に手を伸ばそうとしたとき、真優の声が聞こえた。

「和樹先生、済みません。父が、この前の件で来てほしいそうです」

城之内が、ほっとしたように原稿用紙から手を放した。どうやら進展があったようだ。沢口は、思惑が当たってニヤリとした。


本館の玄関を入ろうとして、廊下で冷ややかにこちらを見ている靖子夫人と目が合った。沢口は、メドゥーサに出会った旅人の如く、硬直した。靖子は、眉をひそめて沢口たちを一瞥し、ひと言も言わずにさっと身を翻した。夫と娘が怪しげなことをやっているようだが、自分は関わりたくない。背中がそう言っているかの如くだった。

沢口は金縛りから解き放たれたようにどっと息を吐き、城之内に背中を叩かれて、真優の案内で何とか居間に通った。

「やあ、お揃いだね。まあ座って」

憲明は上機嫌に笑い、ソファを手で示した。テーブルのガラスの天板の上には、スコッチのボトルとグラスが置かれている。憲明は、既に軽く飲んでいるようだ。その様子を見ると、充分な成果が上がったに違いない。沢口は期待に胸躍らせ、ソファに座った。

食堂と台所に通じる扉が開いて、通いの女中が紅茶を盆に載せて現れた。紅茶がテーブルに置かれて女中が出ていくまで、沢口はじりじりして待った。憲明は紅茶にスコッチを数滴垂らし、皆にも勧めた。沢口は謝絶したが城之内はありがたくいただき、驚いたことに真優もカップを差し出した。

「さて、この前頼まれた件だが」

憲明はスコッチ入りの紅茶を一口啜り、いささか勿体ぶるように始めた。

「まず原渕と、折本という男の所属部隊だ。終戦前の長野県は、長野師管区の管轄区域だった。師管区というのはあまり聞かないと思うが、その地域の軍事行政と防衛を担当する組織で、それ以前の師団みたいな役割だ。国内の各地域に置かれていた師団は、あのころはみんな外地の前線へ出払っていたからねえ」

終戦前、軍の組織が、本土決戦に備えてだいぶ改編されたことは、沢口もどこかで聞いたような気がする。原渕と折本は、その長野師管区にいたのか。

「だから長野師管区の主計部門を調べたらすぐわかる、と思ったんだが、ちょっと違った。そこには彼らの名前はなかった」

「長野にはいなかったんですか」

だとすると、原渕のトラックはどこから来たのだろう。そんな遠くのはずはないが。

「なあ和樹君。原渕たちが持ち出したのは、電線その他、かなり上質の建築資材が主だったんだろう」

「ええ。だからこそ、連中は戦後の混乱期から朝鮮動乱ごろまで、大儲けできたはずです」

「陸軍といえど、そんな資材をどこにでもふんだんに持っていたわけじゃない。優先的に割り当てられていたところがあったんだ。長野近辺でそういう場所と言えば、想像がつくだろう」

「あ……」

沢口と城之内は、同時に目を瞬いた。

「松代《まつしろ》大本営ですか」

「それだよ」

憲明はカップを掲げ、大きく頷いた。松代大本営は、攻撃目標となりやすい東京都心部から皇居や軍中枢部を疎開させるため、長野県松代町に計画された巨大地下施設で、終戦時にはかなり工事も進んでいた。そのための資材であれば、上質のものが大量に集められていただろう。

「原渕と折本は、それを扱う特別の部隊にいたんですね」

「そうだ。長野師管区の上になる、東部軍管区の直轄部隊に、原渕剛造主計大尉と折本充蔵主計軍曹《ぐんそう》の名前があった」

おお、と沢口は感嘆の声を上げた。やはり原渕と折本は同じ穴の貉《むじな》だったのだ。それを二日で炙り出した憲明の人脈は、やはりすごい。

「松代大本営に用意されたものを盗み出したとあっちゃ、隠しておきたいでしょうな」

城之内が納得して、しきりに頷いている。

「何しろ、畏れ多くも陛下の御所のための資材を横領したようなものだからねえ」

憲明も同意して慨嘆した。

「トラックには何人か乗っていたようですから、二人以外にも仲間がいたんですね」

「おそらく、命令に従っただけの兵隊だろう。米軍に接収されないよう移送する、とでも言ったんじゃないか。口止め料をもらったかもしれん」

「それにしても、原渕と折本だけでこんなことを計画したんですかねえ。結構大それたことのように思えますが」

沢口は、得心できないところを口に出した。すると憲明が、含みのある笑みを見せた。

「もちろん原渕大尉が一番偉いわけじゃない。この部隊を仕切っていたのは、彼の上官だ。さて、誰だと思う」

憲明の表情を見て、城之内は眉を上げた。

「もしかして、知っている名前ですか」

「その通り。現衆議院議員の、村河義忠少佐だ」

沢口は、あっと声を上げそうになった。代わりに、真優が言った。

「村河さんって、原渕さんが挨拶に行くはずだった相手ですね。恵那線の建設のために、力を借りていたんでしたわね」

あの村河代議士がそんな縁だったとは。村河が物資横領の首謀者だったのだろうか。原渕は、その関わりを使って村河に恵那線の建設を進めさせるつもりだったのか。

「しかし……原渕たちが物資を清田村に運び込んだのは、終戦から何日も経たないころです。だいぶ前から横領の準備を整えていたとしか思えない。周りに気づかれることはなかったんでしょうか」

沢口が一人で考えを巡らせていると、城之内が疑問を呈した。憲明は、そこだ、というように人差し指を立てた。

「君の言う通りだ。どうも憲兵隊が動き出していたらしい」

「憲兵隊が、横領計画を嗅ぎつけていたんですか」

反軍思想弾圧で悪名高い陸軍憲兵隊だが、本来の仕事は軍内部の犯罪摘発だ。無論、このような物資の横領は立派な捜査対象である。

「うむ。主計少将の話なんで、詳しくはわからんが、東京の東部軍管区憲兵隊から下士官が一人派遣されていたらしい。原渕のところの主計伍長《ごちょう》に接触したようなんだが、終戦直後のどさくさで、二人とも行方がわからなくなったそうだ」

「行方不明とは、穏やかではありませんね」

「何しろ、八月十五日以降は軍紀も弛緩してしまって、米軍の押収を避けるため記録もだいぶ処分されたからね。不明確なことはいっぱいある」

それを聞いた沢口が、確かめるように聞いた。

「憲兵隊の捜査は八月十五日の後も続いていたんですか」

「ああ。終戦になったとは言っても、その日を境に軍の機能が全停止するわけじゃない。米軍が来て解体されるまでは、組織を維持しなきゃいかんからね」

「その憲兵と主計伍長は、横領の発覚を恐れた原渕たちに消されたんでしょうか」

城之内が、推理作家らしい問いかけをした。憲明が頷く。

「可能性はあるねえ。少し時間をくれれば、憲兵隊の方の話を聞いてみようか」

「えっ、憲兵にもお知り合いがいるんですか」

さすがに城之内も目をむいた。

「うん。憲兵司令官の下にいた大佐を、一人知っている。なかなかいい男だよ」

何とまあ、この元子爵閣下の人脈は、どこまで広がっているのだろう。驚き呆れる沢口たちの視線をよそに、憲明は好々爺然として微笑んでいる。城之内も沢口も、よろしくお願いしますと言う他なかった。

そこで真優が、咳払いした。

「お父様、もう一つ宿題がありましたでしょう」

「おお、そうだそうだ。恵那線のことだな」

憲明は頭を掻いたが、浮かんだ笑みは何やら楽しげだった。

「そちらの方も、なかなか面白いことになっているよ」

# 第十章

朝九時の始業時刻を過ぎて、三十分ばかり経ったときだった。城之内の原稿を編集長に渡し、自分の机に戻って、別の作家の進捗《しんちょく》具合を聞こうと電話に手を伸ばしかけた沢口は、脇に誰かが立った気配に、振り向いた。

「あれっ、小牧《こまき》さん」

もみ上げを伸ばした色黒の男が、沢口を見下ろしている。同期生を通じて、恵那山のロープウエイを計画している会社のことを調べてほしいと頼んだ、ビジネス雑誌の記者だった。

「呼んでくれたら、伺いましたのに」

慌てて立ち上がろうとする沢口を、肩に手を置いて制し、小牧はメモを一枚、机に置いた。

「こっちに来るついでがあったんでな。お前の捜してる会社は、どうやらこれだ」

沢口はメモを拾い上げた。そこに記されているのは、沢口も知っている会社だった。

「へえ、南武土地《なんぶとち》株式会社。大手の土地開発会社ですね」

「そこが、恵那山一帯の観光開発を目論んでるらしい」

「しかしあの辺は、名鉄《めいてつ》の縄張りでしょう」

「だから、内密に計画しているんだろう。対抗策を打たれると面倒だからな」

「政治家が動いてたりしますか」

「わからんが、たぶんな。で、何でこんなことを知りたがってる」

「それは……」

沢口は説明に困った。事件の話を一からするわけにもいかない。結局、ある作家からの頼みだと答えた。当たらずといえども遠からずだ。小牧は、それ以上聞かなかった。作家というものは総じて、平気で突拍子もないことをやりたがる変人だと理解しているらしい。

「まあいい。とにかく後で一杯奢《おご》れ。それだけの価値はあるだろ」

小牧はそう言って沢口の肩を叩くと、編集長に軽く手を挙げて出ていった。沢口はその後ろ姿が部屋の扉の外に消えると、すぐさま受話器を取り上げた。ダイヤルしたのは、進捗具合を聞こうとした作家ではなく、城之内の家の番号だった。


午後になって、時間を作った沢口は城之内のもとへ出向いた。取り敢えず電話で南武土地のことは知らせたが、これがどういう意味を持ってくるのか、もう少し城之内と話し合いたいと思ったのだ。

二階の仕事部屋に上がると、城之内は仕事机に向かったまま、キャメルをふかしていた。一応原稿用紙は広げてあるものの、文字は二行分しか書かれていない。

「先生、筆が止まってますね。黙考中というわけですか」

「うん？　黙考というより、ただ待っているんだが」

城之内は、机の脇にある電話機に顎をしゃくった。

「ははあ、誰かから電話がかかってくるんですか」

「いや、かけたのはこっちだ。長距離が繋がるのを待ってるのさ」

長距離って、どこですと沢口が聞こうとしたとき、ベルが鳴った。城之内が立ち上がり、手を伸ばして受話器を取った。交換手と二言三言交わした後、目的の相手が出た。

「ハロー、神山さん、城之内です。先日はどうも」

おや、と思った。武澤家の執事に、どんな用事があるのだろう。

「ああ、嘉一郎さんも変わりなく。ええ、真優さんも元気ですよ。はい、はい、いや、どうも。今日電話したのは、ちょっと尋ねたいことがあって。いや先日のことじゃなく、武澤家の持っている山なんですが……そう、ずっと裏の、北側の」

ああ、そうか。城之内が神山に聞こうとしているのは、折本が買おうとした山のことだ。

「嘉一郎さんがその山を時折見回っていると聞いたんですが、そういうときは神山さんも……ああ、やはり一緒に。先日の見回りの際、道に迷った登山者に会ったと嘉一郎さんが話していたように思うんですが……ふむ、ふむ、なるほど」

沢口は椅子を引いてきて、城之内の隣に腰を下ろした。今のところ、城之内がいったい何を聞こうとしているのか、全然わからない。

「武澤家の山は登山道に近いんですか。え？　だいぶ離れてる？　それじゃ、今まで登山者が迷い込んだことはなかったんですね。それで、どんな人たちでしたか。あー、はい……はい、そうですか。わかりました。サンキュー、ありがとう。またいずれ……」

城之内は電話を切ると、口元に笑みを浮かべて沢口の方を向いた。

「先生、今の神山さんとの話、何だったんです」

沢口が急かすと、城之内は焦《じ》らすようにまたキャメルに火を点けた。

「登山者がどうかしたんですか」

もう一度聞くと、城之内はゆっくり煙を吐いてから、憲明のように勿体をつけて答えた。

「折本が買うと言った裏山、どうも普通に登山者が迷い込むことはない場所らしい。今までもそんな例はなかったそうだ。神山さんは、去年からの登山ブームで登山者が増えたからだと思っているようだが」

「だから何なんです」

登山者のことが重要とはとても思えず、沢口は苛立ってきた。そんな沢口をまあまあと手で制し、城之内は地図を広げた。見ると、飯田市から阿智村、清田村周辺の地形図だった。

「よく見ろよ。ここが清田村の清宮、この辺が武澤家、そしてこのずっと北側が例の山だ。恵那線の予定線は、清宮のAルートがこう、田上のBルートがこうだ」

城之内は、鉛筆で線を書き込みながら、てきぱきと示していった。

「南武土地の計画しているロープウェイは、たぶんこのあたりだろう」

そこは、武澤家の山から西北西に数キロ進んだ場所だ。もちろん、周囲には何もない。ここにロープウェイを作ろうとしても、相当な距離の道路を造成しなくてはなるまい。

「一方、現在の登山道はこの辺だ。武澤家の山からは距離があって、登山者が迷い込むのはよほどの方向音痴でない限り、普通考えにくい。その登山者、四十代くらいのリーダーらしいのと、三十前後くらいの二人、合わせて三人の男だったそうだ。装備も揃っていたし、迷子になりそうなタイプには見えなかったとさ」

しっかりした壮年男子三名が大きく道を逸れた、というのは確かに、ありがちな話ではない。

「神山さんが言うには、三人は地図を確かめながら自信を持って歩いていた。だが、そのまま進めば土砂崩れで潰れたかつての隠し湯の方向に行ってしまうので、どこへ行くのかと声をかけた。すると相手は驚いて、恵那山に登るのはこっちでいいのかと聞いてきたので、正しい行き方を教えたということだ」

「どうもまだ、話がよくわかりませんが」

戸惑う沢口を面白がるように、城之内はニヤニヤしている。

「昨日の奥平さんの話を思い出せよ。ほら、こうして線を引けばわかるだろ」

城之内は地図上に、新しい線を鉛筆で引いた。その線は、阿智村で恵那線のルートから分かれ、やや北に振れてから西へと向かった。そして、武澤家の山のさらに北の方を通って山の中へ……。

「あ」

沢口はようやく理解して、声を漏らした。それは恵那線に対抗する中津川線のルートに違いなかった。昨日の憲明の話が、忽ち頭に甦《よみがえ》った。

「鉄道建設審議会の空気は、恵那線ではなく中津川線の方に流れているそうだ」

憲明は、いきなりそう言って城之内と沢口の顔を交互に見た。二人の顔には、明らかな驚きが現れていたようだ。

「田内さんたちがさんざん運動していたのに、駄目なんですか。清田村じゃ、今にも建設が始まりそうな盛り上がり方ですが」

「最初は互角だと思われていたようだが、この何ヵ月かで急速に中津川線に傾いてきたらしい。息子が審議会の事務局にいるという、元宮内省《くないしょう》の官吏《かんり》だった男を見つけてね。そこからの話だから、間違いあるまい」

憲明は自信をもって断じた。

「何だか、清田村の人たちがお気の毒ですわ」

真優が口惜しそうな顔で言った。

「皆さん、鉄道のおかげで暮らしが上向くのを期待して、駅を清宮にするか田上にするかで喧嘩までなさっているのに。恵那線ができることを、誰一人疑ってらっしゃらないんですよ。知らないところでそんなことが起きてるとわかったら、あの人たち、どんなにがっかりされるか」

「誰か政治家が動いたんですね」

城之内が決めつけるように言うと、憲明も否定しなかった。

「これは囁《ささや》かれている噂に過ぎんが、中津川の方に縁の深い有力者が、だいぶ運動したらしい。大物の影をちらつかせて、な」

「岐阜県あたりで大物というと……」

沢口が考え込む横で、城之内がひと言、言った。

「大桑伴内《おおくわばんない》氏、ですか」

沢口は呻いた。与党幹事長や副総裁を歴任し、首相と並ぶ力を持つ人物だ。

「大桑さんの地盤は中津川周辺だ。実際にどこまで関わっているかわからんが、大桑さんの名前をちらつかされたら、村河代議士などは恵那線を公然と推《お》すわけにいくまい」

憲明の言い方は慎重だったが、村河が中津川線に寝返ったのは、間違いない話らしい。沢口は、げんなりした。鉄道は便利なものだが、それだけに昔から、政治利権の温床となってきた。真優が同情する清田村の人たちにしても、今回は負け戦になりそうだとは言え、やはり政治家を動かして線路を引っ張ろうとしたのである。結局、誰もが砂糖に群がるアリと変わらないのだ。

沢口は、国鉄の梶山技師たちが、ばたばたと引き上げていったときのことを思い出した。おそらく、恵那線の見込みが薄くなったので、仕事を切り上げるよう連絡を受けたのだろう。そう考えれば、何となく歯切れが悪かった様子も理解できた。


「さて、よく見てみたまえ」

城之内の言葉で、我に返った。沢口は地図に目を落とし、城之内が書き込んだ鉛筆の線や印を改めて見た。すぐに、一つの形が浮かび上がった。

「なるほど。中津川線からロープウェイ予定地まで道路を引くとすると、その南側一帯が武澤家の山になりますね」

中津川線の然るべき位置に駅を作り、武澤家の山とその周辺一帯を観光地として開発する。折本はそういう絵を描いていたのだろう。

「そこでポイントが、隠し湯だ」

城之内は鉛筆で地図上の一点を叩いた。

「かつてあった隠し湯は、土砂で埋まっただけで泉源が涸《か》れたわけじゃない。掘ればまた湯が出る可能性が高いわけだ」

「つまり、武澤家の山を買えば、温泉がついてくるわけですね」

武田信玄の隠し湯の幾つかが、現在では立派な温泉街になっていることを考えれば、この武澤家の山の周辺も大化けするかもしれない。

「そうか……神山さんと嘉一郎さんが出会った登山者というのは……」

「彼らはまっすぐ隠し湯の方向に向かっていた。温泉の調査に来た業者だろう。まさか山の持ち主に出会うとは思ってなかったから、咄嗟《とっさ》に登山者のふりをしたんだ」

「折本は二束三文で嘉一郎さんから山を買い、温泉の泉源を確認してから、南武土地に高値で売りつけるつもりだったんですね」

「或《あ》いは南武土地から山の買いつけを請け負い、手数料をたっぷりもらうことになっていたのかも。どちらにせよ、折本のような小さな不動産屋にとっちゃ、一世一代の仕事だな」

「折本の計画には、村河代議士も噛んでいたんでしょうか……あれ、ちょっと待ってくださいよ」

沢口は、大事なことに思い当たった。

「原渕は、この件にどう関わるんです。折本を清田村の人たちに紹介したのは、原渕ですよね。でも、折本が中津川線の方を前提として動いていたなら……」

「そうだ。恵那線が駄目になったら、原渕は立場がなくなる。地元の清田村を裏切ったら、県会議員選挙なんか覚束ない。少なくとも、折本を村に紹介したときには、奴が中津川線に与していることは知らなかったんじゃないか」

「それじゃ原渕は、物資横領の仲間だった折本に騙《だま》されていたんですか。それを知ったら、原渕は……」

沢口がそこまで言うと、城之内はしたり顔になった。

「ほうら、原渕殺しの動機が浮かび上がってきたじゃないか」


大塚警部が現れたのは、日が暮れてからだった。

「時間ができたら寄ってくれと、捜査本部に電話で伝言を残していたな。何の用だい」

部屋に入るなり開口一番、大塚が言った。城之内は、そう慌てるなと椅子を勧めた。

「大乃木さんの方は、どうなってる」

「飯田署で取り調べを続けているが、ずっと否認してる。新たな証拠も挙がっていない」

大塚の言い方は、さも当然というように聞こえた。

「特急列車でも、目撃者はいなかったんだな」

「車掌とはとガールに聞いてみたが、はっきりした証言は得られなかった。何百人って乗客の中の一人を覚えていなかったとしても、仕方ないだろうがな」

「原渕の金が入った鞄の方はどうだ。指紋は出たのか」

「出ない。誰の指紋もだ。綺麗《きれい》に拭き取られていた」

大塚は肩を竦めた。

「そもそも、金の入った鞄をそのまま自分の製糸場に隠しておくなんて、馬鹿げている。上野さんは、経験から言えば、犯罪者は馬鹿げた手抜かりを平気でするものだ、などとのたまっているが、あの人にこんなややこしい大事件の経験が、どれほどあるってのかねえ」

「捜査本部の大勢は、大乃木犯人説を否定か」

「否定まで行かんが、疑わしいと思ってる。否定するにしても、何か証拠が欲しいな」

「そうか。よし、それじゃ飯でも食いに行こう」

「何だァ？　飯を食うために俺を呼んだのか」

大塚がむっとした顔で嚙みついた。城之内が笑っていなす。

「そんなわけなかろう。行く店は、あの公衆電話のある食堂だよ。案内してくれ」


沢口、城之内、大塚の三人は、タクシーを拾って乗り込んだ。四谷までの道中、城之内は憲明から聞いたことを大塚に話して聞かせた。さすがに大塚は、目を見張った。

「あの旦那、たったの二、三日でそこまで調べ上げたのか。只者《ただもの》じゃねえな」

「まあ、人徳と言うべきかな。お人好しだが、それだけに侮れない御仁だ」

城之内は大塚に同意してから、ふいに言った。

「捜査本部は折本を疑っているのか」

大塚はぎくりとして、取り出しかけたラッキーストライクを箱に戻した。

「ほう、そう思うかね」

「単純な話だ。原渕が殺された日、大乃木と折本は二人きりになってる。アリバイを証言できるのは、互いに相手しかいないという状況だ。わざわざ大乃木を呼び出して二人だけになるなんて、誰が考えても不自然だ。あんたもそう思ったはずだぞ」

「その通り。言い換えれば、二人とも自分の証言一つで相手のアリバイを潰すことができる。大乃木の証言が正しけりゃ、折本が怪しい。理屈を言えば、その逆もあり得るがな。もっとも、折本の証言はもう得られんが」

大塚は、ニヤリとして城之内を見た。

「そっちはいつから疑ってた」

「大乃木から名古屋の件を聞いた後だ。その前に片田が、大乃木のトラックに岩が落ちてきたとき、折本の手下が現場近くをうろついていたと話していた。普通に考えれば、折本が大乃木を殺そうとする動機なんかないはずだ。だが、アリバイ証言が絡むと話は違ってくる」

「何だと？　大乃木の事故は折本の仕業だったのか。それは聞いてないぞ」

「今聞いたからいいだろう。要するに、折本は大乃木が反論できないよう口を塞いでから、大乃木のアリバイを否定する証言をして、原渕殺しの犯人に仕立てるつもりだった。そう考えれば、辻褄《つじつま》が合ってくるだろう」

大塚は、腕組みをして唸った。

「しかし、トラックを崖から落とすのには失敗した。なぜ改めて狙わな……」

そこで気づいて、大塚は言葉を切った。再度狙おうにも、実行犯の愚連隊は真優が片づけてしまったのだ。

「そうか！」

大塚は、膝を打った。

「あの清田橋の騒動。あれはどさくさ紛れに大乃木を川に突き落とすとかして殺すために、折本が仕組んだんだな」

「そういうことだ。手下が使えなくなったので、自分で何とかしようとしたのさ。かなり荒っぽいやり方だが、それだけ切羽詰《せっぱつ》まってたんだな」

だがその企みも、真優のおかげで成就しなかったのだ。

「そこまでわかっていたなら、もっと早く言えよ」

「折本が原渕を殺す動機がわからなかったんだ。折本は原渕の紹介で清田村に入って、出資金を集めていた。原渕が消えたら、折本の商売にはマイナスになる」

「うん。しかも折本と原渕は物資横領の仲間だった」

「そう、そこが鍵なのさ」

城之内はそこまで言って、助手席に座っている沢口の肩を叩いた。

「この先は、君が話してみたまえ」

「何です。テストか何かですか、それは」

沢口は顔を顰めてみせたが、捜査一課の警部に自分の推理を披露するのは、得がたい経験である。首を後ろに捻って、話し始めた。運転手は聞こえないふりで、まっすぐ前を見ている。

「折本の狙いは中津川線側の開発です。そのためには武澤家の持ち山を手に入れる必要がある。そこで折本は、昔の仲間の原渕に清田村の観光開発の話を持ちかけ、武澤嘉一郎さんを含む村の有力者に紹介してもらったわけです。本当の狙いは原渕には伏せていました。ばれたら、村での原渕の立場がなくなりますから」

「つけ加えれば、おそらく折本は村河代議士とつるんでるよ」

城之内が解説を挟み、沢口は頷きを返して続けた。

「ところが、何らかの事情で原渕がそれを知った。怒った原渕は、上京する機会に村河のところへ乗り込み、中津川線をやめて恵那線を優先しろ、終戦時の物資横領のことを世間にばらす、と脅迫しようとした。気づいた折本は青くなり、大乃木をアリバイ工作に巻き込んで上京、原渕を殺したんです」

「待て。横領のことをばらしたら、原渕も火の粉を被ることになるぞ」

「何もしなければ、原渕は破滅です。横領がばれて失うものは、村河の方がはるかに大きいでしょう。もし行方不明の憲兵と主計伍長を、村河の指示で始末したんだとしたら、村河はおしまいです」

「五十万円の鞄のことは」

「大乃木に罪を被せる偽装です。折本の借りていた家は、製糸場のすぐ近所です。その気になればいつでも隠しに行けたでしょう。あわよくば、物取りの犯行として片づけてもらえると考えたのかもしれません」

沢口は、どうだとばかりに大塚を見た。大塚は、もっともらしい顔をして頷いた。

「よし、上出来だ。その線でほぼ間違いはなかろう。だが、証拠がない状況に変わりはない」

「だから、それを今から捜すんじゃないか」

城之内はそう言って、大塚の腕を掌で叩いた。

食堂の椅子に座ると、注文を取りに来たおかみさんが、大塚の顔を見て心配げな表情を浮かべた。

「この前来た刑事さんですよねえ。また何か調べるんですか」

「ああ、あのときは商売の邪魔して悪かったね。いや、今日は晩飯がてら、ちょっと確かめたいことがあるだけだ」

三人は揃ってカツ丼を注文し、おかみさんはまだ不審顔のまま厨房《ちゅうぼう》の旦那に伝えに行った。刑事と言ったのが聞こえたのだろう、他の客がちらちら様子を窺っていたが、大塚が顔を向けるとさっと目を逸らした。

「この前来たとき、公衆電話の周りの指紋は調べたんだろうねえ」

城之内が、入り口近くの棚に置かれた公衆電話を目で示した。

「当たり前だ。だが、電話機も棚の表面も拭き掃除されてたんで、駄目だ。問題の電話がかけられて二日以上経ってからだものな。仕方ない」

「大乃木の名刺はどこに」

「あのゴミ箱の裏だ。ゴミ箱はいっぱいになるまで動かさないから、しばらく気づかなかったそうだ」

大塚が指したのは、電話の載った棚のすぐ横にある、木製の四角いゴミ箱だった。

「あの裏側ねえ。棚から滑り落ちたにしちゃ、ちょっと不自然じゃないか。普通、落ちたらゴミ箱の中に入りそうなものだ」

「先生の言う通りだが、絶対にというわけじゃない。裏側に落ちる可能性もある」

「そう言ったらきりがないが……」

そこへおかみさんが、カツ丼を三つ運んで来た。城之内はその機会を捉えて、おかみさんに尋ねた。

「事件の日に電話をかけた男だけど、おかみさんに両替してもらった十円玉を受け取って、そのまま電話機に入れたのかい」

「えっ、急にまた何を……」

突然の質問に当惑したおかみさんは、口をぱくぱくさせたが、どうにか思い出してくれた。

「えーっと、そうだねえ……ああ、そうか。一旦財布に入れてましたよ」

「じゃあ、その男が十円玉を電話機に入れるところは、見てないんだね」

「電話をかけるときは、こっちに背中を向けてたから、陰になって見えなかったですねえ」

「なるほどね。ありがとう」

おかみさんは怪訝な顔で引き上げ、城之内は丼《どんぶり》の蓋を取って、割り箸でカツをつまみ上げた。

沢口は、自分のカツを頬張りながら聞いた。

「先生、今のは何の意味があるんです」

「わからないかい？　折本は、両替してもらった新しい十円玉を財布に入れ、もとから財布にあった古い十円玉を出して、おかみさんに見られないよう電話機に入れたんだ。新品の十円玉なのを見て、指紋が特定されるのを警戒したんだよ」

「ああ、だから十円玉から折本の指紋が出なかったんですね。警察が回収した新しい十円玉は事件と関係なかったわけか。でも、財布に十円玉があったなら、何で両替なんかしたんです」

「少しでも自分を印象づけ、原渕の宿に電話をかけていた男の存在を記憶に残してもらうためさ。

名刺の小細工と併せて、大乃木が犯人だと思わせたわけだ。名刺は大乃木が酔いつぶれている間に、自分の指紋がつかないようにして抜き取ったんだ」

大塚が落ち着かなげに身じろぎした。それぐらい警察が見抜いていて然るべきだった、と思っているのだろう。

「あー、ちょっといいかな、もう一つ」

城之内が手を挙げ、おかみさんを呼んだ。

「その男が電話で話していたことは、全然聞かなかったんだっけ」

「聞いたとは思いますが、覚えてないって言ったんですよ。結構忙しかったから」

城之内が食い下がった。

「最初は、原渕さんをお願いします、だったのでは」

「さあ、わかんないです」

「これから会いたい、と言わなかったかな」

「だから、わかりませんって」

おかみさんは、しつこさに苛立ってきたようだ。城之内は、そうっと千円札を差し出した。おかみさんの目が丸くなった。

「じゃあ、金を持ってきてくれ、とは」

「そう言われても……」

そのとき入り口の戸が開いて、会社員風の中年の男が入ってきた。男は「こんばんは」と言って空いた席に座り、提げていた鞄を隣の椅子に置いた。「いらっしゃい」と言ったおかみさんの目が、その男から離れようとして中途で止まった。

「鞄……」

おかみさんの口から、呟きが漏れた。

「そうだ。金の鞄を持ってきてくれ、これからどこかに行こうとか、確かそんなようなことを。お金の鞄なんて、景気のいい話だなあなんて、そのときちらっとそう思ったんです」

「どうしてそれを今まで……」

大塚が驚いて言いかけるのを、おかみさんが遮った。

「だから忘れてたんですって。今、あのお客さんの鞄を見て思い出したんですよ」

「まあいいじゃないか、思い出してくれたんだから」

鞄に加えて、千円札もおかみさんの記憶を刺激するのに役立ったようだ。千円札は、いつの間にかおかみさんの割烹着のポケットに消えていた。

「折本は、原渕に金を持ってくるよう言った。おそらく、村河のところにその金を持っていこう、自分が取りなすから、と言ったんだ。これも奴の工作の一つの証明だ」

大塚と沢口は、なるほどと頷くしかなかった。おかみさんは、やっと用が済んだかと戻りかけた。それを城之内がまた引き止めた。

「問題の男は、電話中か電話を切った後に、名刺をゴミ箱の裏に落としたようだが、そのときの様子を見てなかったかな」

「それなら、前に刑事さんたちに話しましたよ」

「申し訳ないが、もう一度頼む」

「しょうがないなあ……あの人はね、電話を切ってから、出ていこうとしたお客さんと体がぶつかって、ちょっとよろめいたんですよ。そのときに名刺が落ちたんだろうって」

「どんな格好でよろめいたのかな」

「どんなって……背中同士がぶつかって、ちょっとよろけて、左手を電話の横について」

「その左手で、名刺を滑らせて落としたようだ。そいつが折本なら、わざとよろめいたふりをした、ということになるがな」


大塚がわかったような顔で言い、城之内は軽く頷いてからおかみさんに短く問いかけた。

「右手は」

「えっ」

おかみさんが言葉に詰まった。

「右手には何も持ってなかったのかい」

「え……ああ、持ってなかった……かな」

「沢口君、ちょっと電話のところへ行って、よろけてみてくれ。折本がやったように」

いきなり城之内に指示され、沢口はよくわからないまま、電話機の前に行った。

「ええと、こんな感じですかね」

沢口は足を少しだけよろめかせ、体を左に傾けて左手で電話機の横の棚の表面を払った。ここに名刺が置いてあったなら、これでゴミ箱の方へ落ちたはずだが……。

「沢口君、右手をどうしてる」

城之内の声が飛び、沢口は自分の右手を見た。右手は、左に傾いた体を支えようと、無意識に棚板を摑んでいた。親指は電話機の載った棚板の表面に、残る四本の指は裏面に……。

「あ」

思わず声が漏れた。城之内は、満足そうな笑みを浮かべた。

「また商売の邪魔をしておかみさんには悪いが、大塚さん、鑑識を呼んだ方がよさそうだね」


結果が出たのは、翌日の午後だった。原稿の打ち合わせと称して城之内の部屋に来ていた沢口の目の前で、大塚から電話がかかってきたのだ。

「やあ、どうだった。超特急で照合してもらったんだろ。ふん、ふん、そうか。これではっきりしたな。飯田署へは……上への説明？　まったくお役所仕事だな。さっさと大乃木さんの疑いを晴らしてやれよ。で、そっちは……ようし、わかった。こっちはこっちで、思いついたことを確かめてみる。はい、よろしく」

電話を切った城之内は、沢口に向かって親指を立てた。

「やっぱり、棚板の裏についていたのは折本の指紋だったんですか」

「イエス、君の指紋以外はね。綺麗好きのおかみさんも、棚板の裏側はさすがに拭いていなかった」

「これで原渕殺しの犯人は、折本ということで捜査本部も納得ですね」

「大塚さんの点数になりそうだな。その大塚さんだが、これから村河の周辺を洗うそうだ」

「村河がこの件にどれだけ関わっているか、確かめるんですね」

「ああ。原渕か折本と連絡を取り合っていないか、調べるつもりだ。もしかすると、村河が原渕を始末するよう、折本に指図したのかもしれん。代議士が殺人に絡んだとなれば大ごとだ。逮捕に至れば、大塚さんは警視に昇任かもな」

後段は半分冗談だろうが、事件の大詰めが近づいたことで、沢口も高揚してきた。

「ところで、今言っていた、思いついたことって何です」

「ああ、それでちょっと出かけるよ。君も来るか」

「夕方までに会社へ帰らなくてはいけませんが、あまり遠くなければ、ぜひ」

「遠くないどころか、通り道だよ。東京駅さ」

「東京駅なんかに、何しに行くんです」

「来ればわかるよ」

城之内はさっと立つと、淡いグレーの上着を引っ掛け、ソフト帽を頭に載せた。同じアメリカ風のスタイルでも、身のこなしはやはり大塚警部よりずっと洗練されていた。

# 第十一章

渋谷区南平台《なんぺいだい》のその一角は、渋谷駅からそう遠くない場所でありながら、喧騒から離れた落ち着きを保っていた。タクシーから降りた城之内と沢口と大塚は、石積みの塀を巡らせた一軒の屋敷の門前に立った。表札には「村河」とある。元帝国陸軍主計少佐にして現職の衆議院議員、村河義忠の邸宅だった。

「先生、本当に入るんですか。考え直しませんか。代議士相手に揉め事を起こされては」

沢口は城之内の袖を引いた。城之内はそれを振り払うようにして、ニヤリと笑った。

「講栄館としちゃ、そんな面倒事は困る、というわけか。なに、心配には及ばんよ」

「しかし、何も先生自身が……」

沢口はなおも言いかけたが、城之内も大塚も聞く気はないようだった。

「それじゃ、行くか」

大塚が誰にともなく呟き、門柱の呼《よ》び鈴《りん》を押した。奥の方でくぐもったベルの音が聞こえ、まもなく割烹着姿の女中が姿を現した。

「警視庁の大塚と申します。こちらは作家の城之内先生と、出版社講栄館の沢口君です。先生のお約束は、いただいています」

手帳を示して大塚が名乗ると、女中はお待ちしておりましたと丁重に頭を下げ、門扉を開けて三人を招じ入れた。沢口も仕方なく、腹を括った。

ここの敷地は奥平家に比べれば数分の一の広さだが、邸内の木々は大きく伸び、妙な威圧感を与えている。建物は戦後の建築らしく、モルタル仕上げの洋風二階建てだった。三人は、玄関を入ってすぐ横の応接に通された。七、八人は入れる大きな部屋で、普段は選挙区の陳情者らの応対に使われているのだろう。お茶が出されたが、誰も手はつけなかった。

「やあどうも、お待たせしました」

三分ばかり待つと、寛いだ和服姿の村河が悠然と入ってきた。国会便覧によると今年四十九歳の働き盛りで、白髪交じりの頭髪は綺麗に七三に整えられ、端整な顔つきはいかにも有能に見える。ただ、金縁眼鏡の奥の目が狡猾《こうかつ》そうな光を帯びているのが、沢口には気になった。

「さて今日は、どういうご用でしょうかな。公式の事情聴取というわけではないのでしょう」

名刺を交換してから、村河はこちらの顔を順に見渡して言った。最初にちょっとした牽制球《けんせいきゅう》を投げた、というところか。大塚が頷いて答えた。

「ええ、部外者同席ですから無論、非公式です。少しばかりお話を伺えれば、と」

「城之内先生のお名前は存じています。生憎《あいにく》、まだ拝読はしておりませんが」

城之内に向けた言葉には、推理作家などが何の用なんだ、と訝しむ響きがあった。城之内は、それはどうも、と軽く応じ、間を置かずに本題に入った。

「村河先生の地元では、国鉄の新線の誘致で喧《かまびす》しいと聞き及びます。飯田から恵那へ向かう恵那線と、中津川へ向かう中津川線の綱引きが激しいとか」

「ええ、おっしゃる通りです。やはり国鉄の路線というのは、地域発展のためには欠かせませんからな。地元の誘致にも、当然熱が入ります」

「しかし先生としても、どちらかをセレクトしなければなりませんね」

「うむ。難しいところだが、国鉄も予算が潤沢にあるわけではない。両方いっぺんに作れたら言うことはないが、そうもいきませんのでねえ」

「で、先生は中津川線を推していらっしゃる」

単刀直入に城之内が言ったので、村河は一瞬顔を顰めた。が、すぐに思い直したか、溜息交じりに頷いた。

「よくご存知ですな。これはまだ恵那線側の地元には言っていないので、内聞に願いたい」

「恵那線側の清田村などからは、恨まれるでしょう」

「残念だが、どちらかを取らねばならん以上、やむを得ん。政治の世界では、よくあることです」

村河は自分の口から、中津川線側についたことをはっきり認めた。そのことが公表される日も、遠くないのだろう。

「中津川線を選んだ理由を、お聞かせ願えますか」

「いろいろあります。恵那より中津川の方が、町の発展性が大きいと思われること、中津川線の方が線形がよく、勾配が緩いので輸送力を大きくできること、などですね。総合的に見て、中津川線の方が有用と考えました」

「その理由の中には、大桑先生の地元であるということも、入っていますか」

村河はまた顔を顰めたが、苦笑で誤魔化した。

「まあそれは、正直、否定はできませんな」

沢口たちは、政界通の記者から、村河が大桑派に鞍替《くらが》えしようとしていることを聞いていた。大桑は次期総理の一番手に目されており、岸《きし》総理から禅譲を受ける密約があるとの専らの噂である。村河は中津川線の建設決定を手土産に大桑派に加わり、いずれは大臣の椅子を手に入れるつもりなのだろう。

「南武土地が中津川線沿いの土地を買い占めて、大規模な観光開発をやろうとしていることはご存知ですか」

村河の顔に、むっとした表情が浮かんだ。

「何が言いたいんです」

「南武土地の役員に、先生の義弟が就任されるようですね」

そのことは、先日発送された南武土地の株主総会招集通知に、役員候補者として記載されているのを確認してあった。村河はぎくっとしたようだが、すぐ不快そうに言った。

「どういうつもりか知らんが、そのことは私とは関わりない」

「そうですか。まあ、よろしいでしょう。ところで……」

城之内はあっさり矛を収めると、突然話を変えた。

「村河先生は、名古屋の折本不動産社長の折本充蔵氏をご存知ですね」

村河の眉が、ぴくりと動いた。

「さあ……その人がどうかしましたか」

「先生、お忘れですか。先月の二十一日、先生が帝国《ていこく》ホテルにおられたとき、折本氏から長距離電話を受けられていますよ。ホテルの方で確認しました」

大塚が脇から言った。これは捜査本部の調べの結果だ。

「ああ、そうでしたな。そうそう、折本氏は私の支持者の一人です」

「先生はこの日、数時間だけ帝国ホテルに部屋を取られた。そこで誰かと会った様子もない。折本氏からの電話を受けるためだけに部屋を取ったかのようです。これは折本氏の要請ですか。事務所で受けられない、つまり事務所の人間に聞かせたくない電話だったんですか」

「いや、そんなことはない。たまたま用事で帝国にいただけだ」

「ほう、どんなご用事で」

「言う必要があるんですか」

「いいえ」

大塚は肩を竦めた。

「ですが、電話があったのが原渕村会議員が殺された前日、となると気にはなります。原渕さんは、先生のところへ挨拶に来られるはずだったんですよね」

「原渕さんの事件については、大変残念に思っている。しかし、うちへ挨拶に来るはずだったからと言って、事件に関わりがあるような言い方をされるのは心外だ」

村河は憤然として言った。大塚は恐縮したような顔を作った。

「失礼しました。関わりがあると言ったつもりはないんですが」

「そうです。我々は、折本が原渕さんを殺したと考えています」

城之内がいきなり言った。村河の反応を見ようというのだろう。村河は、正直とも言える驚きを表した。

「折本が原渕を……間違いありませんか」

「折本は、清田村の大乃木という人物に罪を被せる工作もやっていたんです。大乃木さんを名古屋まで呼び出し、自分の家へ誘って、おそらく薬を混ぜた酒で酔いつぶれさせ、その間に大乃木さんを装って上京、原渕さんを殺して名古屋へ取って返したんです。東京では、大乃木さんの名刺を残すという小細工までしていました」

「それは証明できるんですか」

「ええ。東京で折本の指紋が見つかりました。折本は名古屋から特急はとに乗って上京し、犯行のあと夜行の急行で名古屋に戻り、寝ていた大乃木さんを起こして送り出したんです。ですが、ここでちょっとした疑問が出まして」

城之内は、一旦言葉を切って村河の顔を見た。村河は、唇を引き結んでいる。

「折本が原渕さん殺しを決意したのは、状況から見て犯行の二、三日前です。急ごしらえの計画ですね。大乃木さんを騙して使うのは難しくなかったが、一つ問題があった。この犯行は、特急はとを使わないと時間的に間に合わない。ところが、特急は全車両指定席です。しかもご承知の通り連日満席で、一日や二日前ではなかなか切符が取れない。切符を確保するには、有力なコネを使う必要がある。そこで折本は、あなたに連絡したんです」

「何だって」

村河が気色ばんだ。城之内は、構わず続ける。

「帝国ホテルへの電話で、折本はそのことを頼んだはずだ。あなたは事務所に電話し、秘書に特急はとの切符を確保するよう指示した。僕は去年書いた作品の取材で、東京駅の首席助役と親しくなりましてね。彼にちょっと調べてもらったんです」

村河の顔色が、変わり始めた。城之内の顔に薄笑いが浮かぶ。

「あなたの秘書は出札助役のところへ、村河先生の関係者が特急はとにどうしても乗らなくてはならない、ついては名古屋駅で切符を受け取れるよう手配してもらいたい、大乃木という人物が取りに行くからと、そう頼んだんです。あなたは鉄道建設審議会の関係で、国鉄には顔が利きますからね。出札助役は席を押さえ、名古屋駅に連絡して発券してもらった。すると、はとの発車十五分前に大乃木を名乗る人物が現れ、切符を受け取って改札を通ったそうです。これは全て、確認済みです」

村河は、ソファのひじ掛けを摑んだまま、何も言わずにこちらを睨んでいる。城之内に代わって大塚が、さらに話を進めた。

「村河先生、電話一本で折本にそこまでしてやるとは、以前から相当親しい関係にあったということでしょう。どういう関わりだったか、話してはもらえませんか」

村河は黙ったままだ。だが、その顔色は蒼白に近かった。大塚は仕方なさそうに首を振った。

「よろしい、こちらから話しましょう。あなたと折本、それに原渕さんは、終戦時に東部軍管区直轄のある施設部隊にいた。あなたが部隊長、原渕さんが主計将校、折本が主計下士官です。これは陸軍の関係者に確かめてあります。あなたの部隊は、松代大本営の建設に関わっていた。その重要資材の何割かは、あなたの統制下にあった。ここまではよろしいですか」

「そこまで調べているなら、私に確かめるまでもあるまい」

「結構です。あなたは、本土決戦派とは違い、冷静に先行きを見ていた。降伏、終戦は近いと悟り、その先のことを考えた。原渕と折本を抱き込み、松代大本営のために集積された物資を、自分たちの将来のために使うことにしたんです。倉庫を一つ別に設け、物資の一部をそこに収めた。一時保管とか何とか、理由をつけてね。そして終戦になると直ちに、その物資を運び出した。平たく言えば、横領ですな」

村河は、黙ってじっと大塚を睨みつけている。

「ただ、この動きは憲兵隊の注意を引いてしまった。東部軍管区憲兵隊から、内偵のため憲兵が派遣されてきました。その憲兵はあなたの部隊の下士官の一人に接触した後、その下士官と共に行方不明になった。我々の常識からすると、横領の発覚を恐れた何者かが二人を始末した、こういう推定になりますな。無論、証拠などありませんが」

「仮に君の言うことが正しかったとしても」

いきなり、村河が吠えるように言った。

「陸軍内部での話だ。今となっては、捜査の対象外だろう」

「おっしゃる通りです。これは警察の管轄外の話で、今さら捜査することもできません」

大塚は、わざとらしく嘆息してみせた。その先は、城之内が引き取った。

「村河さん、あなたが戦後、闇市の商売からのし上がったことは、少なくない人たちが知っています。それは別段、咎《とが》めだてすることではない。しかしあなたの資金《マネー》が、松代の軍需物資を大量に横領して作られたもので、その過程で口封じに二件の殺人が起きた可能性があるとなれば、只事では済まないでしょう」

「君は……」

村河が引きつった声で言おうとするのを、城之内が手で制した。

「まあお待ちを。原渕さんと折本は、ずっとあなたと連絡を取り合い、仕事上の便宜も図ってもらっていたのでしょう。ところが、ここへ恵那線と中津川線の話が出てきた。原渕さんは地元の話だから、当然恵那線を推進しようとして、あなたに協力を求めた。あなたも当初そのつもりだったが、さっき言ったような事情で中津川線に乗り換えなくてはならなくなった。原渕さんには、見返りを用意する予定だったんでしょうが、その前に原渕さんがあなたの心変わりを知ってしまった」

村河は口を挟もうとしたが、城之内はそれを許さなかった。

「しかも折本は、恵那線に絡む開発事業と称して、清田村で出資金を集めていた。愛知県警の調べによると、折本の会社は火の車で、銀行融資を引き上げられる寸前だったようです。折本は中津川線の方に与して大儲けを企んでいたが、それまでの運転資金をどうにかしなくてはならず、清田村で詐欺まがいの金集めをしていたんです。村に折本を紹介した原渕さんとしては、たまったものではない。何が何でも恵那線を建設させないと、自分はおしまいです。そこで村河さん、あなたに直談判しようとした。いや、直談判と言うより脅迫ですね」

「そんなもの、ただの推測じゃないか」

「ええ、推測です。しかし、ほぼ間違っていないと思いますよ」

城之内は、平然と答えた。

「折本は原渕さんの動きを知って、口を塞いだわけです」

「君たちは何が言いたいんだ。まさか、私が折本に指図して原渕を殺させた、とでも言うつもりか！」

村河は顔を真っ赤にし、声を荒らげた。大塚はそれを「まあまあ」と宥めた。

「あなたが殺人教唆《きょうさ》を行った、とは言っていません。そう考えていれば、証拠を固めたうえで逮捕状を持参いたします。こんな形では伺いません」

大塚の声は、いくらか凄味を帯びていた。それを感じたか、村河は黙った。

「しかし、何も知らなかったと言えるでしょうか。折本が長距離電話で、切符の手配だけを頼んだということはありますまい。それだけなら事務所で話せばいい。わざわざ帝国ホテルに部屋を取ったということは、原渕が脅迫を企んでいるという話ぐらいはしたはずだ。ことによると、原渕を殺す計画についても話したかもしれない。あなたがそれを止めようとしたとも思えない」

「なっ……何を勝手なことを。そんなものは推測どころか空想だ。名誉毀損じゃないか」

村河が、また声を荒らげた。

「確かに証拠はありません。だが、我々も真相を知らなくてはならない。だから、非公式《インフォーマル》の形で伺ったんです」

城之内が言うと、村河はさらに激昂した。

「何が真相だ。好きなことを並べおって。もうたくさんだ。帰りたまえ！」

「はい、帰ります。ですがその前に、ひと言だけ申し上げたいことが」

沢口が、ここで初めて口を開いた。村河は、怪訝な顔で沢口を見た。

「何だね、いったい」

「我々は、ここまでお話ししたことを摑むため、あちこちに問い合わせました。その過程で、うちの出版社の雑誌部門の記者にも動いてもらいました」

村河の顔が、強張った。

「軍需物資の横領の件、それに中津川線に絡む利権の件、いずれも記者連中は、非常に興味を示しています。これらについてもっと深く事実を探るのは、そう難しくないでしょう。うちが動けば、他社も動きます。記事になるのは、時間の問題です」

村河は、再び蒼白になった。中津川線の件は、大桑の政治力で記事を潰せるかもしれない。だが、軍需物資の件を止める術《すべ》はあるまい。

「君たちはどう思っているか知らんが」

村河はソファに沈み込んで、呟くように言った。

「政治家なんてのは、みんな似たようなものだ」

三人はそれには返事をせず、失礼しますと言って席を立った。村河は、立ち上がろうともしなかった。


「そうかね、とうとう解決したのかね」

奥平憲明は嬉しそうに言って、城之内と沢口のグラスにスコッチを注ぐと、自分のグラスを持ち上げて乾杯の仕草をした。

「犯人は折本という男だったわけか。しかし逮捕される前に死んでしまったとは、残念だ」

「警察は、被疑者死亡で送検するそうです。まあ、天罰だと思えば仕方ないですが」

沢口が言うと、憲明は「天網恢恢《てんもうかいかい》だね」と大きく頷いた。

「その村河代議士のところへ、私も伺ってひと言、言って差し上げたかったですわ」

ウィスキーを一滴垂らした紅茶のカップを持って、真優が残念そうに言った。

「いえいえ、真優さんが相手するような男じゃありませんよ」

沢口は急いで言った。真優が村河の態度に怒り狂って、脳天を叩き割ったりしたら目も当てられない。

「実は、憲兵のことなんだが」

グラスを置いて憲明が言った。

「この前話を聞いた元憲兵大佐から電話があってね。村河の部隊の捜査を担当した分隊長と連絡が取れたので、話を聞けるということなんだが、もう必要ないかな」

「分隊長というと、軍曹ぐらいですか。行方不明になった憲兵の同僚とか」

「いや、歩兵とかと違って、憲兵の分隊長は少佐だ。つまり、行方不明の憲兵の上官で、捜査の指揮を執っていた人だよ」

「へえ、そうなんですか」

沢口は、どうしましょうかと城之内の方を向いた。

「いや、それはありがたい。ぜひお願いします。今後の作品の参考になるかもしれない」

城之内の目が、輝いた。

「それに、まだちょっと気になっていることもあるので」

「気になっていること？」

憲明が興味深げに身を乗り出した。しかし城之内は、それ以上何も言わなかった。

# 第十二章

伊那谷は、田植えの季節の盛りを迎えていた。タクシーの車窓から見える棚田は、もう半分ほども青々とした稲に覆われている。屈みこんで田植えを続ける人々の菅笠《すげがさ》や麦藁帽が、あちこちに見えた。

「綺麗ですね、田んぼは」

傾きかけてもまだなお強い陽射しにきらめく水面《みなも》を眺めつつ、真優が言った。

「東京にいる私たちの暮らしは、こうした農家の方々に支えられているんですね」

目を細める真優に、城之内が頷く。

「そうだね。時々忘れがちになるけど、農業は国の根幹だから」

真優は頷きを返し、流れていく景色をじっと見つめていた。

沢口と城之内と真優は、前回と同じ準急穂高で新宿を発ち、再び清田村に向かっていた。電話で再訪する旨を伝えると、嘉一郎も田内村長も、少なからぬ驚きをもって受け止めた。事件の幕引きのけじめだと言うと、二人ともわざわざ申し訳ないと恐縮していた。だが本当は、清田村での決着を望んだのは城之内だった。

村役場に着くと、田内村長が玄関まで迎えに出てきた。前回のように幹部一同整列して、という大仰な歓迎ではなかったので、沢口はほっとした。

「再度東京からお越しいただき、大変恐れ入ります」

田内は丁重に挨拶してから、三人と共に村長室に入った。

「飯田警察署の上野課長さんから聞きました。折本が犯人だったそうで」

「そうです。逮捕できなかったのは残念ですが」

「城之内先生にもいろいろとお骨折りいただき、誠にありがとうございます。疑いの晴れた大乃木さんも、大変感謝していました。今日は用事があって失礼しますということですが、明日にもそちらにお礼に伺うそうです」

田内は改めて礼を述べた。城之内は、いや大したことはしていませんと手を振った。

「恵那線と中津川線のことは、村長のお耳に入っていますか」

沢口が尋ねると、田内はいかにも無念という顔で、肩を落とした。

「はあ、正式の話ではありませんが、村河先生の秘書の方から聞きました。せっかく恵那線が今年の審議会で調査線になったのに、建設線に格上げされるのは中津川線、という方向で進みそうだとか。こう言ってはなんですが、政治力の差、というやつでしょうか」

大桑が動いたという話は、田内も聞かされたようだ。

「ここだけの話ですが、村河先生は何か厄介なことになりそうなんですか」

党の県連か県会議員あたりに噂が伝わったのだろうか。城之内は声を落とした。

「新聞や雑誌が動き出しています。もともとの資金源に関する醜聞《スキャンダル》のようです」

この場では、軍需物資横領の件を口に出すつもりはないらしい。田内は嘆息した。

「村河さんを何かと当てにしておったんですが……仕方ありませんな」

「村の皆さんは、どんな様子です。だいぶ落胆しておられますか」

「そりゃもう。火が消えたようになってしまいました。まだ決まったわけじゃないと言う者もいますが、大勢はもう諦めに入ってますわ」

実は田内自身が、一番がっかりしているのではあるまいか。そう言えば、さっき通ってきた商店街も、前回に比べるとまったく活気を欠いているように思えた。

「恵那線ができれば、という期待は大変大きかったですから。商売をやっている者はみんなしょげてしまって。わりに平然としているのは、あの片田くらいでしょう。その片田にしても最近は、毎朝の神社参り以外、出歩くことが減ったようですが」

この村には、恵那線以外にこれと言って、発展の糸口がないのだろう。村の人々が落ち込むのもよくわかる。

「折本の口車に乗って出資をした者は、頭を抱えてますよ。やはり金は戻ってこないんでしょうな」

「多少は取り戻せるかもしれませんが、大半は折本の会社の運転資金に回ったようです。あの会社もそう長くもちません。早々に弁護士を入れて、差し押さえにかかった方が」

「ええ、わかりました。至急そうします」

とは言うものの、ほとんど期待はできまい。そこで田内は声を低め、内緒ごとのように言った。

「実は大乃木さん、名古屋へ金策に行っているんですよ。自分が折本を手伝った以上、村の者たちが巻き上げられた出資金を、一部なりとも弁済する気のようです」

「大乃木さんも大変ですなあ」

城之内は同情を表して言った。大乃木も、そうでもしなければ村での立場がないだろう。

「本当に申し訳ございません。父にもう少し力が残っていれば、何とかできたかもしれませんのに。皆さんを失望させてしまうばかりで」

真優が深々と頭を下げたので、田内は飛び上がった。

「とんでもない！　お嬢様にそのようなお気を遣わせてしまいまして、私どもの方こそ申し訳ございませんっ」

田内が土下座せんばかりの勢いで詫びたので、沢口は慌てて取りなした。真優はまだ俯いている。

「何かできることがあればよろしいのですが、私の家にも今は大してお金はありませんし」

「いえいえ、もうお気持ちだけで充分でございます。村を代表して、お礼申し上げます」

田内はさらに恐縮している。これを潮に、三人は村長室を辞去した。


玄関を出たところで、ばったり昭太郎に会った。どこか仕事の外出先から戻ってきたところらしい。

「あ、これはどうも。村長へのご用はお済みですか」

「ええ、ご挨拶だけさせてもらいました。これからお宅へ参ります」

「はい、父がお待ち申し上げています」

「あの……嘉一郎さんのご様子はいかがですか。お力落としでなければよろしいのですが」

真優が心配そうに言うと、昭太郎はちょっと顔を赤らめた。

「はあ、ああいう人ですから、表には出しませんが、だいぶがっくりきているようです。北側の山を折本に売って、その中からわずかでも恵那線誘致の資金を出そうと考えていたらしいですが、当の折本がとんだ食わせ物で、二束三文で山を買い叩いた揚句に大儲けしようとしていたわけでしょう。本人は、大恥だと思っているはずですよ」

確かに嘉一郎としては、自分で自分が許せない心持ちだろう。

「恵那線が駄目になって、本当にお気の毒でした」

真優がまた済まなそうに言った。が、昭太郎は意外な言葉を返してきた。

「いえ、気になさらないでください。僕はこれでよかったかもしれないと思ってるんです」

「よかった、とは」

城之内は少し戸惑ったように聞いた。昭太郎は、笑みを見せた。

「城之内先生ならおわかりでしょう。アメリカでは鉄道はもう斜陽で、自動車全盛の社会になっているそうですね。日本もいずれそうなると思いませんか」

「ええ、それはそうかもしれませんが」

「既に日本でも、高速道路の計画があるのをご存知ですか。先月、国土開発縦貫自動車道建設法というのができましてね。まずは東京と大阪を結ぶんです。それには二通りあって、一つは東海道沿いに海岸を、もう一つは中央本線沿いに内陸を行くんです。その内陸路線の方が、飯田を通るらしいんですよ」

「ほう……よくご存知ですね」

城之内が感心したように言った。出版業界に籍を置く者として、沢口も高速道路の話は聞いたことがある。だがまだ将来の理想に近い話で、それを昭太郎がきちんと把握していることは驚きだった。

「僕はね、中津川線ができて恵那線が袖にされたら、見返りに高速道路がこのあたりに作られるんじゃないかと、それを期待してるんです」

ふむ、と城之内が眉を上げた。

「日本が自動車社会になれば、国鉄の路線なんかより高速道路の方がずっと値打ちが出ます。高速道路の出入り口がもしこの近くにできたら、新しく工場なんかも誘致できるんじゃないでしょうか。そうなれば、この村は見違えるように発展します」

沢口は、すっかり驚かされた。嘉一郎の前では口数も少なく、引っ込み思案に見えた昭太郎だったが、多くの村人よりもずっと先のことが見えているのだ。

「まあ、素晴らしいですわ。産業……振興課でしたっけ、立派に将来を見据えたお仕事をなさっているのですね」

真優も同じ感想を抱いたようだ。昭太郎の顔が、さっきよりさらに赤くなった。

「いえ、そんな……。いつ実現するのか、本当に実現するのかもわからない話ですから。でも、僕はそうなるのが一番望ましい、と信じています」

そこで昭太郎は、玄関脇で立ち話を続けていたのに気づき、詫びを言った。

「済みませんでした。また後ほど、家の方で改めまして。では、まだ少し仕事が残っていますので、失礼します」

昭太郎は一礼し、小走りに役場の中へ入っていった。沢口にはその後ろ姿が、前に会ったときよりひと回り以上、大きく感じられた。


武澤家の座敷で対座した嘉一郎は、昭太郎とは逆に、ひと回り萎《しぼ》んでしまったように見えた。

「このたびのことは、私の不徳でございました」

嘉一郎は事件解決の礼を述べてから、畳に手をついた。真優も城之内も驚き、急いで否定した。

「嘉一郎さん、あなたは何もしていない」

「そうですわ。他の方々と同じく、被害に遭うところだったのですもの」

「何もしなかったのが問題です。あの折本という男、どこか怪しいと腹の内では思っていたのに、北の山を買い取るという話に目が曇ってしまいました」

「原渕さんの紹介で、村河代議士の名前も出したのでしょう。あなたとしては、無下にできますまい」

「いえ、所詮《しょせん》欲に負けたのです。この武澤家にかつての力があれば、あのような者は寄せつけず、事件も起こらなんだかもしれません。情けないことです」

折本の企みは潰《つい》え、最悪にまでは至らなかったのだから、そこまで自らを責めずとも、と沢口は思うのだが、戦国時代からこの村を統べてきた旧家の誇りが、それを許さないのだろう。時代遅れと言うのは易しいが。

城之内がさらに声をかけようとすると、嘉一郎は居住まいを正し、繰り言など申しまして大変失礼しました、今夜はお寛ぎを、と言って席を辞した。

嘉一郎の姿が奥に消えると、城之内がぼそりと言った。

「老兵は死なず、消え去るのみ、か。時代の変わり目に、うまく適応できなかったんだな」

「うちの母と、同じですわ」

ふいに真優が言った。城之内は、はっとした様子で振り向いた。

「頭ではわかっているのに、変化を気持ちの上で受け入れられないんです」

そうか。真優の母、靖子も、変わりゆく時代の中でどう振る舞えばいいのか、まだ悩み続けているのだ。

「でも、大丈夫ですよ。人は慣れるものです。時間が解決してくれます」

真優は微笑みを浮かべた。城之内も、安堵したように微笑みを向けた。


翌朝、城之内と沢口は真優を伴い、早くに武澤家を出て、清宮の中心部へ下りていった。農作業に向かう人が、真優に気づいて次々に会釈した。三人はそのたびに会釈を返し、家並みを抜け、バス通りに出た。小学校へ登校する児童に、手を振る。弾ける笑顔が返ってきた。

通りから右に逸れ、片田家の前に着いた。片田は出かけているようだ。この時間なら、お宮参りだろう。

戸口のところに立って待っていると、五分ほどで片田が戻ってきた。三人の姿を見て、片田は驚きを顔に出したが、立ち止まらずに戸口まで来た。

「片田さん、おはようございます」

真優が挨拶したが、片田は「また来たのか」とだけ言って戸に手をかけた。

「今日は鞄なしの手ぶらですか」

何気ない風に城之内が言うと、一瞬片田の手が止まった。それでも返事はしないまま、戸を開けて家に入った。例によって入れとも何とも言われなかったが、沢口たちは片田について三和土《たたき》に足を踏み入れた。

「原渕や折本のことは、片づいたんだろう。何の用だ」

片田は不機嫌そうに言うと、囲炉裏の前にどかりと座った。三人は、この前と同じように上がり框に並んで腰を下ろした。

「一応は。でも、落ち着いて考えると、まだ幾つも答えが出ていないことがあるんですよ」

城之内は反応を窺うように片田を見た。片田は、振り向きもしない。

「何から聞いたものかと思ったんだが……片田さん、陸軍にいたんですよね。終戦時にはどの部隊に」

答えはない。城之内は肩を竦めた。

「あなたは、父上と喧嘩して家を出た。今から二十五年前のことだと聞きました。その間、家にはまったく連絡を取らなかったんですか」

「それがどうした」

片田が、低い声でうるさそうに言った。

「家と訣別《けつべつ》したなら、除隊になってそのまま、東京なり長野なりで暮らすこともできたはず。でも、あなたはここに帰ってきた。なぜでしょう」

「親父が倒れたからだ」

「それはわかる。でも、ずっと音信不通だったのに、父上が寝込んでいることをどうして知ったんですか」

片田は、また黙った。城之内が畳みかける。

「片田さん、ここに帰ってきたのは、別の目的があったからじゃないのかな」

「別の目的だと」

片田が、肩越しに鋭い目を向けてきた。

「あなたは原渕さんを監視するために、村に戻ったのでは」

「原渕を？　何のために俺があいつを監視しなきゃならん」

「原渕さんが、横領した軍需物資を持ち込み、自分の土地に隠したからだ。あなたは、原渕と折本が村河の指示で大規模な横領に手を染めたのを知っていた」

片田の背中が、ぴくりと震えた。城之内はその背に向かい、さらに言った。

「奴らを追い詰めるつもりだったんですね。違いますか、片田元憲兵軍曹殿」


片田は、ゆっくりと体をこちらに向けた。

「誰から聞いた」

これには、沢口が答えた。

「憲兵司令部におられた元憲兵大佐から、東部軍管区憲兵隊の岩下《いわした》少佐を紹介してもらいました。あなたの属していた分隊の指揮官だった人です。覚えてますね」

「ああ……岩下分隊長、か」

呟くような声が返ってきた。それから、ぽつりとつけ加えた。

「お元気だったか」

「ええ。あなたのことも、よく覚えてましたよ。今はどうしているのかと」

「そうか……」

片田は、東の方に目を向けた。東京でのことを思い出しているのか。

「あなた方は、村河少佐たちの横領計画に気づいて、内偵してたんでしょう」

その問いかけに、片田は小さく頷いた。それから一呼吸置いて、話し始めた。

「松代大本営の建設には、大量の物資が動員された。そこで何らかの不正が起きないか監視するよう、我々の分隊は特命を受けていた。終戦間際で慢性的な物資不足の折だ。隠匿の可能性は、考えておかねばならなかった。一ヵ月ほど監視していると、妙なことがわかった。公式の書類にない倉庫が、存在していたんだ」

「村河が物資を抜き取るために用意したものですね」

城之内が言うと、片田は即座に肯定した。

「そうだ。書類を調べたら、やはり搬入された物資と買い付けられた物資に齟齬《そご》があった」

「そこで岩下憲兵少佐は、現地に憲兵を送り込んで内偵させたそうですね。戸部《とべ》憲兵伍長、という人だと聞いています」

戸部の名前を聞いて、片田は唇を噛んだ。

「本当は、俺が行くつもりだった。だが、村河の部隊に同郷の原渕がいることがわかった。原渕は俺が憲兵になっているとは知らんが、顔は知っている。だから、俺が行くのはまずい、ということで、代わりに戸部が行った」

「あなたの親友だった、とか」

片田の言葉が途切れた。そのまま、何かを思うように動かない。沢口たちは、じっと待った。

「憲兵教育の同期だった。仕事も真面目で、優秀な男だ。たまたま俺が先に軍曹になったが、あいつもすぐに進級するはずだった。家は東京だったんで、何度か行ったことがある。五つ下の妹さんがいてな」

その言葉で、独身だった片田が、戸部の妹にどんな感情を抱いていたかわかった。

「その内偵の最中、八月十五日がやってきたんですね」

「ああ。終戦になったが、捜査はそのまま続けられた。ところが……」

「戸部さんが、行方不明になった。事情を聞いていた相手の主計下士官と一緒に」

城之内の言葉に、片田はがっくりと肩を落とした。

「俺が行ってりゃ、よかったんだ」

「戸部さんは、やはり……」

「俺は戸部がどうなったか調べに行くと言ったんだが、もうそんな状況じゃなかった。憲兵隊の活動は止まりかけていた。村河たちも、米軍が進駐してくる前に物資を動かさなくてはならなかった。現地はだいぶ混乱していたようだ。そのどさくさに紛れて、奴らは……」

「証拠は見つかりましたか」

片田はかぶりを振った。

「憲兵隊が解隊されてから、現地に行ってみた。何も見つからなかった。それと思われる死体が発見されたが、身元は判別できなかった。それでも俺は信じてる。戸部は、奴らに消されたんだ」

「でも、あなたは原渕がトラックに物資を積んで、清田村に向かったことは摑んだ」

「ああ。運転兵の一人を摑まえて、吐かせた。俺はそのまま東京に戻らず、村へ帰った」

「ということは、あなたの父上が原渕のトラックを夜中に目撃した話は、嘘だったわけだ」

片田は、ぎくりとしたように城之内から目を逸らした。城之内は続けた。

「妙だと思ったんだ。父上は、終戦直後の時点ではかなり体調が悪化していたはずだ。しかも、この家にいると通りの車の音はそれほど聞こえない。夜中にトラックの音を聞いて様子を見に行った、というのは少々無理がある。あれは、原渕の悪事を我々にわからせるための方便だったんだな」

城之内への返事は、唸り声だけだった。

「ここに初めて来たとき、気になったんだが」

城之内は、柱に外套と一緒に掛けられた、紐つきの古びた革ケースを指した。

「あれ、軍用双眼鏡のケースですよね」

片田の目が革ケースの方へさっと動き、すぐに戻った。

「原渕さんの家に行ってみたら、そこから対岸の清宮神社がよく見えた。ということは、神社から原渕さんのところもよく見える。あなた、毎朝清宮神社に欠かさずお参りしていたそうですね。ズックの鞄を肩に掛けて」

「何が言いたい」

「その鞄には、双眼鏡を入れていた。あなたは毎朝双眼鏡を使って、原渕の家で何か変わったことはないか、監視を続けていたんだ」

そこで城之内は、笑みを見せた。

「さっきは神社から戻ったようですが、もう双眼鏡の必要はないので鞄はなかった。でも、お参りは今も続けてるんですね」

「習慣というのは、なかなかやめられんもんだ」

城之内に応じるかのように、片田がふっと微かな笑みを浮かべた。間接的に、城之内の言葉を肯定したのだ。城之内が満足げに頷いた。

「でも、原渕さんも馬鹿じゃない。曲がりなりにも陸軍の将校だった人だ。監視されていることに、どこかで気づいたようです。おそらく、双眼鏡のレンズの反射か何かで」

片田は眉を上げた。そのことには、考えが及んでいなかったのか。

「この部分はあくまで推測で、裏づけはないんですがね。折本がここへ乗り込んで来るに当たって、なぜあんな強面を四人も連れてきたのか、いささか疑問だった。事業の話なら、事務員の一人もいれば充分だ。おそらく、監視に気づいた原渕さんが折本に警告したんでしょう。監視されるような心当たりは、軍需物資横領の件しかない。それに関わる何者かが自分たちの仕事の邪魔をしてくるかもしれない、とね。そこで折本は、用心棒を雇った。残念ながらその連中は、矛先を間違ったために自滅して、ほとんど役に立たなかったが」

ここで真優が、顔を赤らめた。

「馬鹿な奴らだ」

片田は吐き捨てるように言った。

「同感です。だが問題はこの先だ」

城之内の目つきが、鋭くなった。いつもの軽い調子とは様子が明らかに違う。片田が何か察したように、身じろぎした。

「村河と折本が中津川線の側についていることを知った原渕が脅迫に出ようとして、折本に殺されたことはもう知ってますね。でもここで大きな謎がある。原渕は、どうして村河たちの裏切りを知ったのか。折本が言うはずがない。では、誰から聞いたのか」

一旦言葉を切ってから、城之内は駄目を押すように言った。

「あなたが話したんですね」

「ほう。俺がどうやって村河と折本の企みを知ったというんだ」

「折本が借りていた家に、留守を狙って忍び込んだんです。そこで折本の鞄にあった書類を見た。そこには、中津川線側の開発計画が書かれていたんでしょう。あの家には、鍵をこじ開けて侵入した痕跡が微かにあった。飛び切り優秀な憲兵だったあなたは、そういう技能を持っていたんだ」

「俺がそんなに優秀だったと思うのかね」

「あなたの実兄は左翼思想の疑いで捕まっている。いくら実家と絶縁状態だと言っても、憲兵としてはマイナスだ。にも拘《かかわ》らず、あなたは軍曹まで昇進した。よほど優秀だったと考えるべきでしょう」

片田はまたふっと笑い、他人事のように言った。

「憲兵になるには、身元調査がある。俺が憲兵になる前に兄貴が捕まってたら、まずなれなかったろうな」

「でしょうね。原渕さんには、どんな風に言ったんです」

「何で俺が原渕に、そんなことを教えてやらにゃならんのだ」

「それこそが、あなたの計画の、第一段階だったからだ」

「俺の計画だと」

片田が眉間に皺を寄せた。城之内の声に、力がこもった。

「あなたは原渕を監視し、いつか尻尾を出すのを根気よく待った。しかしそう簡単にはいかない。いつの間にか十年以上経ってしまった。このままでは、奴らのやったことも風化し、誰も気にしなくなるかもしれない。焦り始めたとき、折本がやってきた。彼の名を聞いたとき、あなたは小躍りしたでしょうね。追い求めた相手が、期せずして雁首《がんくび》を揃えたんだ」

沢口はじっと片田を見た。瞬《まば》きが多くなったようだ。傍らで真優も、一心に彼を見つめている。

「あなたは何か裏があるに違いないと思った。そこで折本の家に忍び込んでみると、意外な事実がわかった。折本が原渕を騙していることを知ったあなたは、それを利用することにした。原渕に事実を教え、仲違いに持ち込んだんだ」

片田は無言のままだ。城之内の顔が険しくなる。

「あなたはさらに、事態を悟った原渕が脅迫に出ようとしていることを、折本に教えた。そうして折本を煽り、原渕を始末するように仕向けた。違いますか」

決定的なひと言だった。片田の顔が歪んだ。

「俺が殺人教唆をやったと言うつもりか」

城之内は返事をせず、じっと片田の顔を見ている。

「俺が折本にそんなことを言っても、あいつが信用すると思うか」

「簡単ではないでしょう。でも、やってのけた」

城之内は、はっきりと言った。

「折本はあなたの家に度々出入りしていた。あなた自身も認めている。奴の本音はともかく、表向きは恵那線建設を運動する必要がある。あなたは土地を売らないという頑《かたく》なな態度を取って、折本が家に来るのを待ったんです。そして土地を売るよう話に来た折本に、自分が村で孤立していることを愚痴り、おそらくは憤懣《ふんまん》交じりに村の様々な情報を話した。そうやって利用価値のある男と思わせ、奴を取り込んだんでしょう」

片田が失笑を漏らした。

「まるで見ていたように言うじゃないか」

「確かに想像でしかない。だが、こちらの情報を提供するふりをして相手を取り込んでしまうというのは、諜報《ちょうほう》や防諜の関係者の手口だ。憲兵隊はそれも重要な仕事だから、あなたの技能なら折本など、思うように操れたんじゃありませんか」

「買い被り過ぎだ。憲兵にそれほどの技術はない」

「一般には、そうかもしれない。しかし、あなたはできた。岩下少佐が認めています」

それを聞いた片田は、城之内をぐっと睨んだ。城之内は動じない。

「まあいい、先に進みましょう。原渕殺しのとき折本が仕組んだアリバイ工作については、あなたも知らなかったでしょう。それでも、折本の手下が大乃木さんのトラックの事故現場へ行って戻るのを目撃して、ある程度の推測はできたんじゃないか。で、あなたはそのことを我々に教えた。折本が原渕殺しの犯人だと、気づかせるために」

「気づかせてどうする」

「順番に行きましょう。トラック襲撃も失敗し、村で大乱闘を起こし、その混乱に乗じて大乃木さんを殺す計画も駄目になった。しかも乱闘を仕掛けたのが自分だとばれてしまった。警察に目をつけられた以上、姿をくらますしかないと思った折本は、逃げようとしてひとまずあなたの納屋に隠れた。そうでしたね」

「ああ、確かにあいつは納屋に隠れていたようだな」

「と言うより、あなたが納屋に隠れるよう言ったんでしょう」

「どちらにしても、大差なかろう」

片田は肩を竦めた。やはり城之内の言う通りだったのだ。

「暗くなってから、あなたは折本に懐中電灯を渡して逃げ道を教えた。崖から川原に下りる、あの道を。危険と書かれた立札は、あらかじめ抜いておいた。折本はあなたに示されるまま、あの道を下りた。結果は、思惑通りだ」

城之内は一息ついて、改めて片田を睨むと、締めくくりのひと言を告げた。

「こうしてあなたは原渕と折本を殺したんです。自分の手を汚さず、自滅させて」

真優が息を呑む気配がした。片田は動かない。

「戸部さんの復讐《ふくしゅう》を遂げたんですね」

沈黙が下りた。誰も次の言葉を吐こうとしない。そのまま、しばし時が流れた。

沈黙を破ったのは、片田だった。

「戸部は、いい奴だった。憲兵としちゃ、人が好過ぎたのかもしれん」

沢口にもわかるほどの溜息が漏れた。

「戸部の妹さんは、体が弱くてな。戸部がいなくなって、体調を崩して入院してしまった。終戦直後の、物資も食糧も不足していたときだ。俺は、戸部の消息を必ず突き止めると言って、現地に行った。だが、よい知らせは持って帰れなかった。逡巡しているうち、容態が悪化してな。俺がこっちへ来て二年も経たないころ、呆気なく死んでしまった。あの娘も、原渕や折本に殺されたようなもんだ」

「それで、復讐を」

片田が、微かに頷いたように見えた。

「進駐軍も、旧軍の物資を接収するため盛んに動いていたはずだ。MPに知らせて摘発させることもできたのでは」

片田は、かぶりを振った。

「それは考えないでもなかった。しかし、村河はうまく立ち回って、進駐軍にパイプを作っていた。MPは動かなかったろう。どうするか考えているうち、妹さんの訃報《ふほう》を聞いた」

それが転機だったのだろう。片田は調査から復讐へと舵《かじ》を切り、十年もの間、ずっと機会を待っていたのだ。

「それでも、命を奪うというのは……」

真優が哀しげな顔で言いかけた。片田はそれを遮り、いくらかの傲慢《ごうまん》さを含んだ声で言った。

「あいつらは、大勢を踏み台にして甘い汁を吸った。そんな奴が国会議員や県会議員だと。ふざけるんじゃない。それに、俺は誰も殺せとは言っていない。焦った折本が度を失っただけだ。あの道を下りるときも、折本には危険な道だがどうするかと尋ねた。奴は、行くと言った。だから行かせた。奴自身が選んだんだ」

「詭弁《きべん》だな。あなたは、折本がどう行動するか、充分に予期していたはずだ」

城之内はにべもなく言った。

「ならどうする。警察に話すか」

「いや、話したところであなたを罪に問うのは難しいでしょう。折本が崖から落ちたことについては、未必の故意が成立するかもしれない。だが、法廷で立証できるとしたら、せいぜい、折本が借りていた家への不法侵入くらいだ。そんなことをしても、意味はない」

片田は城之内の方を向き、いくらか驚いた様子で、では何のために来たのか、と目で問うた。

「この事件には、はっきりしない謎が多過ぎた。我々はただ、本当は何があったのか、という事実を知りたかっただけだ。あなたの態度で、我々の推測が正しかったことがわかった。これで充分です」

城之内はそれだけ言うと、片田に背を向けた。片田も、囲炉裏の方へ向き直った。

「原渕には、俺が憲兵だったと言ったんだ」

突然、片田が言った。一瞬戸惑ったが、さっき城之内が、原渕にどんな風に言ったのか、と聞いたことの答えだ、とわかった。

「ほう……それは予想外でした」

盲点だった。元陸軍将校なら憲兵の何たるかを知っている。それに原渕と片田は、幼いころからの知り合いだ。独自に調査したところ折本がこんなことを企んでいるから気をつけろ、と言われれば、信じたに違いない。

「それから、俺が国鉄に土地を売らないと言ったのは、折本をおびき寄せるためじゃない」

片田は、背を向けたままで言った。声から、傲慢さが消えていた。

「村へ帰ったとき、親父の変わりようを見て驚いた。あれほど尊大だった親父が、しなびた菜っ葉のようになっていた。それを見て思ったよ。こいつも、弱いところのあるただの人間だった、ってな。結局、何だかんだ言っても、俺の親父なんだ」

片田の背中が、わずかに震えた。

「親父をそんな風にしたのは、村の連中だ。兄貴が仕出かしたのは、それほどの重罪じゃない。若気の至りというやつだ。だが、村の奴らは異端を許さない。兄貴が戦死しても、悔やみも言ってこなかったそうだ。奴らみんな、素朴でお人好しに見えて実は容赦ない。田舎の村ってのは、そういうところだ」

ふと気づくと、片田は両手を握りしめていた。

「そんな連中が、鉄道ができると言って浮かれ騒いでいる。村中で鉄道を引くために協力しろと言う。はいわかりました、協力しましょうなんて気になれると思うか」

これこそが本音なんだ、と沢口は思った。復讐という目的は遂げた。村河も醜聞を暴かれて引きずり降ろされるのは時間の問題だ。しかしこの後、片田はどうなるのか。この村で偏屈として、孤独な余生を送っていくだけではないのか。日を置かず、父親と同じように抜け殻になってしまうのではないか。そんな気がした。だとすれば、それも因果応報なのだろう。

「お気持ちはわかります」

ふいに真優が言った。

「それでも、私はあなたのなさったことが正しいとは、思いません」

突き放すような言葉だった。片田は振り向こうとはしなかった。固まったように動かない。

「これから田んぼに出る。もう帰ってくれ」

唐突に、片田が言った。真優は厳しい目を向け、立ち上がった。

「失礼いたします」

きちんと頭を下げ、さっと踵を返すと、戸口を出ていった。城之内と沢口は、無言で後を追った。片田は田んぼに出る、と言ったのに、動く気配を見せなかった。まるで、木でできた彫像のようであった。


バス通りに出てから、沢口は城之内に聞いた。

「先生、この事件を書くんですよね」

城之内は足を止め、不思議なことを言われたような顔で沢口を見た。

「書かない。少なくとも、当分の間」

「えっ、でもこれだけ苦労して……」

「書かない。片田さんが存命のうちは」

そこまで城之内がはっきり言うのは、珍しい。傍らで、真優も言った。

「私も、それがいいと思います」

沢口は、二人の顔を見た。その顔は、反論を許さないような硬いものだった。沢口は黙って頷いた。木々の向こうで、山鳩《やまばと》の声がした。

*　*　*

「それで……城之内先生は、そのままずっと書かなかったんですか」

長い話を聞き終えた宝木は、まずそう聞いた。沢口老人は、徳利《とくり》を傾けながら頷いた。

「ああ、書かなかったよ。機会はあったろうが、いつの間にかうやむやになってしまった」

ここは、講栄館本社からほど近い、老舗の蕎麦《そば》屋である。本社で沢口に応対していた宝木は、すっかり話に引き込まれてしまい、気づくと終業時間を過ぎていた。幸い、今日中に片づけねばならない仕事は残っていなかったので、坂本編集長に断って、ここに場所を移したのだ。坂本は、沢口の相手を引き受けてくれるならと、一切文句は言わなかった。

「大塚警部にも、片田のことは話さなかったんですか」

「片田を起訴できないなら、折本を被疑者死亡で送検した時点で事件は終わってる。話しても、誰の得にもなるまいよ」

「そうでしょうかねえ……」

訴追できようとできまいと、そのまま終わらせていいものだろうか。宝木は首を捻る。

「片田は、それからどうなったんです」

「だいぶ後で田内村長が手紙で知らせてくれた。昭和四十七、八年ごろ、脳出血で亡くなったそうだ。いわゆる、孤独死だよ。何だか、そんな最期を迎えそうな気はしていたんだがね」

沢口は、ほうっと溜息をついて、また徳利を取り上げた。宝木が急いで手を出し、沢口のぐい呑みに酒を注いだ。

「やあ、ありがとう。僕はここで、そばがきと板わさで純米酒を飲《や》るのが楽しみでねえ」

沢口はぐい呑みを口に運んで、目を細める。店を見渡せば、似たような老人を少なくとも四人は見つけることができた。

「それで恵那線に勝った中津川線なんですが、そんな路線はありませんよね。結局どっちも作れなかった、ということですか」

「うん。中津川線はあれから数年後に建設線に格上げされて、工事が始まったんだが、予算が思うように回ってこなかったらしい。そうこうしているうちに国鉄は大赤字になり、ローカル線の工事は軒並みストップだ。やがて国鉄は分割民営化。今じゃもう、地元でも中津川線のことなんか、覚えてる人間はほとんどおらんだろう。南武土地の事業計画も、いつの間にか消えてしまった」

「鉄道の誘致合戦なんて、何の得にもならなかったわけですか」

「今から考えてみれば、馬鹿らしく見える話かもしれんな。あの時分はまだ、鉄道は陸の王様だった。どこの村でも町でも、鉄道を欲しがった。ローカル線なんて、あれからたった十五年かそこらで、国中のお荷物になっちまうのに」

清田村の人々も、時代に翻弄《ほんろう》されたと言えるのだろうか。

「ただ、中津川線工事の途中で温泉を掘り当ててね。立派な温泉街ができたが、それが唯一のいい話だろうな」

「鉄道の代わりに中央道が通じましたね」

「ああ、確か昭和五十年だった。恵那山トンネルをぶち抜いて、名古屋と飯田が直結されたんだ。まさしく、武澤の昭太郎さんが予見した通りになった」

「先見の明があったわけですね」

「清田村じゃ、一番世の中が見えていた人かもしれんね。工場の誘致にも成功して、平成に入ってから村長を三期も務めたよ。亡くなったのは、四年前だったかな」

「村河代議士というのは、どうなりましたか」

「軍需物資横領のことが、中津川線の利権と絡めてマスコミに叩かれてねえ。当人が開き直ったもんで、火に油を注いじまった。とうとう検察が動き出して、火の粉を被るのを嫌がった大桑が、奴を切った。で、南武士地からの収賄《しゅうわい》容疑で逮捕さ。執行猶予はついたが、政治生命は終わったよ。その大桑にしても、岸総理に袖にされて総理にはなれなかったしな」

そこで沢口は、ぐい呑みを掲げてニヤリとした。

「岸の後を継いだのは、池田勇人《いけだはやと》だ。日本の高度成長の立役者だよ。もし大桑が総理になっていたら、池田のようにはうまく経済を操れんかったろうな」

ああ、と宝木は納得した。それで沢口は、城之内が間接的に日本の高度成長を創り出した、などと言っていたのか。

「この件に関しては、悪人はみんな破滅したというわけですか」

「万事こういう風に行ってくれれば、世の中も捨てたもんじゃないんだが」

「えーっと、ところで」

宝木はそこで、事件の結末以外に唯一知りたかったことを尋ねた。

「城之内先生と真優さんは、その後……」

沢口が吹き出した。

「おいおい、何でも僕に聞きなさんな。君も出版社の編集なんだから、それくらい自分で調べなさい」

「ああ、失礼しました。それはそうですね」

ネットで調べれば一発でわかるだろう。スマホを使えば今ここでも検索できるが、さすがにそれは無粋かと思った。

「大変面白い話を聞かせていただいて、ありがとうございました」

宝木はビールのグラスを置き、頭を下げた。沢口は「いやなに」と笑う。

「退屈させたんじゃなきゃ、いいがね」

「退屈なんて、とんでもない」

世辞ではなく、宝木はそう思っていた。埋もれていた城之内の未発表作品を、読ませてもらったような気分だった。

「でもどうして、僕にこんな話をしてくださったんですか」

「ふむ、それはだね」

沢口はぐい呑みの中身を干すと、宝木の方に身を乗り出した。

「終活なんだよ、僕の」

「シュウカツ？」

「ほら、流行《はや》ってるだろう。人生の終わりの準備、その終活さ」

「終わりのって、まだ充分お元気じゃないですか」

沢口はゆっくりとかぶりを振った。

「女房や僕の世話になった人はみんな、あっちに行っちまってねえ。友人も半分ぐらいは向こうにいる」

沢口の指が天を指した。宝木は思わず、天井を見上げた。

「だから頭と体が動くうちに、心残りを片づけるのさ。君、どうだい。今の話、書いてみないか」

「えっ」

意表をつかれた。

「僕がですか。どうしてご自分で書かれないんです」

「城之内先生が亡くなってから、書こうとは思ったさ。しかしいざ原稿用紙を前にすると、日記みたいな回想録などとは違って、何も書けん。自分に小説をものするほどの文才がないことぐらい、何十年も出版社で仕事していればわかる。それで、誰かに頼もうと考えたんだ」

「どうして僕なんです」

「前に坂本君に聞いたよ。君、作家を目指してるんだろ。文章も上手いそうじゃないか」

宝木は内心で舌打ちした。坂本編集長、勝手に何を喋ってくれたんだ。

「君の興味も、充分引けたようだしね」

それは否定できない。宝木は困惑した。その顔を見て、沢口は続けた。

「この事件、外から見れば至って地味なものだ。だから、今まで掘り下げようとした者はいない。だがね、案外そういう地味な話の中に、深い人間のドラマがあったりするんだよ」

宝木は、知らず知らず頷いていた。

「僕はこの話を君に預ける。これをどう料理するか、どんなドラマを見出すか、それは君次第だ。構わんかね」

「あ……はい、わかりました」

思わず、そう返事した。沢口が破顔した。抱えていた荷物を、一つ下ろせたと言うかのように。


ほろ酔い機嫌でアパートに帰り、宝木はジャケットをハンガーに掛けて、クッションの上にどすんと座った。予想外の一日だった。

(どうして承知してしまったんだろう)

あの城之内和樹が関わった話なのだ。自分の筆力ではとても無理ですと、断ることもできたのに。

だがその一方、沢口の話に心惹《こころひ》かれたのも事実だった。

(地味な事件の、深いドラマか)

話に出てきた人物たちの顔は、一人も知らない。それでも勝手に湧き上がったイメージが、頭の中を駆ける。昔気質の嘉一郎、饒舌な田内村長、ダンディを気取る大塚、狡猾な折本、片田の抱える想い、そして若き日の城之内と真優。このままスルーしてもいいのだろうか。

スマホにもテレビにも触れず、三十分近く座っていた。ふと気づくと、時計は十二時を指している。

ベッドに行こうと体を起こした。そこで動きが止まる。窓際のラックに置かれたノートパソコンに目が行った。

少し考えて、宝木はスマホを手に取った。さっき検索して見つけた画像を呼び出し、もう一度見てみる。画面の中で、六十歳を過ぎたころの城之内と真優が、並んで微笑んでいた。さあどうする、宝木君。画面の二人が、そう話しかけているような気がした。

ラックに歩み寄ってその前の椅子に腰を下ろす。パソコンを開き、電源を入れた。ワープロソフトを立ち上げる。新規ファイルの白い画面が、目の前に現れた。出だしの数行は、もう頭にある。

宝木はキーボードに手を伸ばし、最初のキーを叩いた。

【参考文献】

飯田・上飯田の歴史（上・下）　飯田市教育委員会　上二〇一二年　下二〇一三年

阿智村誌（上・下）　阿智村誌刊行委員会　一九八四年

週刊昭和タイムズ第20号（昭和三十二年）　ディアゴスティーニ・ジャパン　二〇〇八年

週刊昭和タイムズ第32号（昭和三十一年）　ディアゴスティーニ・ジャパン　二〇〇八年

道路の日本史　古代駅路から高速道路へ　武部健一　中公新書　二〇一五年

憲兵伍長ものがたり　諜報戦の舞台ウラ　山内一生　光人社ＮＦ文庫　二〇一三年

復刻版時刻表　昭和三十一年十二月号　日本交通公社　一九七七年

山本巧次（やまもと・こうじ）
1960年和歌山県生まれ。第13回「このミステリーがすごい！」大賞隠し玉となった『大江戸科学捜査 八丁堀のおゆう』で2015年にデビュー。2018年『阪堺電車177号の追憶』で第6回「大阪ほんま本大賞」を受賞。著書に「開化鐵道探偵」シリーズ、『途中下車はできません』、『軍艦探偵』などがある。現在は鉄道会社に勤務。

希望《きぼう》と殺意《さつい》はレールに乗《の》って　アメかぶ探偵《たんてい》の事件簿《じけんぼ》

第一刷発行　二〇二〇年一月二十日

著者　山本巧次《やまもとこうじ》
発行者　渡瀬昌彦
発行所　株式会社講談社
東京都文京区音羽二-十二-二十一
郵便番号　一一二-八〇〇一
電話　出版　〇三-五三九五-三五〇六
販売　〇三-五三九五-五八一七
業務　〇三-五三九五-三六一五

本文データ制作　凸版印刷株式会社
印刷所　凸版印刷株式会社
製本所　株式会社国宝社

定価はカバーに表示してあります。


ISBN978-4-06-518303-8
N.D.C.913 286p 19cm